이제 당신의 시를 읽어야 할 시간

이제 당신의 시를 읽어야 할 시간

조동범 평론집

새티

책머리에

　세 번째 평론집을 묶는다. 지난 몇 년간 읽고 쓴 시와 시인에 대한 기록이다. 몇 년의 세월이 흐른 지금 이 책이 얼마나 유효할 지 알 수 없지만 그래도 시를 읽은 시간과 그 위에 놓인 여러 생각이 아주 쓸모없는 것은 아니었으리라 믿는다. 동료 시인들의 흔적을 따라간 것만으로도 충분히 행복한 시간이었다. 묵묵히 시를 읽는 시간을 건디며 지난 몇 년을 보냈다. 그런 시간이 얼마나 의미 있는 것이었는지 여러 생각이 겹치지만 시 주변을 서성이는 마음은 여전히 애틋하다.

　읽고 쓰는 시간의 지루함을 견디는 것이 쉽지 않았지만 그것으로부터 많은 위안을 얻었다. 요즘도 아침이면 글을 쓰기 위해 카페에 간다. 카페가 아니더라도 하루의 거의 대부분을 책상에 앉아 보내는 듯싶다. 매일매일 쓰는 삶이 참 좋다. 그것이 내 삶의 전부인 것만 같다. 이렇게 쓰는 글이 얼마나 소용에 닿을지는 여전히 오리무중이지만, 그럼에도 무의미한 것만은 아니라고 믿고 싶다. 하지만 등단 이후 꽤 많은 책을 냈음에도 쓰는 삶은 아직도 처음인 듯 어렵다.

1부에서는 시와 주이상스의 관계를 통해 시가 어느 곳으로부터 시작되는지 살펴보았다. 시는 고통으로부터 오는 것이다. 고통을 이해할 수 있을 때 비로소 시의 자리는 마련된다. 그리고 시적 새로움이 무엇이며 어떻게 전개되는지 다양한 시선으로 파악하고자 했다. 시적 대상의 본질과 감각의 새로움을 통해 우리 시대에 시가 갖는 의미를 살펴보았다.

　　2부에서는 채호기, 이대흠, 조용미, 이재훈, 오은, 조윤희, 박소영, 하기정, 한혜영, 황형철, 김지명, 오성일, 채수옥 시인의 개별 시집을 꼼꼼하게 읽었다. 각각의 시인들이 가진 개성을 통해 이천 년대 한국 시의 흐름을 파악할 수 있을 것이다.

　　3부에는 작품론과 작가론을 한데 모았다. 김혜순, 박상순, 최백규, 이영광, 박상수, 최호일, 안은숙, 김옥성, 오규원 시인의 시를 분석했다. 오규원 시인부터 최백규 시인에 이르기까지 다채로운 시 세계를 살펴봄으로써 우리 시의 현장감 있는 목소리와 만날 수 있도록 했다.

　　4부에는 기형도 시인의 시와 장순하 시인의 시조를 분석한 긴 글을 수록했다. 기형도 시인의 시를 통해 근대 도시의 형성 과정을 파악했으며,

기형도 시에 나타난 도시 공간의 의미를 분석했다. 또한 장순하 경시조가 갖는 장르적 특징과 의미를 밝히고자 했다.

올 여름 세 권의 책을 한꺼번에 출간한다. 시간을 견디며 쓴 결과물을 보며 여러 생각이 겹친다. 다만 그동안 쓴 글 중 몇몇 시인에 대한 긴 글을 이 책에 수록하지 못했다. 그것들은 조만간 펴낼 『한국 아나키즘 문학사』와 『한국 아나키즘 작가론』을 통해 독자들과 만나게 될 것이다. 이 책이 나올 수 있도록 후의를 베풀어준 국학자료원, 새미 대표님께 감사드린다. 그리고 좋은 시와 함께 할 수 있게 해준 이 책의 여러 시인께도 감사한 마음이다. 이외에도 고마운 분들이 참 많다. 앞으로도 계속 쓰는 삶이고 싶다. 그 길을 묵묵히 걷고 싶다. 그러기 위해서는 열심히 쓰는 것 이외에 다른 방법이 없다는 걸 잘 안다. 그것은 쓰는 자가 감내해야 할 고통이자 숙명일 것이다. 우리 모두의 건투를 빈다.

2023년 여름
조동범

차례

1부

인공낙원과
우리 삶의 비극에 대하여

—시와 주이상스

비극은 어디로부터 오는가. 우리 앞에 당도한 비극은 과연 세계의 모든 것들을 파국과 몰락의 나락으로 떨어뜨리는가. 그리하여 비극은 우리의 삶 전반을 지배하는가. 비극으로부터 시작된 근대라는 시공간은 우리 삶의 모든 순간에 비극을 펼쳐놓음으로써 비극을 보편적 삶의 질서 안으로 끌어들였다. 바로 그곳으로부터 근대의 시적 순간은 탄생하게 된다. 그리하여 시가 삶의 국면을 통해 재현된다는 당위는 비극적 국면을 재현한다는 말과 동일한 것이 되어버렸다. 그렇다면 근대의 시공간을 통해 현현하는 비극은 오로지 슬픔과 고통과 상처만으로 가득한 지점인가. 어느 정도는 그렇다라고 이야기할 수 있을 것이다. 슬픔과 고통과 상처라는 비극이 드러날 때, 삶의 국면은 시적 국면이 되어 우리 앞에 그 모습을 드러내는 경우가 많다. 물론 비극으로 점철된 근대의 시공간이 비극이라는 단하나의 실체만을 내세워 우리 앞에 모습을 드러내는 것만은 아니다.

근대의 비극이 쾌락과 환희라는 가면을 통해 위장되어 있기 때문이다. 그렇다. 비극을 전제로 하고 있는 근대는 쾌락과 환희라는 이면을 내세움으로써, 비극의 슬픔과 고통과 상처를 그 반대의 것으로 위장한다. 우리가 의식적으로 인지하는 비극적 근대와는 다르게, 우리가 감각적으로 받아들이는 근대의 세계는 즐거움과 쾌락으로 가득한 곳이다. 그리고 그와 같은 쾌락과 즐거움으로 가득한 근대를 결코 벗어나지 못하는 것이 바로 우리들의 삶이기도 하다. 우리들은 이미 근대의 쾌락과 즐거움 이면에 내재한, 비극이라는 돌이킬 수 없는 세계에 대해 알고 있다. 그럼에도 불구하고 우리들은 근대가 주는 쾌락과 환희의 감각을 절대 잊지 못하기도 한다. 쾌락과 환희 그리고 비극의 고통과 슬픔과 상처. 대척점에 서 있는 이것들은 양립되어 서로 합일될 수 없는 것들이지만, 근대의 풍경 속에서 그 무엇보다 잘 어울리는, 하나의 세계 안에 공존하는 것들이기도 하다. 근대 이후의 시가 지니고 있는 주이상스는 바로 이와 같은 이율배반의 세계를 전제로 탄생했다.

근대의 비극은 풍요와 쾌락과 환희를 매개로 하여 자신의 영역을 무한히 확장시킨다. 풍요로움은 근대 이후의 우리 삶을 안락하고 안온한 것으로 만들었으며, 그러한 세계 안에서 우리는 평온한 일상을 마주하게 된다. 그러나 그곳에 도사리고 있는 것은 평화로운 일상도, 행복한 삶의 순간도 아니다. 그곳에 있는 것은 겉으로 드러난 모습과는 다른, 끝을 알 수 없는 파국이다. 그 앞에서 우리는 행복으로 위장된 비극적 삶의 본질과 마주하게 된다. 바로 그 지점으로부터 근대의 시적 출발과 갱신이 시작된다. 근대 이후의 시는 바로 이와 같은 근대적 비극을 온몸으로 경험하고 응시함으로써 우리 삶의 본질을 펼쳐보이고자 한다. 우리의 삶은 도처에 널려 있는 비극적 풍요의 세계를 통해 근대적 풍경을 완성한다.

풍요로운 세계는 축복임에 분명하다. 그리고 그러한 풍요로운 세계 속에 자리한 우리의 삶 역시 축복받은 것이리라. 하지만 이와 같은 근대 이후의 풍요로운 세계의 실체가 비극을 근간으로 하고 있음을 우리는 이미 잘 알고 있다. 근대 이후의 시는 바로 이와 같은, 축복받은 풍요로움과 비극이라는 양 극단의 사이에서 출발한다. 따라서 우리가 다루는 시적 세계는 풍요로운 행복의 이면에 담긴 비극의 세계를 구체화하고자 한다. 그것은 절대적 비극 안에 내재한 비극을 다루는 것이 아니라, 쾌락으로 위장된 세계의 숨겨진 비극을 다룬다. 그런 점에서 근대 이후의 시의 자리는 쾌락과 환희로 가득한 풍요로운 세계에 위치하지만, 시가 도달하게 되는 곳은 비극이 가득한 시공간이다.

이처럼 시적인 순간은 풍요와 쾌락을 전제로 한 근대적 시공간을 응시함으로써 비극을 부여잡고 흐느끼고자 하는 경우가 많다. 물론 비극 자체에 몰입하여 비극의 본질을 제시하고자 하는 경우도 많지만, 오히려 반대의 어조를 취함으로써 비극적 국면을 더욱 생생하게 제시하고자 하는 경우가 많다. 당연히 시가 보여주고자 하는 시적인 순간들이 언제나 비극을 전면에 내세우는 것은 아니다. 오히려 근대 이후의 시는 유머와 조롱과 야유의 어조를 취하거나 장난스럽고 익살맞은 태도를 취함으로써 근대의 비극을 적나라하게 보여주고자 한다. 시가 익살스러운 가면을 쓰는 것은 비극적 국면의 실체를 더욱 확연하게 보여주고자 함이다. 그렇지 않다면 근대 이후의 시가 굳이 쾌락과 환희의 감각을 보여줄 이유는 없다.

근대 이후에 접어들면서 시는 비판과 비극의 속성을 더욱 강하게 지닐 수밖에 없었다. 그 이유는 근대라는 시공간이 탄생하게 된 배경과 밀접한 연관을 맺는다. 근대의 탄생은 이미 그것 자체가 비극의 시작이라고 해도 무방하다. 근대로의 이행과정 중에 인간과 인간의 삶은 배제될 수밖에 없었고, 자연스런 삶과 삶의 본질은 무가치한 것으로 전락하고 말았다. 그런 사회 속에서 시가 세계를 바라보는 시선은 당연히 비극과 비판의 목소리일 수밖에 없다. 근대의 탄생이 이미 비극을 기본 전제로 하고 있는 것이기 때문에 근대 이후의 시 역시 비극적 국면을 주요 모티프로 삼을 수밖에 없었던 것이다. 그런 점에서 근대 이후의 시적 국면과 시 문학사는 비극을 주요한 소재와 주제로 다루게 되었다. 그러나 비극을 대하는 시의 응전방식이 언제나 진지한 태도를 견지했던 것은 아니다. 오히려 가벼운 어조를 취함으로써, 시의 외연은 유쾌한 어조를 띠기도 했다. 시와 시인들은 그러한 어법을 통해 세계의 실체를 파악하고 비판하기를 희망했다. 그런 점에서 근대 이후의 시는 본능적으로 비극을 탐닉했지만, 비극을 대하는 방식은 한층 가벼운 태도를 취하게 되었다고 볼 수 있다. 근대라는 시공간이 쾌락과 비극이라는 지점을 동시에 수용하고 있다는 점에서, 현대시는 두 지점이 제시하는 복합적인 층위의 감각을 드러낼 수밖에 없다.

바로 이곳에 시의 주이상스는 탄생한다. 근대 이후의 시가 취하게 된 가벼움과 쾌락과 환희는 그 이면에 슬픔과 고통과 상처를 배치함으로써 고통의 쾌락을 표면화시키게 된다. 어쩌면 이와 같은 근대 이후의 시적 양상은 근대 이후의 시가 지닐 수밖에 없는 숙명과도 같은 것일지도 모른다. 근대 이후의 시가 반어와 역설을 더욱 중요한 방법론으로 차용하고 있는 것도 이러한 사실과 긴밀한 연관을 맺고 있기 때문이다. 또한 패러디가 중요한 창작 방법론으로 다뤄지게 된 것 역시 마찬가지 이유에서이다. 반어, 역설, 패러디는 기존의 세계가 지니고 있는 것들을 끊임없이 전복시키고자 하는 노력을 통해 세계의 실체를 보여주고자 한다. 결국 시적 주이상스를 통해 표면화되는 모든 긍정의 세계는, 비극을 제시하기 위해 존재하는 것이라고 볼 수 있다.

그것은 마치 불온한 탐닉과도 같은 것일지도 모른다. 표면화된 쾌락이 사실은 부조리한 세계를 표상하고 있는 것이라면, 그것은 더 이상 선한 얼굴을 지닐 수 없는 것이다. 이때 표면화된 불온한 쾌락은 가면을 쓴 감각의 절정이라고 해야 할 것이다. 이처럼, 근대 이후의 세계는 진지하고 무거운 것보다 즉물적이고 가벼운 것들로 채워지게 되었다. 그리고 그것들은 대체적으로 즉흥적인 감각과 쾌락을 동반한다. 이때 동반된 감각과 쾌락이 비극을 내포하는 것은 자연스럽고 당연한 귀결이라고 할 수 있을 것이다.

우리는 한 편의 시를 통해 어떠한 세계를 드러내고자 하는가. 시가 비극적 국면 앞에 놓이게 되면 될수록, 그것과 대척점을 이루고 있는 감각은 표면화 될 수밖에 없는 것이리라. 어쩌면 근대 이후의 시쓰기는 본질적으로 이와 같은 두 개의 대척점을 동시에 수용할 수밖에 없는 것일지도 모른다. 우리가 몸담고 있는 세계의 비극적 풍요로움과 쾌락 앞에 시가 놓일 때, 바로 그 자리에서 시적 주이상스는 시작된다. 고통을 제시하기 위해 시는 풍요로운 인공낙원의 시적 국면을 끊임없이 서성이는 것이다.

인공낙원. 근대 이후의 시가 다루고자 하는 세계는 바로 인공낙원과 같은 존재일지 모른다. 애초에 비극을 잉태할 수밖에 없는 인공의 낙원은 우리가 살고 있는 세계의 본질과 맞닿아 있는 곳이다. 그곳은 즐거움과 행복으로 가득하지만 절대로 자연의 세계로 진입할 수 없다는 점에서 비극적이다. 인공낙원의 대표적 공간인 '놀이공원'을 떠올려보자. 놀이공원에 들어선 우리는 행복한 비명을 지르지만, 그 안에서 우리 삶의 실체와 본질은 사라지고 만다. 놀이공원은 즐거움을 표면화시킨 공간이지만 그것은 허상에 불과한 것이다. 근대는 길을 잃고 헤매는 자들로 가득한 놀이공원과 닮아 있다. 시인들은 이러한 놀이공원과 같은 삶의 실체를 파악하고 그것이 지닌 비극적 국면을 표면화하는 존재들이다. 놀이공원의 관람객이 쾌락 안에 내재한 비극을 감지하지 못하는 것과는 달리, 시인들은 우리가 살고 있는 풍요로운 세계의 비극을 감지하고 그것을 드러내려는 자들이다.

근대 이후의 시쓰기는 풍요와 쾌락 위에 구축된 근대 이후의 비극적 삶의 양상을 드러내고자 하다. 그럼으로써 시는 풍요로운 비극이라는 이율배반과 맞닥뜨린 채 그와 같은 세계를 보여주게 된다. 시인이 작품을 통해 제시하는 것은 고통으로 가득한 비극이다. 그런 점에서 풍요와 쾌락은 결코 긍정의 세계를 형성할 수 없는 것이다. 그리하여 바로 그곳으로부터 근대 이후의 시적 주이상스는 탄생하게 된다.

인간중심적인 사고를
넘어서기 위하여

　　대상의 본질에 대해 생각한다. 하나의 대상이 하나의 이름으로 명명되는 순간과 의미에 대해 생각한다. 우리의 의식 안에 존재하는 대상은 대부분 그것을 의미하는 이름을 가지고 있다. 그리고 대상이 지니고 있는 의미와 감각은 대상을 지칭하는 이름을 통해 우리 앞에 모습을 드러낸다. 김춘수의 「꽃」이 말하고 있는 것처럼 누군가가 꽃의 이름을 불러주었을 때, 꽃은 비로소 '꽃'이라는 자신의 모습을 우리 앞에 선보이게 되는 것이다. 그때서야 꽃이라는 대상은 우리의 의식 속에 있는 꽃의 감각을 온몸에 두른 채, 우리의 의식 속에 있는 꽃을 완성하게 된다. 하지만 우리가 인지하고 감각하는 꽃은 실재의 모습과 얼마나 닮아 있는 것일까? 그리고 그것을 통해 우리가 떠올리는 감수성을 과연 꽃 본연의 감수성과 실체라고 할 수 있을까?

　　안타깝게도 우리가 인지하고 있는 꽃은, 꽃이라는 대상 그 자체가 아니라 우리가 부르는 이름을 통해 전달되는 일방적인 모습일 뿐이다. 오규원이 한 인터뷰에서 밝힌 것처럼 하나의 꽃을 코스모스로 명명하게 되면 그것은 우리의 의식에 그 어떤 고정 관념을 만들며 인간이 만들어낸, 코스모스라는 고유한 감각과 의미를 형성하게 된다. 이때 코스모스는 코스모스라는 대상의 본질이 아니라 인간의 의식이 만들어낸, 인간중심적인 사고의 결과로서 코스모스일 수밖에 없다. 생각해보면 이처럼 우리가 느끼는 대상의 모든 감각과 의미는 우리가 만들어낸 허상에 불과한 것이다. 그렇다면 꽃이라는 이름으로 명명되기 이전의 꽃을 과연 무엇이라고 할 수 있을까?

'날이미지'는 인간의 관념으로 의미화되지 않은, 대상 그 자체를 의미하는 것이다. 따라서 날이미지를 통해 시적 세계를 드러내는 '날이미지시'는 인간의 언어로 대상을 규정 짓지 않고, 대상의 본질 자체를 표현하려는 작품을 의미한다. 오규원은 인간중심적인 사고를 탈피하여 시적 대상 그 자체를 파악하고 제시하고자 했는데[1], 실제로 '날이미지시론'을 내세워 인간중심적인 사고 체계를 벗어난 작품을 쓰고자 노력했다. 그럼으로써 오규원은 인간중심적인 사고의 한계와 주관적 판단을 극복하고자 했다. 그는 날이미지시론을 통해 날이미지시를 정교하게 구축하고자 노력했고 실제로 실천했다. 그런 점에서 오규원은 시와 시론을 일치시킨 한국 시단의 흔치 않은 사례이기도 하다.

하지만 인간중심주의를 탈피하고 대상의 본질을 탐문하고자 한 오규원의 시도는 이전부터 있어왔다는 점에서 완전히 새로운 것이라고 할 수

---

1) "'날이미지'로서의 현상, 그 현상으로 이루어진 '날이미지시'와 관련된 첫 산문은 1991년, 『작가세계』 겨울호에 시작 노트 형식으로 붙여놓은 「은유적 체계와 환유적 체계」라는 약 40매 분량의 에세이이다." ―오규원, 『날이미지와 시』, 문학과지성사, 2005, 104쪽.

는 없다. 진중권은 베이컨과 들뢰즈의 예를 들어 "이성을 근거로 인간을 다른 동물 위에 올려놓는 인간중심주의는 이로써 무효가"[2] 된다고 주장한다. 또한 말라르메의 경우에도 '절대의 책'이라는 개념을 통해 우주의 근원에 이르고자 했다는 점에서 시 언어 너머의 본질을 추구한 시인이라고 할 수 있다. 말라르메의 본질에의 추구가 '날이미지'의 지향성과 완전히 일치하는 것은 아니지만, 인간의 언어와 사유 너머를 지향했다는 점에서 일정 부분 유사성을 지닌다고 볼 수 있다. 이처럼 인간중심주의에 대한 논란은 과거부터 지속적으로 있어왔다.

　일반적으로 시적 대상은 인간의 이성 안에서 작동하며 시적 의미와 감각을 제시하게 된다. 하지만 이때 나타나는 시적 의미와 감각은 대상 본래의 것이 아니다. 그것은 대상 자체가 아니라 인간의 의식이 개입하여 만든 이성적 판단의 산물일 뿐이다. 우리가 파악하는 이미지는 기표 자체만을 바라보는 듯한 착각을 불러일으키게 하지만 사실 이때의 이미지는 우리의 의식이 판단한 의미로부터 비롯된 경우가 많다. 따라서 우리가 일반적으로 이미지라고 하는 것은 단순히 시각적인 기호에 그치는 것이 아니라 의미화된 대상으로서의 존재이다. 그만큼 우리가 지니고 있는 관념적 인식은 우리의 사고 체계 전반을 지배하며 인간중심적인 고정 관념을 부여하게 된다. 그러나 우리는 이와 같은 이미지의 오류와 인간중심적인 사고의 한계를 인지하지 못한 채, 대상 본연의 객관적인 것으로 파악하고 있다는 착각에 사로잡히곤 한다. 그런 점에서 인간중심적인 사고와 언어는 고정 관념을 드러내는 상투적 인식 체계의 한계에 직면할 여지가 많다.

　인간은 시적 대상을 기존의 사유 체계 안에서 수용하고 인식함으로써

---

2) 진중권, 『현대미학강의』, 아트북스, 2013(2판), 211쪽.

기존 인식의 한계를 벗어나지 못하는 경우가 많다. 그리고 이러한 인식의 고정 관념으로 인하여 시적 대상은 새로움의 세계로 진입하지 못한 채 상투적 세계 안에 갇히게 되기도 한다. 그런 점에서 오규원의 '날이미지'는 상투성을 벗어나려는 시도이기도 하다. 오규원은 "시가 그려내는 날이미지 속에서 상투적 차원의 의미를 찾는다는 것은 어리석다고"³⁾ 말했다. 오규원은 모든 관습적인 것들로부터 벗어나기 위해 인간중심적인 사고와 언어를 거부하려고 한 것이다. 오규원의 이러한 시적 태도는 낯설고 새로운 것을 추구하는 문학과 예술 본래의 성질과 맞닿아 있는 것이다. 결국 오규원이 제시하고자 했던 '날이미지'의 세계는 문학과 예술의 본령에 이르기 위한 시적 탐문 과정이기도 한 것이다.

오규원은 '날이미지'시를 "개념화되거나 사변화되기 이전의 의미인 '현상'을 이미지로 하고 있는 세계"⁴⁾라고 밝히고 있다. 우리가 지금까지 보편적으로 인식해온 이미지는 날 것 그대로의 이미지가 아니라 개념적이고 사변적인, 사고와 의식을 내재한 것이었다. 하지만 날이미지는 대상의 순수한 상태 그 자체를 지향한다는 점에서 기존의 이미지와 다르다. 이때 순수는 특정한 시선과 관점 모두가 제거된 물(物) 본연의 상태를 의미하며, 이것은 대상이 드러내는 이미지 이상도 이하도 아닌 그 자체로 존재한다. 이때 대상이 이러한 순수의 상태에 이르기 위해서는 인간의 사고를 철저하게 차단해야 한다. 아울러 인간의 시선이 파악하려고 하는 관념적 이미지 역시 제거되어야 한다.

하지만 인간이 보편적으로 바라보는 상당수의 이미지는 물(物) 자체

---

3) 이남호, 「날이미지의 의미와 무의미」, 『오규원 깊이 읽기』, 문학과지성사, 2002, 270쪽.
4) 오규원, 앞의 책, 89쪽.

가 드러내는 순수로서의 양상을 재현하는 경우가 드물다. 일반적인 이미지는 인간의 사고와 감각을 통해 만들어진, 인간의 의식이 투사된 것일 수밖에 없다. 그 이유는 이미지가 대상 본연의 세계를 드러내는 것이 아니라, 이미 그 안에 의미를 내장한 채 의미화의 양상으로 제시되는 경우가 많기 때문이다. 인간은 이미지 본연의 모습만을 바라보는 것이 아니라 대상이 지니고 있는 이미지의 의미화된 세계를 먼저 인식하게 된다.

이를테면 자동차 이미지의 경우, 그것은 사물로서의 자동차 본연의 모습을 보여주는 것이 아니다. 자동차의 이미지는 이미 그 자체로 수많은 상징과 의미를 내재한 것이다. 우리는 자동차 자체의 이미지가 아닌, 의미로서의 기호를 먼저 받아들이게 된다. 자동차는 욕망이고 신분이며 계급을 나누는 하나의 기호로 다가온다. 우리는 자동차를 통해 물질적 풍요로움과 사회적 지위, 계급 등을 나누고 확정한다. 이때 이러한 것들을 만들고 나누는 것이 바로 이미지 안에 내장된 의미이다. 따라서 이미지는 겉으로 드러난 객관적인 '이미지' 자체를 의미하는 것이 아니라 인간의 의식 속에 잠입한 사유의 기호인 것이다. 그런 점에서 인간이 인지하는 이미지의 상당수는 인간중심적인 인식을 전제하여 재현된 의미로서의 기호일 수밖에 없다.

현대문명사회는 수많은 이미지로 구축된 세계이다. 이 세계는 즉물적 세계의 이미지를 통해 현대라는 실존을 우리 앞에 펼쳐 보인다. 현대문명사회의 이미지는 얼핏 보기에 그저 우리 앞에 제시된 이미지 그 자체로 보이기도 한다. 하지만 현대의 이미지는 근대 이전의 대상이 지니고 있던 근원적인 세계를 잃어버림으로써, 현대문명사회 속에서 즉물적 사물로 전락하고 말았다. 근대 이전의 대상이 세계의 근원을 내장한 것이었다면, 오늘날의 대상은 세계의 근원을 잃어버린 채 인간의 기호로 가득 채워진 것이다. 따라서 근대 이전의 예술 작품이 미적 대상을 표현한다는 것은 대상 본연의 세계에 진입하는 것이다. 그리고 이것은 '날이미지'를 드러내는 것과 유사한 미적 태도와 인식이라고 할 수 있다. 하지만 세계의 근원을 잃어버린 현대문명사회 속에서 대상을 표현하는 것은 인간이 만들어놓은 기호를 재현하는 것에 불과할 뿐이다. 따라서 현대의 시 언어는 '날이미지'의 세계를 잃어버린 채 인간중심적인 언어의 세계로 재편될 수밖에 없었다.

'날이미지'는 이와 같은, 인간중심적인 세계와 의미를 극복함으로써 대상의 근원적 이미지를 제시하고자 한다. 그리고 '날이미지시'는 '날이미지'를 구현함으로써 상투적이거나 인간중심적인 고정 관념이 개입되지 않은 시적 세계를 지향하고자 한다. 그런 점에서 '날이미지'는 끊임없이 언어로부터 자유로워지려고 한다. '날이미지'는 언어의 고정 관념을 벗어나려는 시도이다. 이처럼 언어의 고정 관념을 벗어나 대상의 본질에 보다 가까이 다가섰을 때 비로소 '날이미지'는 실현될 수 있다. 때문에 '날이미지시'는 언어가 간결해지는 투명성을 내세우게 된다. 그리고 이러한 언어의 투명성은 불필요한 수사를 줄인 채 인간의 판단을 거부하게 된다. '날이미지시'는 이와 같은 과정을 통해 정제된 언어와 감각 속으로 잠입하게 되는데, 이때 시적 대상에 대한 인간의 판단은 끊임없이 유보되어야 한다.

'날이미지시론'은 이와 같은 인간중심적인 사고를 극복하고자 만든 시론이다. 그러나 인간중심적인 사고의 한계를 극복하고자 한 '날이미지' 역시 인간의 언어로 이루어져 있다는 점에서 인간중심적인 사고로부터 완전히 자유로울 수는 없다. 이남호는 "언어는 본래적으로 투명하거나 순수하지 않다"[5]고 밝히며 그 이유로 언어의 사회성과 역사성을 예로 든다. 이남호의 지적처럼 언어는 애초에 인간의 사회, 역사 등과 관계를 맺는 것이기 때문에 언어로 표현된 시가 '날이미지'의 한없는 투명성을 완전하게 재현하기는 불가능에 가까운 일이다. 물론 이남호의 주장처럼 "그것이 기존의 관습적 시각으로부터 벗어난 관찰의 결과라는 점에서"[6] '날이미지'라고 부를 수는 있을 것이다. 하지만 기존의 관습으로 벗어났다고 하여 그것을 곧바로 '날이미지'라고 할 수만은 없다. '날이미지'를 단순하게 기존의 관습에서 벗어난 새로움의 측면만으로 이해할 수는 없기 때문이다.

그리고 언어의 이와 같은 문제점에 대해서 '날이미지'를 주창했던 오규원 역시 인정하고 있다. 오규원은 날이미지에 대한 오해의 소지에 관하여 다음과 같이 적고 있다. 그는 "언어가 의미를 떠날 수 있다고 믿지 않"[7]는다고 밝히면서 "분명히 나도 의미화를 지향하고 있다"[8]고 말한다. 하지만 그는 날이미지에 대해 "정해져 있는 의미가 아니라, 활동하는 이미지일 뿐이므로 세계를 함부로 구속하거나 왜곡하거나 파편화하지 않는"[9] 것이라고 말한다. 그런 점에서 오규원의 날이미지는 사변화되거나 개념화되지 않은, 하나의 세계로 고정된 의미를 지향하지 않는 것을 추구하는 개념이라고 볼 수 있다. 그는 인간이 정한 의미로 귀결되어 확정되지 않는, 언어의 열린 세계를 희망한다. 그런 점에서 대상을 인간중

---

5) 이남호, 앞의 글, 272쪽.
6) 위의 글, 273쪽.
7) 오규원, 앞의 책, 108쪽.
8) 위의 책, 같은 쪽.
9) 위의 책, 같은 쪽.

심의 고정된 세계로 파악하지 않으려는 오규원의 시도는 의미 있는 것이다. 하지만 '날이미지'는 대상 자체에 지나치게 몰입함으로써 의미가 확장되는 것이 아니라 오히려 의미가 축소되는 현상을 불러일으키기도 하는 것이 사실이다.

'날이미지'의 결과물인 '날이미지시'는 정제된 정황과 언어를 통해 사변화되고 개념화된 세계를 벗어나게 된다. 정제된 언어는 간결함을 통해 대상 그 자체만을 남겨놓으려 한다. 따라서 이때의 언어는 불필요한 수사를 제거하고 대상의 명징함을 드러내게 된다. 하지만 이와 같은 명징성은 오히려 시적 수사가 단조롭게 제시된다는 점과 시적 감흥이 약화된다는 점에서 부정적인 요소로 작용하기도 한다. 오규원은 이점에 대해 다음과 같은 의견을 밝힌다.

> 내 시를 읽는 다수의 독자가 가장 당황하는 점은 시의 투명성이 아닌가 생각합니다. 여태까지의 애매한, 불투명한 시에 길들여진 사람에게는 투명성 자체가 엄청난 억압이 되는 것이지요. 즉, 그것이 추상적이든 피상적이든 간에 의미로 점철되어 있는 시에 익숙한 사람에게 해석을 해주는 시구가 없는, 살아 있는 현상만을 제시하는 시는 이해하기 어려운 대상일 수밖에 없지요. 그러니까 해석하지 않아도 되는, 직관에 의해 그 세계를 이해할 수 있는 현상이 바로 눈앞에 있음에도 불구하고 자꾸만 명시적인, 누군가가 정해주는 그런 해답을 찾는 것입니다.[10]

그러나 오규원이 제시하고자 했던 날이미지의 투명성이 작품에 충분히 반영되었는지는 의문이다. 물론 오규원의 후기시에 나타난 '날이미지

---

10) 위의 책, 111쪽.

시'들이 "대상과 상황의 투명성을 확보하고 있음"[11]은 분명하다. 하지만 이때 나타난 투명성의 언어에도 불구하고 '날이미지시'는 "시적 표현과 감흥의 측면"[12]에서 아쉬움을 남긴다. 그런 만큼 '날이미지'는 투명성 이상으로 언어와 정황이 "기계적 인식을 유발"[13]하기 쉬운 것이 사실이기도 하다. 그리하여 '날이미지시'는 "이미지를 단편적으로 나열했을 때처럼 상황만 남겨졌다는 인상을 지우기"[14] 어려운 측면이 있다.

이처럼 '날이미지'는 투명성 너머의 미학적 토대와 시적 감흥으로 인하여 일정한 한계에 부딪히기 쉽다. 결국 '날이미지시'의 관건은 수사적 측면에서 어떤 미적 가치를 만들어내느냐와 시적 감흥을 어떻게 드러내고 전달하느냐의 문제라고 할 수 있다. 하지만 오규원이 '날이미지시론'을 통해 '날이미지시'의 유형을 제시했다는 점은 분명하다. 그리고 오규원의 '날이미지시'는 '날이미지' 본연의 모습에 가깝게 재현됨으로써 '날이미지시론'의 의도를 충실히 반영했다. 그런 점에서 오규원의 '날이미지시'와 '날이미지시론'은 몇몇 아쉬움에도 불구하고 성공적인 결과물을 만들어냈다고 할 수 있을 것이다.

'날이미지'는 인간의 의식이 만들어낸 고정 관념으로부터 벗어날 수 있다는 점에서 의미 있는 것이라고 할 수 있다. 또한 그것이 제시하는 투명성으로 인하여 의미와 사유의 확장이 다양하게 펼쳐질 수 있다는 점에서도 긍정적이다. 그런 점에서 '날이미지시론'을 통해 '날이미지시'를 쓰고자 했던 오규원의 시도는 의미 있는 것이다. '날이미지'가 시적 표현과

---

11) 조동범, 「오규원 시의 현대성과 자연 인식 연구」, 중앙대학교 박사학위 논문, 2010, 147쪽.
12) 위의 논문, 같은 쪽.
13) 위의 논문, 같은 쪽.
14) 위의 논문, 같은 쪽.

감흥의 측면에서 쉽지 않은 시도라는 점과는 별개로, '날이미지'를 구현하려고 했던 오규원의 노력은 그것 자체로 중요한 시적 가치를 지닌다고 할 수 있다. 이제 오규원의 '날이미지'는 후배 세대의 시인들에 의해 보다 확고한 세계를 제시하고 아쉬움을 극복해야 할 것이다. 대상의 본질에 접근하려는 시도가 세계의 근원에 다가서려는 것이니만큼, '날이미지'를 구현하려는 노력은 매우 중요한 것이다. 그런 시도를 통해 '날이미지'는 시적 표현과 감흥까지 적극적으로 수용하게 될 것이다.

새로운 언어가
꿈꾸는 세계

모든 시대가 "이전 시대를 인용하며 다음 시대를 꿈"[1]꾸는 것처럼, 예술은 이전 시대로부터 출발하여 새로운 영역으로 진입하기를 끊임없이 꿈꾼다. 당연히 예술의 미덕은 언제나 상투성을 극복하고 새로운 것을 추구하는 것이라고 볼 수 있다. 그것은 전통적인 양식을 추구하는 예술 작품인 경우에도 예외는 아니다. 오히려 전통 양식을 추구하는 예술 작품일수록 이전 시대를 극복하고자 하는 노력이 절실히 필요하다. 시의 경우에도 새로운 감각과 언어를 탐문하는 것은 작가의 숙명이자 의무라고 해도 과언이 아니다. 물론 예술작품이 완전히 새로운 세계를 창조하는 경우는 드물다. 예술작품은 언제나 이전 시대의 속성을 벗어나려고 노력하지만, 이전 시대의 영향으로부터 완전히 자유로울 수 없는 것이 사실이기 때문이다. 시 역시 마찬가지여서 새로움을 갈망하는 시적 욕망

---

1) 진중권, 『현대미학강의』, 아트북스, 2013(2판), 38쪽.

은 결코 과거와 완전한 결별을 할 수 없다. 언제나 이전 세대의 영향을 받고 그것을 극복하려는 갈망으로부터 새로움은 비롯되기 마련이다.

시를 비롯한 예술작품은 과연 무엇을 추동하여 새로움의 세계로 나아가기를 바라는가? 이때 시적 새로움이 추동하는 것은 당연히 과거와 결별한 새롭고 낯선 세계일 것이다. 새로움은 언뜻 과거와의 헤어짐을 상정하는 듯 보인다. 시적 새로움이 흔히 과거로부터 벗어나 새로운 세계로 진입하기만을 희망하는 것이라고 여기는 경우가 많기 때문이다. 물론 시의 새로움이 추동하는 것은 과거와 구분되는, 새로움의 미학임에 분명하다. 그런데 우리는 바로 이 지점에서 쉽게 오류를 저지르고는 한다. 새로움에 경도된 채 과거와의 완전한 결별을 선언해버리곤 하는 것이다. 그러나 새로움을 추구한다는 것이 완벽하게 새로 만들어진 세계로 가는 것이 아님은 분명하다. 당연히 시는 과거를 수용하고 극복한 이후에야 비로소 새로움의 세계로 나아갈 수 있다. 과거로부터 비롯되지 않은, 완벽하게 낯선 세계와 새로움은 존재하지 않는다. 어쩌면 그것은 신의 영역에서나 가능한 일일 것이다.

그럼에도 불구하고 시는 새롭고 낯선 세계를 만들어내기 위해 스스로를 추동한다. 완전한 새로움이 아니더라도 끊임없이 과거로부터 벗어나기를 희망한다. 당연한 이야기지만 새롭지 않아 상투적인 시는 더 이상 생명력을 지니지 못하기 때문이다. 그것은 전통 서정시의 경우에도 예외일 수 없다. 오히려 전통 서정의 감각에 기대고 있는 작품일수록 새롭고 낯선 세계로 전이되는 것을 두려워하면 안 된다. 그러나 최근 우리 시단은 서정과 전위를 단순히 전통과 새로움의 단절로 생각하며 영자간의 대결구도로 인식하는 경우가 많다. 사실 서정과 전위 등의 구분법은 시의 형식적 발현 방법에 대한 차이일 뿐이지, 그것들이 지니고 있는 시적 본질 자체가 다른 것은 아니다. 전통 서정이 단순히 과거 지향적인 작품일 수 없는 것처럼, 전위의 세계 역시 무조건적인 새로움만을 추구하지 않기 때문이다. 오히려 전위는 과거를 수용한 후 그것을 극복하려고 해야 하며 전통 서정의 세계는 과거에 매몰될 것이 아니라 그것으로부터 다른 새로움을 찾아야 한다.

다시 전통 서정의 이야기를 하도록 하자. 최근 우리 시단의 일부 경향 중에는 전위적 특성에 반발하여 서정성으로 회귀하고자 하는 움직임이 있기도 하다. 그런데 이때 가장 우려스러운 점은 전통 서정이 나아가야 할 새로운 지점에 대한 고민이 주된 것이 아니라, 전위에 반발하여 시단의 주류로서의 서정성을 회복하자는 주장이 관건인 경우가 많다는 점이다. 서정성에 대한 이와 같은 단편적인 주장은 오히려 서정성이 나아가야 할 방향성을 상실하게 만들 뿐이다. 중요한 것은 서정과 전위의 문제가 아니라 시적 새로움에 대한 고민이다. 서정시야말로 새로움이 없다면, 그래서 그것이 추동하는 무엇인가가 존재하지 않는다면, 그것이야말로 문제가 아닐 수 없다. 전통 서정의 세계를 탐문하면 할수록 필요한 것은 과거로부터 벗어나려는 시도와 노력이다. 그것이 없이 전통 서정의 세계는 유의미한 존재 가치를 지닐 수 없을 것이다.

결국 전통 서정과 전위를 비롯한 모든 영역에서 가장 필요한 덕목은 새로움에 대한 강렬한 지향이다. 그렇다면 이러한 새로움은 무엇을 몰고 오는가? 아니면 반대로 그 무엇으로부터 이와 같은 새로움은 시작되는 것인가? 시적 새로움을 통해 생성된 세계는 당연히 낯선 감각을 기반으로 하고 있다. 따라서 시적 새로움은 감각의 새로움에 다름 아닌 것이다.

그것이 정서적 새로움이든 형식적 새로움이든, 새로움의 감각을 기반으로 하고 있다는 점은 분명하다. 시적 새로움이 추동하는 것은 낯선 감각, 사유, 대상 등이다. 그것들을 통해 시의 변이가 이루어진다. 이렇게 전개된 시를 통해 우리의 삶과 세계는 더욱 낯설고 새로운 지점과 맞닥뜨릴 수 있게 된다.

근대 이후의 세계와 마주하게 되며 우리의 시와 예술은 급격한 변화를 경험했다. 그리고 그와 같은 시와 예술의 변혁은 우리의 삶과 세계의 변화를 제시했다. 시와 예술이 당대로부터 영향을 받아 그것을 미적 인식과 감각으로 풀어놓은 것이 듯, 우리의 삶과 세계 역시 시와 예술을 통해 새로운 인식과 사유의 지점으로 나아가고자 한다. 그런데 이때 양자간의 차이점이 있는데, 그것은 시와 예술이 당대로부터 받은 영향을 미적 인식과 감각으로 발현시키는 반면 우리의 삶과 세계는 시와 예술을 통해 인식과 사유를 내재화한다는 데 있다. 따라서 시적 대상을 통해 감각화된 세계를 드러내는 것이 시의 발성이라면, 그리하여 그와 같은 발성을 통해 우리의 인식과 사유가 재조직된다면, 시의 새로움이 추동하는 것은 우리의 의식 안에 자리 잡은 인식과 사유의 변화일 것이다.

그러나 그것만으로 시가 추동하는 모든 것을 설명할 수는 없을 것이다. 시가 단순히 인식과 사유를 유발하는 결과물이 아니기 때문이다. 시는 언제나 미적 감각의 토대 위에서 발현되며 세계를 드러낸다. 그런 점에서 시가 미적 인식과 감각의 결과물로서 우리의 미의식을 자극하고 영향을 끼치는 중요한 매개체임은 자명하다. 따라서 우리가 시를 통해 얻게 되는 것은 인식과 사유를 내재화하는 것도 있지만, 때로는 미적 감각 그 자체이기도 하다. 물론 시는 다른 장르의 예술과는 달리 문자로 이루어졌기 때문에 감각의 즉자적인 반응이나 즉흥적인 정서적 파동이 약할 수밖에 없다. 하지만 시 역시 감각 자체가 사유를 대체하며 우리의 미적 인식 안으로 들어설 수 있는 장르이다. 그런 점에서 시와 시적 대상, 시의 수용자 그리고 우리의 삶과 세계는 서로 긴밀한 관계 속에서 새로움의 지점을 상호간에 추동하며 이끄는 관계라고 볼 수 있다.

대중소비사회에서의
시 읽기

1. 대중소비사회와 미적 욕망

자, 지금부터 하나의 장면을 떠올려보기로 하자. 당신은 지금 어느 식당에 들어가 식사를 하려고 한다. 아름답게 꾸민 식당에 들어서는 순간 당신은 밀레가 그린 서정적 풍경과 함께 '트로트 댄스 메들리'의 흥겨운 리듬과 마주하게 된다. 밀레의 그림이 걸려 있는, 고급스런 대리석으로 치장된 식당에 울려퍼지는 "트로트 댄스 메들리". 이것은 분명 기이한 풍경이자 경험이지만, 우리 삶의 주변을 조금만 신경 써서 둘러보면 흔하게 맞닥뜨릴 수 있는 모습이기도 하다. 이처럼 키치는 저급한 그 무엇인데, 그것은 이제 우리 삶을 둘러싼 채 대중소비사회가 드러내는 삶의 주요한 국면이 되기에 이르렀다.

이제 키치가 특별하고 특수한 경험이 아니라는 점은 자명하다. 그것은 대중소비사회에서 쉽게 발견할 수 있는 속성이며 우리 삶을 드러내는 주요한 기호이다. 키치가 우리 삶의 전면으로 부상하게 된 것은 근대 이후인데, 특히 산업화와 소비가 극대화 되기 시작하면서 키치는 하나의 문화 현상으로 자리잡게 되기에 이르렀다. 따라서 키치는 언제나 대중소비사회와 긴밀한 상관관계를 맺으며 자신의 존재를 드러내기 마련이다. 그리고 키치를 통해 삶을 파악하려는 분석적 접근으로 인하여, 키치는 고유한 가치와 철학을 부여받게 되었다. 그리하여 이전까지 중요하게 여기지 않았던, 저급한 문화와 기호로서의 키치는 세계를 파악하는 하나의 현상이 되기에 이르렀다.

키치가 물질적 풍요로움, 소비, 욕망 등과 관계를 맺는 만큼, 그것은 소비사회의 속성과 긴밀한 관계를 맺을 수밖에 없다.[1] 당연히 키치의 본질은 물질적 욕망과 소비를 기반으로 한다. 물질적 욕망과 소비는 천박한 물질만능주의로 전이되며 저급한 문화적 욕망을 드러내게 된다. 키치는 이러한 의미 없는 것들을 의미화함으로써 자신의 존재를 드러낸다. 그렇다고 해서 키치 자체의 본질이 변하는 것은 아니다. 키치의 저급한 속성은 그대로지만, 키치를 파악하고자 하는 분석적 태도가 가해지게 되면서 키치는 대중소비사회의 비극성을 드러내는 하나의 단서가 되기에 이르는 것이다.

---

[1] 오늘날에는 소비라는 가치가 인간을 지배하고 있다. 그러나 그것이 일상생활에 새롭게 등장한 요소라는 뜻은 아니며 단지 그것이 차지하고 있는 비중이 극단적으로 커졌다는 것이다. 19세기 말 무렵까지 소비는 부차적이고 우연적인 것에 불과했으나, 그 후 점차적으로 문화현상의 전면에 그 모습을 드러냈으며 마침내는 본질적으로 중요한 요소가 되었다. 키치라는 현상은 소비사회에 근거한다. 소비사회란 소비를 위한 생산이 이루어지며 생산을 위한 창조적 당위성이 주장되는 사회이며 창조→생산→소비→창조→생산→소비의 순환이 점점 더 빠른 속도로 반복되는 사회이다. ─아브라함 몰르, 엄광현 옮김, 『키치란 무엇인가?』, 시각과 언어, 1996, 19쪽.

이와 같은 키치는 철학이 부재한 채 예술을 소비하는 소모적 양상으로 나타나는 경우가 많다. 예술 작품의 미적 감각을 단순하게 소비함으로써 키치는 예술을 저급한 영역으로 끌어들인다. 또한 키치는 예술을 통해 고급스런 감각과 이미지를 부여받기를 희망하기도 한다. 따라서 "키치와 예술은 서로 분리될 수 없는 관계로 묶여 있"[2]을 수밖에 없다. 키치는 예술을 온몸을 감싼 채 대중소비사회의 저급한 미적 욕망을 발산할 수밖에 없는 존재인 것이다.[3]

2. 90년대라는 욕망과 시적 인식

90년대는 우리에게 무엇인가? 그것은 이데올로기의 붕괴를 경험한 시대임과 동시에 물질적 풍요로움과 대중문화가 확장된 시기이기도 하다. 우리는 90년대에 이르러 서구사회에서 60년대에 나타났던 대중소비사회의 특성들을 비로소 경험하게 되었다. 한국 사회에 나타난 대중소비사회의 특성은, 그것을 앞서 경험한 서구사회의 경우와 다를 바 없는 것이었다. 소비가 미덕이 된 사회에 남겨진 것은 물질적 욕망과 물화된 세계를 추종하는 가치관의 전도 현상이었다. 특히 88년 서울올림픽을 기점으로 폭발적으로 증가한 경제적 성장세는 이러한 우리 삶의 비극적 국면을 더욱 강화하게 하는 계기가 되었다. 모든 것은 물질적 척도에 의해 평가되었으며, 더 많은 것을 소유하기 위해 욕망은 극대화될 수밖에 없었

---

2) 위의 책, 11쪽.
3) 사회가 풍요로워지면 욕구보다도 욕구를 만족시킬 수단이 많아지게 되며, 그 결과 일부에서는 장식이나 부록 같은 무상행위가 나타난다. 이러한 일반적인 상황 속에서 시민계급이 자신들의 논리와 규범을 예술작품의 생산에도 적용하고자 했을 때 거기에서 키치가 등장한 것이다. ─위의 책, 같은 쪽.

다. 이러한 상황에서 모든 정신적 가치가 무화될 수밖에 없는 처지로 전락하고 폄하되는 것은 당연한 일이었다.

90년대는 이전 시대와는 다른 경제적, 문화적 특성을 지니고 있었는데, 경제적 풍요로움이 본격화되기 시작한 이 시기는 경제적 성장과 함께 문화에 대한 욕구도 확대되기 시작했다. 그러나 이때 확대되기 시작한 문화는 대중문화를 중심으로 이루어진 것이었는데, 대중소비사회에 보편적으로 나타나는 소비적, 향락적 문화가 확장된 측면이 큰 것이었다. 물론 당시의 모든 대중문화를 저급한 것이라고 단언할 수는 없다. 그러나 분명한 것은 대중소비사회의 상품화된 문화와 기호가 확대된 것만큼은 부정할 수 없는 사실이다.

위에서 언급한 바와 같이 90년대는 한국 사회에 대중문화와 대중소비사회가 본격화된 시기이다. 물질적 풍요로움을 바탕으로 소비는 폭발적으로 늘어났으며, 물질적 욕망을 노골적으로 드러내는 것에 대해 거부감은 상대적으로 약화되었다. 90년대의 풍요로움은 물질적 욕망을 노골적으로 표현함으로써 자신의 존재를 부각시키고자 했다. 그런데 사람들은 이러한 욕망의 한켠에 그것을 치장할 그 무엇을 필요로 했다. 바로 여기에 (도저히 미적이라고 볼 수 없는) 미적 감각이 등장하게 되는 것이다.

우리 시단은 이와 같은 90년대의 상황을 통해 근대적 삶의 비극성을 수용하고자 했다. 특히 키치적 특성은 대중소비사회의 물화된 욕망을 드러내는 데 적합한 표현 양식이었기 때문에, 우리 삶의 키치적 속성을 부각시킴으로써 저급한 삶의 단면을 파악하고 제시하고자 했다. 90년대의 우리 시단은 이처럼, 대중의 한가운데를 파고든 대중소비사회의 문화와 기호를 통해 대중소비사회의 저급한 속성과 기호가 전달하는 비애로움을 만천하에 드러내고자 했다. 그리고 그러한 것들을 통해 물화된 세계의 욕망과 위장된 세계의 실체를 보여주고자 한 것이었다.

또한 대중소비사회와 깊은 연관을 맺고 있는 키치는 대중문화와도 긴밀한 관계를 맺는다. 90년대는 대중소비사회가 폭발적으로 확장된 시기이기도 하지만 대중문화가 주류 질서 안으로 편입된 시기이기도 하다. 음악과 영상 등을 비롯한 대중문화 전반이 우리 사회의 문화적 주도권을 쥐기에 이른 것이다. 그리고 이러한 대중문화는 대중소비사회라는 속성과 맞물리면서 막강한 힘을 발휘하기 시작했다. 대중문화가 대중소비사회와 결합하여 나타나는 것은 지극히 자연스런 현상이다. 문화는 이제 더 이상 고뇌의 산물로서의 '작품'이 아니라 대량 생산되고 소비되어야 하는 '제품'일 뿐이다. 따라서 90년대 우리 시에 등장한 키치의 모습에 대중문화가 빈번하게 등장하는 것은 자연스러운 일이다.

키치를 호명한 시가 90년대에 이르러 집중적으로 등장하게 된 것은 한국 사회에 키치가 자리잡게 된 시기와 일치한다. 시인들은 그 이전에는 경험하지 못했던 물질적 풍요로움에 경악하고 압도 당했으며, 그것의 풍요로움에도 불구하고 그것이 전달하는 욕망에 절망했다. 90년대의 키치적 상황을 받아들이는 시인들의 자세는 사실 적극적인 수용자의 입장이 아니었다. 그들의 육체가 대중소비사회 안에 놓여 있었음에도 불구하고 그들의 정서는 대중소비사회의 외부를 겉돌고 있을 뿐이었다. 따라서 90년대에 키치를 다룬 작품들은 그것들의 감각적 측면에도 불구하고 대체적으로 외부자의 시선을 지니고 있을 수밖에 없는 것이었다.

이러한 속성은 곧 작품을 다루는 시인의 입장이기도 했다. 90년대의 키치적 특성을 바라보는 시인은, 키치적 삶의 영역 안에 놓인 수용자이자 그것을 파악하는 관찰자와 비판자의 입장을 동시에 지니고 있었다. 그러나 이천 년대 이후에 등장한 시인들의 삶과 작품은 90년대 시인들의 그것과 일정한 차이가 드러낸다. 물론 이천 년대 이후에 등장한 시인들의 경우 역시 90년대 시인들이 보여준 대중소비사회에 대한 입장과 크게 다르지 않다고 볼 수 있을 것이다. 그러나 이천 년대의 시인들은 대중소비사회의 속성을 자신의 삶의 영역 안에서 보다 적극적으로 수용하기 시작했다. 이들에게 하위문화를 비롯한 대중소비사회의 여러 특성들은 관찰자의 입장에서 바라보고 파악해야 하는 그 무엇이 아니라 자신들의 삶 자체이자 세계가 되기에 이른 것이다.

3. 키치, 혹은 하위문화를 바라보는 입장

90년대 시인들이 키치적 속성의 수용자이면서 동시에 그것을 바라보는 관찰자의 입장이었다면, 이천 년대 시인들은 더 이상 관찰자의 입장을 고수하지 않는다. 그들에게 대중소비사회와 대중문화는 자신들의 삶과 동일한 것으로 인지되기에 이르렀다. 물론 그들이 이러한 세계에 대해 비판적 시선을 견지하지 않는 것은 아니다. 하지만 대중소비사회와 대중문화는 이미 그것 자체로 일정한 힘과 의미를 지니게 된다. 다음에 제시한 유하와 이승원의 작품을 통해 이와 같은 태도는 명확하게 갈라진다.

압구정동은 체제가 만들어낸 욕망의 통조림 공장이다.
국화빵 기계다 지하철 자동 개찰구다 어디 한번 그 투입구에
당신을 넣어보라 당신의 와꾸를 디밀어보라 예컨대 나를 포함한
소설가 박상우나
시인 함민복 같은 와꾸로는 당장은 곤란하다 넣자마자 띠― 소리

와 함께

거부 반응을 일으킨다 그 투입구에 와꾸를 맞추고 싶으면 우선 일년간 하루 십 킬로의

로드웍과 섀도우 복싱 등의 피눈물 나는 하드 트레이닝으로 실버 스타 스탤론이나

리차드 기어 같은 샤프한 이미지를 만들 것 일단 기본 자세가 갖추어지면

세 겹 주름바지와, 니트, 주윤발 코트, 장군의 아들 중절모, 목걸이 등의 의류 액세서리 등을 구비할 것 그 다음

미장원과 강력 무쓰를 이용한 소방차나 맥가이버 헤어스타일로 무장할 것

그걸로 끝나냐? 천만에, 스쿠프나 엑셀 GLSi의 핸들을 잡아야 그 때 화룡점정이 이루어진다.

그 국화빵 통과 제의를 거쳐야만 비로소 압구정동 통조림 통 속으로 풍덩 편입할 수 있게 되는 것이다.

이곳 어디를 둘러보라 차림새의 빈부 격차가 있는지 압구정동 현대아파트는 욕망의 평등 사회이다 패션의 사회주의 낙원이다.

— 유하, 「바람부는 날이면 압구정동에 가야 한다 2」

(『바람부는 날이면 압구정동에 가야 한다』, 문학과지성사, 1991)

부분.

이 도시는 연중 삼백 일 이상 비 올 확률 백 퍼센트

새우 시체가 부유하는 튀김우동은 수증기를 내보이고

마스카라와 아이 섀도가 번진 몸무게 사십이 킬로그램의 매춘부는 파란 비닐 우산을 들고 편의점 앞에 서 있다

(중략)

축구를 할 수 없는 청년들은

친구 집 차고에 모여 마샬 앰프와 워시번 전기 기타와 타마 드럼을 가져다놓고 합주를 한다

유원지에는 레인코트를 입은 여자가 울면서

혼자 회전목마를 타고 있다
폭력 조직의 두목들이 호텔 스카이라운지에 앉아
우중 도시의 전망을 보며 협상을 벌인다
브레이크를 밟다가 미끄러진 모터사이클 운전자는
깨진 헬멧과 함께 일어날 줄을 모른다
화교들이 모여 사는 거리의 삼층 다락방에서는
대마초 연기가 눈을 따갑게 하고
화창한 맑은 날에 리비도가 저하되는 성도착증 환자는
낡은 가죽 재킷을 맨몸 위에 걸치고
입주자들이 모두 떠난 폭파 예정인 아파트를 배회한다
밤새 벼락이 친다

— 이승원, 「근미래의 서울」
(『어둠과 설탕』, 문학과지성사, 2006) 부분.

유하의 입장과 이승원의 입장은 위의 시에서와 같이 현격한 차이를 지니고 있다. 유하가 대중소비사회의 세계 밖에 시적 화자인 자신을 위치시킨다면, 이승원은 적극적으로 그 세계 안으로 들어간다. 또한 유하는 "압구정동은 체제가 만들어낸 욕망의 통조림 공장이다"라며 대중소비사회 밖에서 그것을 비판적으로 바라보고 있는 반면, 이승원은 대중소비사회에서의 삶을 자신의 것으로 적극적으로 수용하고 있다. 이처럼 90년대와 이천 년대의 시인들이 대중소비사회를 바라보는 시선은 근본적인 차이를 나타낸다.

이천 년대 이후 우리 시는 이와 같이 하위문화를 적극적으로 수용한다. 그러나 이러한 B급 정서는 이전에는 예술의 영역 밖에 있었다. 하지만 하위문화가 적극적으로 수용되기 시작함으로써 그것은 주체적인 목소리를 내기 시작했다. 90년대와는 달리, 하위문화를 바라보는 이천 년대 시인들의 시선은 그것 자체에 대해 비판적, 비관적 양상을 띠지 않는다. 아울러 키치를 포함한 하위문화는 이제 더 이상 극복하고 바꾸어야할 대상으로 바라보지도 않는다. 물론 키치적 속성을 비롯한 하위문화를통해 세계를 해석하고 비판한다는 점은 여전하다. 그러나 키치나 하위문화 자체를 거부하거나 비관적으로 파악하지 않는다고 볼 수 있다. 이천년대 시인들은 키치나 하위문화에 대한 비판이 아니라, 단지 그것을 통해 세계의 실체를 파악하고자 한다. 이들은 키치와 하위문화를 향해 야유를 퍼붓지 않고, 다만 그 안에 놓인 삶과 세계를 응시하고 드러내고자할 뿐이다. 그리하여 그것이 우리 삶이라고, 비애로운 정서와 시적 인식을 제시할 뿐이다. 키치나 하위문화는 이제 선과 악으로 나눌 수 있는 이분법적 속성을 지니지 않는다. 그것은 삶과 세계를 바라보는 눈이며 바로 우리 자신의 모습에 다름 아닌 것이다. 그리하여 하위문화는 "그 자체만으로도 '침묵하는 다수'를 위반하고, 통일과 응집의 원칙에 도전하며, 합의의 신화를 반박하는 대화를 향한 몸짓들이며 움직임"[4]이다.

4. 키치의 미적 인식과 의미

욕망을 충족시키는 유일한 대상은 죽음뿐이라고 한 프로이드의 말이 아니더라도 욕망이 무한하다는 사실은 자명하다. 그리고 이러한 욕망은 대중소비사회와 긴밀한 관계를 맺는다. 따라서 키치는 대중소비사회의 욕망을 제시하는 중요한 지점이다. 이때 키치를 통해 재현되는, 대중소비사회의 욕망을 표현하는 작품은 이 시대를 표현하는 하나의 기호이자

---

4) 딕 헵디지, 이동연 옮김, 『하위문화』, 현실문화연구, 1998, 37쪽.

상징이 된다. 대중소비사회는 단순한 상품을 소비하는데 그치지 않고 기호를 소비하는 것이다. 이때 상품의 물질적 가치는 실용적이고 기능적인 측면을 벗어나 상품화된 하나의 기호로 기능하게 된다. 대중소비사회는 우리의 삶을 둘러싼 모든 것을 기호화함으로써 그것이 지니고 있는 이미지를 소비하도록 만든다. 그리하여 대중소비사회의 기호들은 "소비의 기호들과 기호들의 소비, 행복의 기호들과 기호들에 의한 행복이 서로 한데 얽히고 서로 강화하고 상호 중화"[5]하게 한다. 그리하여 대중소비사회의 기호는 우리의 삶 자체가 되어간다.

이처럼 키치는 우리 삶 외부에 존재하는 대상이 아니다. 그것은 이제 우리의 삶 자체이며 우리 삶이 놓인 세계에 다름 아닌 것이다. 그리하여 키치는 대중소비사회를 사는 현대인들의 삶의 모습을 극명하게 드러낸다. 따라서 대중소비사회를 이루는 무수한 키치적 기호들은 우리 삶의 모습을 적극적으로 재현하는 것일 수밖에 없는 것이며, 이제 그것은 우리 삶의 본질과 연관을 맺게 된다. 주지하듯 시는 당대의 삶을 반영한다. 따라서 대중소비사회의 시는 자연스럽게 키치를 시적 영역 안으로 끌어들일 수밖에 없는 것이었다. 그리하여 키치는 끊임없이 진화하며 삶의 국면이라는, 시적 세계의 전면에서 우리 삶을 호명하고 파악할 것이다.

---

5) 앙리 르페브르, 박정자 옮김, 『현대세계의 일상성』, 기파랑, 2005, 200쪽.

새로운 감각의
탄생

1. 무너진 이데올로기와 외환위기의 시대

1990년대는 이데올로기의 와해와 함께 시작되었다. 이데올로기가 와해된 시발점은 독일의 통일이었다. 1990년에 이루어진 독일의 통일은 단순하게 하나의 국가가 통일되었다는 것만을 의미하지 않는다. 그것은 그동안 지속되었던 이데올로기의 역사가 와해되는 전조였으며 붕괴된 이데올로기 속에 새로운 전기를 맞이하게 된 90년대의 서막이었다. 독일의 통일은 이듬해 소비에트 연방의 해체로 이어졌다. 독일이 통일된 데 이어 소련이 해체됨으로써 공산권은 급속히 몰락하기 시작했다. 공산권이 몰락함으로써 공산주의와 자본주의의 대결 구도라는 이데올로기의 양상은 더는 의미 있는 담론을 만들어내지 못한 채 사라지게 되었다. 그리고 이와 같은 세계사적 사건은 이후 우리나라의 현대사와 문학사에도 많은 영향을 주게 된다.

　문민정부 출범 이후의 여러 국내 정치 상황 그리고 동구 공산권의 몰락 이후, 우리나라의 이데올로기 논쟁은 더는 과거와 같은 양상을 유지할 수 없게 되었다. 거대 담론이 사라지자 이데올로기에 대한 관심과 논쟁은 사람들의 관심사 밖으로 밀려났고, 그 자리는 빠르게 다른 것으로 대체되었다. 7─80년대의 투쟁적 이데올로기의 장은 언제 그랬냐는 듯 사라지고 말았다. 그리하여 90년대 이후 이데올로기는 사회적, 문화적, 문학적으로 더는 주류로서의 논쟁적 지위를 지닐 수 없게 되었다. 투쟁적 이데올로기가 무너진 우리나라의 90년대는 대중문화와 대중소비사회가 빠르게 확산되며 그 빈자리를 메우게 되었다. 이러한 현상은 90년대가 시작되기 불과 몇 년 전만 하더라도 상상조차 할 수 없는 일이었다.

　한편 90년대 후반에 접어든 1997년, 한국의 경제 상황은 외환위기에 직면하게 된다. 흔히 IMF 외환위기라고 불리는 이 사건으로 인해 우리나라의 경제는 최악의 국면으로 치닫는다. 외환위기로 인해 수많은 기업이 도산했으며 우리나라의 경제는 뿌리부터 흔들리게 된다. 우리의 경제 신화는 단박에 무너져 내렸고, 많은 국민의 삶은 나락으로 떨어지게 되었다. 이러한 외환위기는 문학작품의 양상마저 바꾸어 놓았는데, 당시 신춘문예 응모작의 상당수가 외환위기를 형상화하기도 했다.

2. 거대 담론의 소멸과 대중소비사회의 확산

　90년대는 바야흐로 대중문화와 대중소비가 폭발적으로 확산된 기점이라고 할만하다. 물론 과거에도 근대적 대중문화와 대중소비의 양상이 존재하지 않았던 것은 아니지만, 그러한 특성이 더욱 강렬하게 우리의 사회를 지배하게 된 것은 90년대 이후의 일이었다. 90년대 이후의 문화적 양상은 이데올로기의 붕괴라는 양상과 맞물리게 되면서 그것들이 내재하고 있던 소비적, 즉흥적, 물신적 요소들을 폭발적으로 분출하게 된다. 아울러 90년대는 이데올로기의 퇴조와 함께 사회적으로 다양한 변화가 시작된 시기이다. PC통신을 시작으로 인터넷이 보편화되기 시작한 시기이며, 홍대로 대표되는 인디문화와 80년대 후반 자유화된 해외여행이 확산된 것도 90년대이다. 그리고 무엇보다 대중문화가 문화의 주류 질서 안으로 수렴되었는데, 이러한 것들은 우리의 의식과 문화 전반에 많은 변화를 가져왔다. 그리고 이러한 변화는 당연히 우리 문학에도 많은 영향을 미치게 되었다. 이데올로기가 퇴조한 이후 90년대의 문학은 소재와 주제 등의 내용적인 측면과 형식적인 면 모두에서 과거에 비해 자유롭고 유연한 특징을 나타내게 되었다.

이데올로기의 퇴조 이후 90년대 한국 문학은 대중소비사회의 양상을 작품에 투사시켰으며, 대중소비사회의 모습을 감각적으로 표현하였다. 시의 경우, 그동안 문학의 영역 안에서 표현되지 않았던 소재가 적극적으로 사용되었으며, 감각화된 표현과 현대문명사회의 여러 양상이 시적 소재로 차용되었다. 대중 스타를 직접 등장시켜 표현하기도 했고, 그동안 시의 영역으로 끌어들이지 않았던 무협의 세계를 시적인 소재로 사용하기도 했다. 아울러 PC통신과 인터넷 등의 매체 변화 역시 시적 언술 양상의 변화에 많은 영향을 미쳤다. 그리고 대중문화뿐만 아니라 인디문화 등으로 설명할 수 있는 90년대 문화적 특성이 문학적 양상으로 전이되면서 시의 언술 양상과 감각은 이전 세대와는 비교할 수 없을 정도로 감각적이고 자유로운 세계를 보여주게 되었다.

물론 90년대의 특징을 대중문화와 대중소비사회라는 특성만으로 설명할 수는 없을 것이다. 그리고 90년대 문학 역시 이러한 성격을 기반으로 한 도시적 상상력만으로 설명할 수 없을 것이다. 하지만 90년대를 주요하게 관통하던 것이 대중문화와 대중소비였던 것처럼, 90년대 문학역시 그와 같은 시대적 특성이 중요한 역할을 했음은 자명하다. 하지만이와 같은 문학적 변화 가운데 다른 목소리를 내고자 하는 시적 움직임도 있었다.

90년대 초반, 신서정시 운동을 통해 시의 서정성을 복원하고자 하는시도가 있었다. 서정시가 특정한 시기에만 존재했던 것은 아니지만 80년대 민중시와 해체시 등 강렬한 어조의 작품이 시단을 주도하던 시기에서정시는 상대적으로 위축된 양상을 보일 수밖에 없었다. 이후 이데올로기가 퇴조하는 가운데 시의 본령이라고 할 수 있는 서정성을 복원하고자하는 움직임이 나타났던 것이었다. 하지만 서정성을 복원하고자 하는 시적 움직임을 90년대 문학 전반에 대한 대표적이고 특징적인 사례라고볼 수는 없을 것이다.

압구정동은 체제가 만들어낸 욕망의 통조림 공장이다.
국화빵 기계다 지하철 자동 개찰구다 어디 한번 그 투입구에
당신을 넣어보라 당신의 와꾸를 디밀어보라 예컨대 나를 포함한
소설가 박상우나
시인 함민복 같은 와꾸로는 당장은 곤란하다 넣자마자 띠― 소리
와 함께
거부 반응을 일으킨다 그 투입구에 와꾸를 맞추고 싶으면 우선
일년간 하루 십 킬로의
로드웍과 섀도우 복싱 등의 피눈물 나는 하드 트레이닝으로 실버

스타 스탤론이나

리차드 기어 같은 샤프한 이미지를 만들 것 일단 기본 자세가 갖추어지면

세 겹 주름바지와, 니트, 주윤발 코트, 장군의 아들 중절모, 목걸이 등의 의류 액세서리 등을 구비할 것 그 다음

미장원과 강력 무쓰를 이용한 소방차나 맥가이버 헤어스타일로 무장할 것

그걸로 끝나냐? 천만에, 스쿠프나 엑셀 GLSi의 핸들을 잡아야 그때 화룡점정이 이루어진다.

그 국화빵 통과 제의를 거쳐야만 비로소 압구정동 통조림 통 속으로 풍덩 편입할 수 있게 되는 것이다.

이곳 어디를 둘러보라 차림새의 빈부 격차가 있는지 압구정동 현대아파트는 욕망의 평등 사회이다 패션의 사회주의 낙원이다

가는 곳마다 모델 탤런트 아닌 사람 없고 가는 곳마다 술과 고기가 넘쳐나니 무릉도원이 따로 없구나 미국서 똥구루마 끌다 온 놈들도 여기선 재미 많이 보는 재미 동포라 지화자. 봄날은 간다―

해서, 세속도시의 즐거움에 동참하고 싶은 자들 압구정동의 좁은 문으로 들어가길 힘쓰는구나

투입구의 좁은 문으로 몸을 막 우겨 넣는구나 글쟁이들과 관능적으로 쫙 빠진 무용수들과의 심리적 거리는, 인사동과 압구정동과의 실제 거리에 비례한다.

걸어가면 만날 수 있다 오, 욕망과 유혹의 삼투압이여

자, 오관으로 느껴보라, 안락하게 푹 절여진 만화방창 각종 쾌락의 묘지, 체제의 꿍치통조림 공장, 그 거대한 피스톤이, 톱니바퀴가 검은 기름의 몸체를 번득이며 손짓하는 현장을

왕성하게 숨막히게 숨가쁘게

그러나 갈수록 쎅시하게

— 유하, 「바람 부는 날이면 압구정동에 가야 한다 2」

(『바람 부는 날이면 압구정동에 가야 한다』, 문학과지성사, 1991.)

부분

세계를 대하는 유하의 시적 태도는 이전 세대의 그것과 사뭇 다른 양상을 보인다. 그것은 이데올로기를 내세운 작품과도 다른 것이지만, 도시적 상상력을 기반으로 쓴 이전 세대의 작품과도 상당히 다른 양상을 지니고 있다. 이데올로기나 정치적 상상력으로부터 자유로운 시적 태도를 보여줄 뿐만 아니라, 표현하지 못할 것이 없다는 듯 물신 사회의 모든 것들을 시적 대상으로 삼는다. 아울러 시적 표현 역시 문학에 대한 엄숙함을 벗어던지고 날 것 그대로의 음성으로 재현하고 있다.

그동안 우리에게 문학은 엄숙한 그 무엇이었다. 하지만 90년대의 문학은 엄숙함을 벗어던짐으로써 이전 세대의 문학과는 다른 태도를 보여주게 된다. 90년대 문학은 엄숙함을 벗어던짐으로써 대중소비사회의 물신화된 삶과 세계의 속성을 조롱하고자 했다. 이러한 조롱의 양상은 가벼운 언어와 감각적인 시선을 통해 재현되고 있으며, 그것을 통해 삶과 세계의 본질을 꿰뚫어 보고자 했다. 한없이 가벼워진 시대에 대응하는 시의 언어가 과거와 같은 방식일 수는 없을 것이다. 어쩌면 진지함이 사라진 시대의 시적 언어가 이러한 양상을 띠는 것은 지극히 당연히 것이었으리라.

우리나라의 소비적, 즉흥적, 물신적 양상은 90년대 이전에도 존재했던 것이지만, 90년대 이후에 특히 극대화된다. 90년대 이전의 근대적 사회의 경우에는 소비적, 즉흥적, 물신적 양상과 함께, 그 대척점에 있던 것들 역시 중요한 삶의 덕목으로 여겨졌었다. 90년대 이전의 삶과 세계는 이와 같은 양가적 입장을 동시에 취하고 있었다. 그러나 90년대 이후에는 소비적, 즉흥적, 물신적 측면이 우리의 삶과 세계를 주도하며 주류의 지위를 차지하게 되었다. 그리고 이러한 삶과 세계의 양상은 우리 문학 작품 안에 적극적으로 수용되기 시작했다.

유하는 압구정 문화를 내세워 이러한 90년대 문화의 물신성을 고발하고자 했다. 압구정동 일대의 상업 지역을 중심으로 확산된 90년대 압구정 문화는 90년대의 소비적, 즉흥적, 물신적 양상을 대표적으로 보여주는 사례이다. 그곳은 모든 것이 물질적 가치로 치환되어 존재하게 되는 공간이며, 물질적, 육체적 욕망이라는 표피적이고 일차원적인 것들만이 남게 되는 곳이다. 유하의 「바람 부는 날이면 압구정동에 가야 한다 2」에 등장하는 삶의 모습은 어떻게 보면 시인의 상상력의 소산이 아니다. 이 시에 등장하는 여러 국면은 90년대 당시에 흔하게 실재했던 삶의 양상이다. 압구정으로 대표되는 90년대는 「바람 부는 날이면 압구정동에 가야 한다 2」에서처럼 욕망으로 들끓는 시기였다.

3. 근대적 삶의 양상과 대중문화의 시대

주지하듯 90년대는 대중소비사회와 대중문화가 우리 삶의 중요한 지위를 차지하게 되었다. 그런데 한 가지 놀라운 것은 80년대 문학의 그토록 진지한 지점과 90년대 문학의 한없이 가벼운 지점이, 물리적인 시간의 동시대성에도 불구하고 너무나 커다란 시대적 간극을 보여주고 있다는 점이다. 과연 이렇게 급격하게 변할 수 있나 싶을 정도로 80년대 문학의 양상과 90년대 문학의 양상은 다른 것이었다. 물론 80년대에도 도시시로 구분되는 일군의 젊은 시인들의 작품이 주목을 받은 바 있기는 하다. 하지만 80년대 도시시는 90년대의 작품에서처럼 가벼움 그 자체를 전면에 내세우지 않았다. 아울러 7—80년대에 도시의 물신적 양상을 제시한 작품의 경우에도 우리의 삶과 세계 전반을 가벼움 그 자체로 파악하고 즐기지는 못했다. 하지만 90년대 문학은 이데올로기의 억압으로부터 자유롭게 해방된 이후, 가벼움 자체에 몰입함으로써 한없이 가볍기만 한 삶과 세계의 실체를 있는 그대로 드러내고자 했다.

> 24시간의 일상, 그 끄트머리엔
> 25시라는 상상의 편의점으로 통하는 비밀 통로가 있다
> 난 24시의 일상을 탈영한, 떠도는 자이므로
> 박쥐처럼 익숙하게 그곳으로 스며든다
> 24시간의 편의를 위해 아무것도 기여하지 않은 손으로
> 뇌수의 냉장실 문을 열고, 오늘은
> — 유하, 「참치죽이 있는 LG 25시의 풍경 1」
> (『세운상가 키드의 사랑』, 문학과지성사, 1995.) 부분

24시간 내내 불 밝히고 있는 편의점의 모습은 현대와 현대인의 속성을 극단적으로 보여주는 대표적인 사례이다. 앞에서 다룬 「바람 부는 날이면 압구정동에 가야 한다 2」의 경우도 「참치죽이 있는 LG 25시의 풍경 1」과 같은, 24시간 내내 잠들 수 없는 도시적 비극성을 전제로 한 것이다. 90년대 이전의 우리 삶은 어느 정도 삶의 원전으로서의 그 무엇이 존재했던 시절이었다. 물론 7-80년대의 삶 역시 근대적 양상이었다는 점은 동일하지만, 이때만 하더라도 우리 삶이 지향하고 추구하는 그 어떤 지점이 존재했음은 분명하다. 그러나 90년대 이후의 우리 삶은 과거와는 비교할 수 없을 정도의 대중소비사회의 소모적 비극성과 맞닥뜨리게 된다.

그것은 마치 불이 꺼지지 않는 편의점처럼 잠들 수 없는 세계이며, 모든 것들이 욕망의 진열장 위에 전시된 참혹한 사회인 것이다. 무엇보다

이러한 물신적 세계 속에 인간은 주체로서의 지위를 지니지 못한다. 이때 인간은 대중소비사회의 욕망 속에서 소모적인 존재로 전락하고 만다. 그런 점에서 90년대에 확산되기 시작한 대중문화, 압구정 문화 등의 양상을 그저 단편적인 현상만으로 파악할 수는 없다. 이러한 문화는 90년대 이후의 소모적이고 즉흥적인, 그리고 물신화 된 삶의 양상이 반영된 것들이다. 이처럼 우리의 삶은 과거와는 다른 양상으로 전개됨으로써 이전과는 다른, 즉흥적이고 감각적이며 소비 지향적인 모습을 띠게 되었다. 그리고 우리의 문학 역시 80년대 이전과는 다른 양상으로 전개되기 시작했다.

TV는 나의 눈

섹스, 거짓말 그리고
사회적 폭력 및 성적 불안을 조성하는 혐의로 체포된
통제 불가능한 상상력
내 어머니의 자궁 속으로 나는 육십 년간의 여행을 떠난다
뒤엉킨 세상으로 나를 들려주는 것은
암시장에서 사온 불법
비디오 테이프
　　　　　　　　　　　　— 하재봉, 「비디오 / TV는 나의 눈」
　　　　　　　　　　　(『비디오 천국』, 문학과지성사, 1990.) 전문

톡 쏘는 맛처럼 떠오르는 여자가 있다 코카콜라 씨에프에서
　팔꿈치로 남자를 때리며 앙증맞게 웃는 여자, 그 몇 초 프레임 안
되는 장면 하나가 방영되자마자 연예가 일번지 압구정동 일대가
　술렁였댄다 그것 땜에 애인 있는 남자들의 옆구리가 순식간에 멍
들었다는데……

왜 그 씨에프가 히트했는가에 대한 항간의 썰들은 분분하다

가학으로 상징되는 남자와 피학으로 상징되는 여자의 쏘살 포지
션을 자극적으로 뒤튼 것이 주효했다는 친구도 있고

(놈은 허슬러부터 휴먼 다이제스트에 이르기까지 매저키즘 사디
슴에 관한 미국의 온갖 빨간책은 물론 마광수의 가자 장미여관, 야
한 여자, 권태까지 섭렵한 권태스런 놈이다)

그 씨에프 콘티는 말야 전세계 장래마저 자국의 문법으로 콘티
짜는 미국의 솜씨니까 당연한 거라구, 잘난 척하는 녀석도 있다

난 전율한다 눈 깜짝할 사이에 지나가는 심혜진의 보조개 패인
미소 뒤에도 얼마나

세계는 넓고 할 일은 많은 쾌남아들의 거대한 미소가 도사리고
있는가

하여튼 단 십초의 미소로 바보상자의 관객들과 쇼부를 끝낸 여자
심혜진

— 유하, 「콜라 속의 연꽃, 심혜진論」
(『바람 부는 날이면 압구정동에 가야 한다』, 문학과지성사, 1991.)
부분

하재봉과 유하의 시는 대중문화와 대중스타를 적극적으로 시의 영역
으로 호명하고자 한다. 이들의 이와 같은 시도는, 이전까지 시적 대상으
로 여기지 않던 것들을 적극적으로 수용하고자 하는 90년대 시의 특성
을 잘 보여준다. 물론 이전에도 도시적 특성을 전면에 내세운 시는 존재
했다. 멀리는 일제강점기의 김기림 등이 백화점과 일루미네이션 등을 시
속에 등장시켰으며 가까이는 80년대 도시시가 근대적 삶의 양상을 주도
적으로 재현하기도 했다. 도시시는 성장기를 거쳐 본격적으로 도시화의
양상이 나타나기 시작한 80년대적 속성을 시적 세계 안으로 끌어들였
다. 하지만 이때까지의 도시적 양상은 90년대의 그것과는 사뭇 다른 것

이었다. 그것은 근대의 풍경을 재현하는 것이었지만 아직까지 정서적으로는 작품과 세계가 한몸을 이루지는 못했다.

도시적 삶을 다루고 있는 80년대 시의 경우, 도시라는 시적 대상과 시적 화자가 분리되어 있었다면, 90년대 시는 대중소비사회와 시적 화자가 한몸이 되어 그것을 능동적으로 소비하고 감각했다. 80년대의 시적 화자는 도시라는 시적 대상을 외부에서 관찰하여 그것을 파악하고자 했다. 따라서 시적 화자는 철저히 시적 대상의 외부에 존재할 수밖에 없었다. 그리고 이때 도시는 시적 화자가 뿌리내린 삶의 터전이지만 동시에 벗어나고 극복하고 싶은 대상이 된다. 그러나 90년대의 시가 세계를 바라보는 양상은 전혀 다르다. 90년대의 시적 화자는 대중소비사회라는 시적 대상과 한몸이 되어 시적 대상을 체화하고자 한다. 90년대의 시 역시 대중소비사회라는 근대성의 비극을 잘 알고 그러한 비극에 대한 고민을 제시하지만, 시적 화자는 시적 대상과 분리되지 않고 하나로 엮인 채 온몸으로 감각하고자 한다. 그리하여 90년대의 시는 시적 화자가 대중소비사회 속으로 뛰어들어 그것의 있는 그대로의 모습을 우리 앞에 생생히 보여주고자 한다. 따라서 대중소비사회와 한몸이 되어 그것을 표현하는 90년대의 시는 과거의 작품과는 달리 즉흥적이고 감각적이며 자극적인, 가벼움의 미학을 선보이게 되는 것이다. 그리고 이와 같은 시적 경향은 문학적인 현상에 국한된 것이 아니라, 대중문화를 비롯한 우리 문화 전반에 나타난 특징적인 양상이기도 하다.

90년대 대중문화는 즉흥적이고 자극적이며 산업화된 특성을 동시에 가지고 있다. 그런 점에서 90년대의 대중문화는 이전까지의 대중문화와는 완전히 다른 양상을 지니고 있는 것이었다. 대중문화를 생산하는 주체뿐만 아니라 소비하는 관객까지 과거와는 다른 문화적 인식을 통해 대중 문화를 생산하고 소비했다. 이러한 가운데 대중문화는 문화의 주류 질서 안으로 수렴되기에 이른다. 대중문화는 더는 저급한, 변방의 문화로 치부되지 않았다. 이러한 변혁의 정점에 가수 서태지가 있는데, 90년대 초반 서태지의 등장은 충격적이고 놀라운 것이 아닐 수 없었다. 서태지의 등장은 문화와 이데올로기가 지니고 있던 권위를 벗어던지는 일대사건이었다. 서태지는 시대의 불화와 비극성을 이야기하면서도 이데올로기 등의 프레임으로부터 자유롭게 자신의 세계를 선보였다. 또한, 서태지는 아티스트로서의 면모를 유감없이 보여주면서 동시에 하나의 상품 기획자로서 탁월한 능력을 선보이기도 했다. 물론 서태지는 시대의 불화와 비극성을 표현하고자 했고, 이러한 점은 소모적이기만 한 여타의 90년대 문화적 특성과 일정한 거리가 있는 것이 분명하다. 하지만 기존의 낡고 진지한 프레임을 벗어 던지고 더욱 자유로운 새로움의 세계를 펼쳐 보였다는 점에서, 서태지의 등장이 80년대식 문화와 90년대식 문화를 나누는 분기점이 되었음은 부정할 수 없는 사실이다. 서태지는 예술가적 성취와 상품으로서의 대중문화라는 양자를 동시에 거머쥔 흔치 않은 사례이다.

서태지 이후 상품으로서의 대중문화는 90년대 문화의 주요한 특성이 되었다. 이로써 90년대 대중문화는 보다 산업화된 양상을 띠게 되었는데, 그것은 아티스트의 탄생이 아니라 대중적으로 소비될 수 있는 상품의 생산이었다. 문화는 스스로 하나의 상품이 됨으로써 물신주의의 첨병이 되었다. 아울러 대중문화는 주류의 위치를 부여받음으로써 과거와는 비교할 수 없을 정도의 영향력을 지니게 된다. 물론 이 모든 것을 90년대에 이데올로기가 무너진 것에서 그 이유를 찾을 수는 없을 것이다. 하지만 이데올로기가 사라진 자리에 이와 같은 대중문화와 대중소비사회가 자리 잡게 된 것은 결코 우연이 아니다. 그것은 욕망이라는 근대성의 비극적 속성과 깊은 연관을 맺는 것이다. 근대는 모든 것들을 간단히 상품화함으로써 그것을 소비와 욕망의 대상으로 치환해버린다. 이와 같은 대중소비사회 속에서의 대중문화는 당연히 창작과 수용이라는 예술적 전개과정보다 판매와 구매라는 소비적, 산업적 양상에 더 큰 방점을 찍게 될 수밖에 없다. 그럼으로써 90년대 이후 우리의 삶과 세계는 비극적 문화라는 나락으로 추락할 수밖에 없게 된다. 그리하여 문학은 이러한 비극적 삶의 양상을 적극적으로 제시하여 삶과 세계의 비극적 속성을 펼쳐보이고자 한다. 하재봉의 비디오 연작시나 유하의 대중 스타를 모티프로 삼은 시는 바로 이와 같은 시대적 양상에 부응하는 작품이라고 할 수 있다.

4. 근대의 욕망과 일상의 비극

근대 이후의 세계는 무의미하고 무가치한 일상이 지배하게 되었다. 이렇게 무가치하고 무의미하게 변한 삶의 국면은 당연히 비극적 삶의 국면을 전제로 한 것일 수밖에 없는 것이다. 우리의 삶과 세계는 가치 있는 양식과 축제를 잃어버린 지 오래이며, 이제 모험의 세계나 미지의 세계도 우리에겐 존재하지 않는다. 그리하여 우리의 삶과 비극적 삶의 나락으로 추락을 하게 되었다. 함성호의 '잠실 롯데 월드'는 이러한 비극적 삶에 대한 인식을 기반으로 한 것이다.

　　저것은 거대한 욕망의 성채다

이성을 살해한 음울한 중세의 성벽과
빛나는 P.C. 자기질 타일 외장의 롯데 월드
그것은 무엇을 방어하고 있나요
당신을, 우리를, 무산 대중을?
꿈과 희망의 동산이요, 사랑과 행복의
당신의 휴식 공간 롯데는
우리를 모두 젊은 베르테르의 사랑에 빠지게 한다
욕구의 끓는 기름과 조갈의 불화살을 쏴
끊임없이 당신을 상품화하고
끊임없이 당신을 당신이 소비하도록
구애한다

― 함성호, 「잠실 롯데 월드」
(『56억 7천만 년의 고독』, 문학과지성사, 1992.) 부분

　　우리가 살고 있는 세계는 거대한 욕망의 용광로이다. 그곳에서 근대는 당신에게 이 모든 것들을 "소비하도록 구애한다". 이제 이곳은 욕망이고, 욕망을 억제할 수 있는 길은 존재하지 않는 것처럼 보인다. 소비가 미덕인 근대의 삶은 소비를 중심으로 재편되었으며, 소비뿐인 그곳에 남겨진 것은 끝도 없이 펼쳐진 욕망뿐이다. 이로써 우리의 삶과 세계는 욕망 그 자체가 되어간다.

　　함성호가 포착한 '잠실 롯데 월드'라는 놀이공원 역시 근대 이후에 등장하게 된, 욕망을 표상하는 곳이며 동시에 비극적인 근대 이후의 세계를 행복의 영역으로 위장하는 곳이다. 근대 이후의 삶이 긍정적이지 않다는 것은 자명하다. 우리의 삶을 둘러싼 도시 공간은 이러한 비극과 욕망의 분출구의 모습으로 우리 앞에 현현한다. 근대의 도시 공간은 우리 삶의 비극을 위장하는 양상으로 우리 앞에 모습을 드러내기도 하는데,

'잠실 롯데 월드'와 같은 놀이공원이 바로 그러한 대표적인 사례이다. 놀이공원은 인공 낙원을 만들어 보임으로써 근대의 비극적 삶의 모습을 감추고자 한다. 그럼으로써 우리 앞에 모습을 드러내는 것은 쾌락으로 위장된 비극이다. 그리고 놀이공원과 같은 위장된 비극은 이제 우리 삶 곳곳에 도사리고 있다. 이것이 오늘날 우리 삶의 실체이고 피할 수 없는 근대의 속성이다.

그리고 당연히 우리 삶의 비극을 제시하는 것은 놀이공원뿐만이 아니다. 비극은 우리 삶의 도처에 널려 있다. 거리를 걷다가도 우리는 삶과 세계의 비극과 문득 문득 마주치게 되는 경험을 하게 된다. 어쩌면 백화점의 쇼윈도와 거리의 아케이드, 텔레비전 속에 디지털 기호로 전달되는 이미지 등 우리의 삶과 세계를 둘러싼 모든 것들은 대중소비사회의 비극을 감추기 위한 하나의 위장술일지도 모른다. 근대 이후의 세계는 이렇게 자신을 스스로 위장함으로써 우리의 삶과 세계가 지니고 있는 실체를 감추고자 한다. 그리고 우리는 이러한 세계 속에 매몰된 채 삶과 세계의 실존적 의미를 망각하게 된다. 이로써 삶의 주체로서의 '나'는 사라지고 대중소비사회 속에 매몰된, 그리하여 영혼을 잃어버리게 된 '나'만이 남게 되는 것이다.

그런데 이와 같은 근대의 특성이 적나라하게 나타나게 된 시점이 바로 90년대이다. 그런 점에서 90년대 시를 파악하는 것은 이와 같은 근대적 비극의 세계를 이해하기 위한 방법일 수 있는 것이다. 우리의 90년대는 우리가 꿈꾸고 있던, 근대 이전에 존재했던 원전의 세계로 돌아갈 수 없음을 이미 알고 있는지도 모른다. 더구나 이데올로기가 무너진 세계 속에서 우리의 삶과 세계는 방향을 잃고 떠돌 수밖에 없는 존재로 전락했다. 결국, 90년대의 문화는 지향성을 잃어버린 세계 속에서 더더욱 즉흥적이고 가벼운 세계를 향해 나아갈 수밖에 없었던 것이다. 90년대는 과거에 비해 상대적으로 우리가 싸워야 할 대상이나 시대적 사명으로부터 한 걸음 비껴 서 있던 시기이다. 따라서 이러한 시대가 과거와 같지 않음은 당연한 것일지도 모른다. 따라서 문학 역시 이와 같은 80년대식 진지함을 버리고 한없이 가벼운 90년대적 특성을 작품의 전면에 내세우게 된 것이다.

> 가로수가 더 이상 전원에 부착된
> 안전벨트로 보이지 않는 도시
> 서울의 클리토리스 남산
> 거대한 주사기처럼 스포이트처럼
> 발광하며 문명을 주사하는 타워
> 어둠이 내리면 연꽃처럼 피어나는 광고
> 여관 개업식 날 만국기를 다는 곳
> 서서히 사람들을 처형하는 독가스
> 합법적으로 내뿜으며 질주하는 자동차
> 현재의 인구와, 작금의 교통사고 현황과,
> 환경오염도와, 일기예보와, 활자뉴스와……,
> 순간적 인식과 찰나적 망각을 종용하는
> 슬픔과 아픔이 숙성될 수 없는
> 정서의 겉절이 시대
>
> — 함민복, 「백신의 도시, 백신의 서울」
> (『자본주의의 약속』, 세계사, 1993.) 부분

함민복은 우리가 살고 있는 세계를 욕망의 집합체로 파악하고 있다. 서울은 "클리토리스 남산"으로 대표되는 욕망의 상징이고, 그러한 욕망의 공간 안에 가벼움과 비극은 도처에 널려있다고 말한다. 어쩌면 이데 올로기가 사라진 시대에 진지함과 같은 것은 쓸모없는 것에 불과한지도 모른다. 그리하여 우리의 삶 속에 남겨진 것은 즉흥적 가벼움뿐이다. 그리고 이러한 즉흥적 가벼움만으로 이루어진 세계는 당연히 삶의 진정성이 사라진 비극적 세계인 것이다.

5. 외환위기와 벼랑 위에 선 삶의 풍경

대중소비사회와 대중문화로 문을 연 90년대는 그러나 외환위기라는 국가적 비상사태로 한 시대를 마무리하게 된다. 1997년 우리나라는 국가부도라는 초유의 상황에 직면하게 된다. 다행히 IMF로부터 구제 금융을 지원받으며 위기를 모면하게 되지만, 이후 우리나라는 최악의 경제 회생 절차를 밟게 되었다. 기업의 도산은 곧 대량 해고 사태를 불러오게 되었고, 국민의 삶은 많은 어려움에 직면하게 되었다. 이러한 우리 삶의 풍경은 당연히 문학을 통해서 재현되기도 했다.

> 즐거운 나날이었다 가끔 공원에서 비둘기 떼와
> 낮술을 마시기도 하고 정오 무렵 비둘기 떼가 역으로
> 교회로 가방을 챙겨 떠나고 나면 나는 오후 내내
> 순환선 열차에 앉아 고개를 꾸벅이며 제자리걸음을 했다
> 가고 싶은 곳들이 많았다 산으로도 가고 강으로도
> 가고 아버지 산소 앞에서 한나절은 보내기도 했다
> 저녁이면 친구들을 만나 어느 날의 퇴근길처럼
> 포장마차에 들러 하루 분의 끼니를 해결하고
> 아무렇지도 않게 과일 한 봉지를 사들고
> 집으로 돌아오는 길은 아름다웠다 아내와

아이들의 성적 문제로 조금 실랑이질을 하다가
잠자리에 들어서는 다음날 해야 할 일들로
가슴이 벅차 오히려 잠을 설쳐야 했다

이력서를 쓰기에도 이력이 난 나이
출근길마다 나는 호출기에 메시지를 남긴다
'지금 나의 삶은 부재중이오니 희망을
알려주시면 어디로든 곧장 달려가겠습니다'

— 여림, 「실업」
(『안개 속으로 새들이 걸어간다』, 작가, 2003.) 전문

여림의 「실업」은 외환위기 상황 속에서 마주해야 했던 우리들의 삶의 모습이다. 시인은 작품의 마지막 부분을 통해 희망에 대한 소박한 소망을 전하고 있다. 하지만 외환위기 당시의 상황은 희망을 바라는 것조차 사치일 정도로 최악이었다. 물론 시인 역시 그러한 사실을 누구보다 잘 알고 있었을 것이다. 더구나 「실업」이 한국일보 신춘문예에 당선되었던 1999년은 외환위기 이후 실업률이 가장 높게 치솟았던 시기였으니 말이다. 생각해보면 외환위기라는 상황과 90년대 도래했던 대중소비사회는 상당히 이질적인 상황이 아닐 수 없다. 더구나 대중소비사회의 소비 패턴이 외환위기를 불러온 직접적인 이유가 아니라는 점에서, 이 두 상황이 90년대라는 비슷한 시간적 층위에 놓인다는 사실은 묘한 느낌을 전달한다. 90년대를 통해 우리는 풍요와 몰락이라는 극과 극의 상황을 거의 비슷한 시기에 경험하게 된 것이다. 직접적인 연관이 없음에도 불구하고 비슷한 시대에 놓인 두 상황은, 어쩌면 아이러니한 삶의 양상을 적나라하게 보여주는 것이라고 볼 수 있을 것이다.

여림의 「실업」은 직장을 잃은 가장의 모습을 담담한 어조로 풀어낸 우리의 슬픈 자화상이다. 외환위기라는 거대한 국가적 재난은 개인과 가정이라는 국가의 기본적인 구성 요소마저 파국으로 몰아넣었다. 그러나 여림의 「실업」은 이러한 파국적 상황을 강렬한 어조로 말하지 않는다. 그저 담담한 어조로 삶의 비극과 파국의 양상을 재현할 따름이다. 그리고 이때 시인이 주목하는 것은 우리 삶의 일상적 양상이다. 그리하여 우리는 "아무렇지도 않게 과일 한 봉지를 사들고" 집으로 돌아와 아내와 "아이들의 성적 문제로 조금 실랑이질을 하"는 화자의 일상적 모습에서 오히려 더욱 강렬한 슬픔을 느끼게 된다.

6. 대중소비사회가 시작되는 순간으로부터

앞에서도 언급한 바와 같이 90년대는 문민정부 출범 이후의 몇몇 정치 상황과 동구권의 몰락 등을 목도하며 이데올로기가 와해되는 경험을 한 시기이다. 아울러 90년대는 외환위기라는 국가적 위기에 직면했던 시기이기도 했다. 이데올로기의 몰락 이후, 우리의 삶과 문화 전반은 물신화된 세계의 욕망을 수용하고 드러내게 되었으며 외환위기는 우리 삶을 끝없는 나락에 빠지게 했다. 특히 90년대는 이데올로기라는 거대 담론의 와해로부터 시작되었는데, 이것은 90년대 문화 전반에 지대한 영향을 미치는 일대 사건이었다.

싸워야 할 거대 담론이 사라진 곳에 남겨진 것은 지극히 사적인 감정과 감각이었다. 90년대 우리 문학에 남겨진 것도 이러한 것들과 크게 다르지 않았다. 이것은 시에 국한된 이야기만이 아니다. 소설의 경우도 이전의 양상과 전혀 다르게 전개되었다. 90년대 소설은 이전의 소설과 달리 사적 이야기가 주류를 이루었으며 아름다운 문체 미학이 중요한 위치를 차지했다. 또한, 앞서 언급한 바와 같이 90년대 초반에 잠시 대두되었던 신서정시 역시 이데올로기가 와해되는 시점과 맞물려 논의가 이루어지기도 했다.

우리 문학은 90년대에 이데올로기가 무너지는 것을 목도한 이후 방향성을 잃은 채 생산적인 논쟁을 만들어내지 못했다. 이러한 상황에서 물신화된 세계의 가벼움과 비극성에 주목한 것은 지극히 자연스러운 것일지도 모른다. 물론 이천 년대 후반에 이르러 또다시 문학의 정치성에 대한 논의가 있었지만, 90년대 우리 문학은 이데올로기가 와해된 자리에 대중소비사회라는 근대성을 적극적으로 수용하며 그것의 비극성을 제시하고자 했다. 그러나 이것은 단순히 사적 담화의 사소한 이야기가 아니다. 그곳에 7—80년대의 거대 담론과 같은 것은 없지만, 오히려 가벼움과 욕망이라는 세계를 파악함으로써, 더욱 커다란 비극의 나락으로 추락해버린 삶과 세계의 실체를 파악할 수 있게 된 것일지도 모른다. 그럼으로써 90년대의 문학이 지향했던 감각적인 창작 방법론은 90년대의 사회적 양상을 드러내는 최선의 방법이었다고 할 수 있을 것이다.

새로운 감수성을 말하는
시의 영토

시적 감각이 극대화된 순간을 떠올리면 그곳에는 언제나 묘사로서의 이미지가 오롯이 자리하고 있다. 묘사는 그렇게 시의 중요한 시적 발화로 작동하며 우리의 감각을 자극한다. 묘사는 시적 대상의 기표인 이미지를 통해 의미를 드러낸다는 점에서 비유와 상징이라는 시적 언술의 특징을 내장하고 있는 시적 발화이다. 그런 만큼 묘사가 시의 중요한 언술이라는 점은 자명한 사실이며, 때문에 시인들은 묘사를 통해 낯설고 감각적인 시적 세계를 제시하고자 많은 노력을 기울여왔다. 한국 현대시가 등장한 이래, 묘사는 중요한 시적 언술로서 주도적인 지위를 내려놓은 적이 없다고 해도 과언이 아니다. 그리고 시인들은 묘사의 낯선 세계를 구축함으로써, 이미지가 전달하는 감각과 감수성의 새로움을 제시하고자 했다.

시적 언술로서의 묘사의 변화와 새로움에 대한 노력은 지속적으로 이루어졌다. 모든 예술의 속성이 그러하듯 시적 묘사 역시 낯선 감각과 세계를 수용함으로써 새로운 미적 인식을 드러내고자 했다. 특히 이천 년대에 등장한 일군의 전위적인 시적 감수성은 묘사의 양상에도 많은 영향을 미쳤다. 이때 묘사는 환상성과 파편화된 의식의 양상을 전면에 내세우며 우리 앞에 모습을 드러냈다. 물론 이천 년대의 시와 묘사의 특징을 환상성과 파편화된 의식의 양상만으로 설명할 수는 없을 것이다. 하지만 이러한 특징은 이전 세대의 시적 감수성과 현격한 차이를 지니고 있다는 점에서 이천 년대 이후 한국시의 주요한 특징임에 분명하다.

이천 년을 전후로 한 한국 시단은 새로운 감수성을 선보인 시인들의 작품이 본격적으로 주목받았다. 특히 미래파 논쟁을 통해 전위적 경향의 작품이 많은 주목을 받았다. 이때 묘사는 의식이라는 내면을 시각화하는 경향이 적지 않았다. 그럼으로써 이천 년대 이후의 묘사는 이미지라는 외연을 넘어 시인의 내면을 드러내는 중요한 발화로 기능하게 되었다. 하지만 이천 년대 한국 시단의 새로운 흐름이 미래파에 국한되어 전개된 것이 아니라는 점은 분명하다. 미래파라는 전위가 시단에 몰고 온 충격과 파급 효과가 적지 않았지만, 그것이 곧 이천 년대 시의 시적 발성을 전적으로 대표하는 것은 아니었다. 이천 년대의 시는 미래파뿐만 아니라 시적 감수성 전반에서 감각적인 상상력과 수사를 선보였다고 볼 수 있다. 이들의 상상력은 현실 너머의 지점까지 자유자재로 넘나들었으며, 때로는 이와 같은 특성으로 인하여 선배 세대와 불화를 겪기도 했다. 그러나 이러한 시적 발성은 이내 우리 시의 주류 질서 안으로 수용되며 중요한 시적 경향이 되었다.

이처럼 낯선 발화와 맞닥뜨리게 된 이천 년대 이후의 한국시는 기존 언어의 양상과 다른 발성과 이미지를 드러냄으로써 우리 시에 새로운 감각을 제시했다. 그것은 묘사의 경우도 예외는 아니어서 이천 년대 시의 묘사가 전달하는 이미지의 감각은 이전 세대의 그것과 상당한 차이를 지니고 있다. 그것은 때로 기이하게 다가서기도 했지만, 이천 년대 이후의 새로운 시적 감각이 우리 시의 스펙트럼을 넓혔다는 점은 부인할 수 없다. 그리하여 이천 년대 이후의 새로운 시적 발화는 더 이상 기이한 것이 아닌, 주류 질서의 보편적 발화로 자리매김하게 되었다.

그리고 이제 이천 년대를 지나, 새로운 시대의 젊은 시인들의 시적 언어와 감각을 마주하게 되었다. 최근의 젊은 시는 선배 세대인 이천 년대 시인들의 시적 발성을 자연스럽게 수용하며 자신들만의 개성적인 목소리를 집단적으로 드러내기 시작했다. 이들의 시는 이천 년대의 시적 발성과 사유의 방식을 자연스럽게 내장한 상태에서 출발한 것이다. 그런 만큼 최근의 젊은 시의 발성과 이천 년대의 시적 발성을 정확하게 나누는 것은 쉽지 않다. 이천 년대의 시와 그 이후 세대의 시는 같은 연장선상에서 이어진 것이기 때문이다. 하지만 최근의 젊은 시는 선배 시인들과 차별화된 세계를 선보임으로써 확고한 개성을 우리 앞에 펼쳐놓고 있다.

당연히 이들의 시적 발화는 동일하게 나타나지 않는다. 이들은 분명 선배 세대인 이천 년대 시인들의 작품과 본질적으로 다르지 않은 감수성을 공유하고 있지만, 그것이 발화되는 방식에 있어서는 상당한 차이를 보이고 있다. 당연히 최근의 젊은 시는 이천 년대 시와 같은 창작 방법론으로 자신의 세계를 제시하지 않는다. 최근의 젊은 시는 이천 년대 이후의 낯선 방식을 자연스럽게 수용하며 출발했지만 그러한 지점으로부터 끊임없이 벗어나려는 노력을 통해 독자적인 세계를 확보했다. 시적 감수성을 이루는 본질이 같다고 해서 그것이 동일한 지점에 놓이는 것은 아니다. 이처럼 최근의 젊은 시는 이전 세대와 다른 방식으로 시적 세계를 제시하려 한다. 특히 묘사를 중심으로 한 시적 언술 역시 이전 세대의 시와 상당한 차이를 보이고 있다.

　최근의 젊은 시와 이천 년대 시의 가장 큰 차이는 환상을 대하는 방식과 묘사의 차이라고 할 수 있다. 이천 년대 시의 가장 큰 특징 중의 하나는 환상성이었다. 그리고 이천 년대 시의 환상성은 이미지인 묘사를 통해 극대화되었다. 환상성을 제시할 때 등장하는 감각적 수사와 상상력은 이천 년대 시의 시적 감각을 극한으로 밀어붙였다. 그리고 그것으로부터 다채롭게 펼쳐지는 묘사를 통해 낯선 감각을 견인했다. 이와 같은 이천 년대 시의 환상적 묘사는 상상력을 확장시켰으며 이러한 방법론을 통해 묘사가 만들어낸 아름다운 이미지를 감각적으로 구축할 수 있었다. 하지만 최근의 젊은 시인들의 시적 묘사는 환상성이 축소되는 양상이 눈에 띈다. 환상성의 확장과 축소를 시적 언술의 긍정적인 측면과 부정적인 측면으로 재단할 수는 없다. 하지만 이천 년대 시의 환상성에 비하여 최근 젊은 시인들의 시에 드러나는 환상성이 축소되었다는 점은 명백하다. 오히려 일부 측면에서는 환상보다 일상의 층위에서 세계를 바라보는 경향을 강하게 드러내곤 한다. 그렇다고 해서 이들 시에 나타난 환상성의 축소가 부정적인 것을 의미하는 것은 아니다. 최근 시에 나타난 환상성의 축소는 어쩌면 지극히 자연스러운 전개 방식일지도 모른다.

　이천 년대의 시는 환상을 통해 이전 세대의 시적 경향과 결별을 했다. 물론 이때의 결별을 이전 세대와 분리되기 위한 의식적인 방법론이라고 볼 수는 없다. 이천 년대 시의 새로움은 이전 세대와의 문화적 감수성의 차이로부터 비롯된 자연스러운 것이라고 볼 수 있다. 이천 년대의 시는 이전 세대가 바라보지 못했던 환상의 영역을 수용함으로써 세계를 파악하는 의식의 흐름을 다르게 수용했다. 이와 같은 낯선 의식과 언어 때문에 이천 년대의 시적 발화와 감각은 이전 세대의 그것과 불화를 겪을 수밖에 없었다. 그런데 이천 년대 시의 환상성은 그것의 여러 장점과 매혹에도 불구하고, 그것이 극대화되면 될수록 때때로 이미지 자체의 화려함에 몰입하는 경향이 나타나는 경우가 있었다. 그리하여 이때 나타난 시적 묘사는 묘사의 표피적인 측면이 지나치게 강조되어 화려한 감각이 지나치게 도드라지게 나타나는 경우도 있었다. 그런 점에서 최근의 젊은 시가 묘사의 감각을 여전히 수용하면서도 환상성을 축소하게 된 것은 자연스러운 것일지도 모른다. 어떤 면에서는 최근 젊은 시에 나타난 묘사의 이미지가 정제된 상태를 지향함으로써 안정적인 단계로 접어드는 과정이라고 볼 수도 있을 것이다.

최근의 젊은 시인들의 작품은 이전 세대라고 할 수 있는 이천 년대 시인들의 작품과 분명한 차이를 드러냄에도 불구하고 그 차이가 불화의 양상으로까지 확대되지는 않는다. 그들은 선배 세대와 차이를 드러내면서도 선배 세대의 시와 친화력을 보이고 있기 때문이다. 이러한 점은 이들의 시적 세계와 방법론에 근본적인 차이가 없기 때문이다. 최근의 젊은 시인들은 이미 이천 년대 이후의 환상과 전위를 온몸으로 경험한 세대이다. 따라서 이들에게 선배 세대가 보여준 환상과 전위는 더 이상 낯선 것이 아니다. 이들의 시적 감각과 감수성과 문화적 자양분은 이천 년대의 그것과 다른 곳에 자리하고 있지 않다. 이천 년대의 환상성과 전위의 시가 이전 세대의 시적 감각이나 감수성과의 결별을 통해 만들어진 새로운 지점인 반면, 최근의 젊은 시인들의 시는 이천 년대 시의 확장과 변주의 모색이라고 할 수 있다. 따라서 이들의 작품이 선배 세대의 감각을 일정

부분 공유하는 것은 당연하다.

이들이 자신들의 세계를 만들어나갈 때 필요했던 것은 선배 세대와의 결별이 아니라 그것과의 차이였다. 앞에서 언급했듯이 최근 젊은 시인들의 시적 감수성을 비롯한 문화적 감수성과 감각은 이전 세대인 이천 년대 시인들의 그것과 본질적인 면에서 차이가 크게 나지 않는다. 하지만 이들의 시는 그러한 토대 위에서 새로운 지점을 모색하기 때문에 이전 세대의 작품과 동일한 지점을 지향하지도 않는다. 때문에 최근의 젊은 시는 이천 년대의 시와 유사한 듯 보이지만 완전히 다른 세계를 구축하게 된다. 그리고 그런 가운데 이들은 자신들만의 시적 개성을 확보하게 된다. 최근의 젊은 시가 이전 세대의 시보다 환상성을 덜 드러내게 된 것은 그런 점에서 다름의 차원으로 이해해야 할 것이다. 그리고 환상성의 세계를 구축하는 시적 수사로서의 묘사가 화려함보다 정제된 지점을 지향한다거나, 심상적 구조뿐만 아니라 서경적 구조에도 많은 관심을 기울이게 된 것은 자연스러운 것이다.

아울러 이천 년에 등장한 새로운 시적 감각은 파편화된 의식과 사유인데, 최근의 젊은 시는 이와 같은 파편화된 의식과 사유를 드러내는 묘사의 방식에서도 차이를 드러낸다. 이천 년대의 시가 파편의 분절된 세계 속에서도 유장하게 이어지는 묘사의 양상으로 이미지를 제시했다면, 최근의 젊은 시는 유장함보다는 분절된 양상 그 자체에 주목한 듯 보인다. 이러한 특징으로 인하여 때로는 기계적으로 읽히기도 하지만 유장하게 이어지는 산문적 문장의 흐름을 버림으로써, 이전 세대의 시적 경향에서 문제점으로 지적되고는 했던 감각의 과잉을 극복하게 되었다.

이러한 분절된 양상 자체에 집중하게 된 것은 의식과 사유뿐만 아니라 묘사의 경우도 마찬가지인데, 분절된 이미지는 연속적인 의식과 사유의 흐름을 방해함으로써 소통하기 쉽지 않은 시적 정황을 제시하게 되었다. 이천 년대의 시가 분절된 가운데에서도 유장한 흐름을 드러내는 묘사를 지향했다면, 최근의 젊은 시는 분절 그 자체에 주목하는 묘사의 양상을 제시한다. 그럼으로써 묘사는 더 이상 (파편화된 가운데에서도) 유장하게 흘러가는 방식으로 우리 앞에 모습을 드러내지 않는다. 그리하여 최근 젊은 시의 묘사는 보다 간결하고 분절적인 방식으로 우리의 미의식을 자극하게 되었다.

이천 년대의 시적 발화는 지금에 이르러 더 이상 특별할 것이 없는, 익숙한 것으로 자리매김했다. 최근의 젊은 시는 이러한 시적 특징을 이미 내장한 채로 출발한 것이다. 이들에게 이천 년대 시의 시적 발화는 익숙한 것일 수밖에 없다. 하지만 이들의 시를 이천 년대의 연장선상의 측면에서만 이야기하는 것은 옳지 않다. 이들의 시적 감수성이 이전 세대의 그것과 유사한 것이라고 하더라도 그것만으로 양자의 관계가 그 어떤 친연성을 띠고 있다고 할 수 없기 때문이다. 최근의 젊은 시가 이천 년대 이후의 시적 발화와 연결된 지점이 있다고 해서 그것이 전적으로 이천 년대 시의 영향권 아래 놓인 것이라고 볼 수 없기 때문이다.

하지만 이천 년대의 시작과 함께 활동한 세대의 시와 이후 세대의 시를 완전히 다른 것으로 파악하는 것도 합리적이지 않다. 이들이 받아들이는 감수성과 미적 인식은 그 출발점이 상이한 지점에 자리한 것이 아니기 때문이다. 오히려 이들의 작품은 상당 부분 동일한 층위의 세계를 다룬다는 점에서 유사성을 지니고 있다고 볼 수 있다. 그러나 이들의 작품이 동시대의 감각으로 동일한 세계와 발화 방식을 공유하는 것 역시 아닌 점은 자명하다. 묘사를 포함한 최근 젊은 시의 언술 양상은 이전 세대의 연장선 속에서도 그것과의 확연한 차이점을 드러낸다. 최근의 젊은 시는 이전 세대와 다른 양상의 시적 언술을 통해 자신만의 개성을 확보하고 있다. 이천 년대의 시적 감수성과 발화가 이전 세대와의 결별을 통해 등장한 것이라면, 최근 젊은 시의 시적 발화는 이전 세대의 그것을 변주하고 새로운 지점을 모색하는 양상으로 전개되고 있다.

아울러 지금까지 언급한 환상성과 파편화된 의식이 정제됨에 따라 최근 시의 리듬은 하나의 개성을 확보하게 된다. 그리고 이처럼 간결한 리듬과 결합하는 묘사의 방식 역시 정제되고 응축된 양상을 띠게 되었다. 최근 젊은 시는 이천 년대의 시와는 달리 정제되고 응축된 언어를 사용함으로써 시의 호흡이 한결 간결해진 것이 특징이다. 이와 같은 점은 어떤 면에서는 정제된 리듬이라는 긍정적인 요소로 평가할 수 있을 것이고, 어떤 면에서는 오히려 정제된 문장이 끊어짐으로써 리듬의 단절이라는 부정적인 요소로 평가될 수도 있을 것이다. 또한 이것과 연결된 묘사의 양상 역시 정제되고 응축된 이미지라는 긍정적인 요소로 작용할 수도, 단조로운 이미지라는 부정적인 요소로 작용할 수도 있을 것이다. 하지만 분명한 것은 최근 시의 정제된 리듬감이 산문화되었던 이천 년대 시의 문제점을 일정 부분 극복하게 해주었다는 점이다. 이천 년대의 시는 지나치게 산문화됨으로써 유장한 이미지에도 불구하고 시의 본질이라고 할 수 있는 시적 리듬이 약화되기도 했다. 또한 산문화된 시적 경향은 묘사의 과잉이라는 부정적인 양상으로 발현되기도 했다. 물론 최근의 젊은 시가 드러내는 응축된 언어와 리듬이 곧바로 시적 리듬감과 묘사의 과잉을 해소시키는 것은 아니다. 하지만 이전 세대의 시와 다른 리듬을 선보임으로써 양자 간의 접점을 찾을 수 있을 것이다.

　이천 년대의 시적 감수성의 변화는 이전 세대와 완전히 다른 세계로의 진입이었다. 그것은 마치 이전 세대의 시적 감수성과 언어를 일거에 부정하기라도 하듯 완전히 다른 언어와 감각으로 자신의 모습을 드러냈다. 이때 나타난 묘사는 감각과 환상, 분절된 세계의 합일이라는 측면에서 이전 세대의 묘사와 차이가 있었다. 물론 이천 년대의 새로운 시적 감수성을 감각, 환상, 분절 등의 양상만으로 한정 지을 수는 없을 것이다. 하지만 분명한 점은 이천 년대의 시적 경향이 현대의 감수성을 제시하는 데 적합한 것이었다는 점이다. 이제 이천 년대를 넘어 새로운 젊은 시가 우리의 감각을 낯선 지점으로 안내하고자 한다. 이들의 시적 언술, 그중에서 묘사는 이전 세대인 이천 년대 시인들의 그것과 일견 흡사하면서도 현격한 차이를 보여준다. 그런 점에서 이들 시인들의 변화는 이천 년대 이후 전개된 새로운 시적 감수성이 확고한 자신의 세계를 찾아가는 여정의 중요한 일부일 것이다. 앞으로의 시적 언술 양상과 사유의 구조가 어떻게 전개될지는 알 수 없지만 이천 년대 이후의 우리 시가 새로운 영토를 마련하고 확장하고 있음은 부인할 수 없는 사실이다. 그런 점에서 이천 년대의 시와 최근의 젊은 시는 서로가 유기적으로 영향을 주고받을 수밖에 없는 존재이다. 그리고 이들의 시는 감각적 세계라는 공통점으로부터 출발한 것이기 때문에, 묘사라는 시적 언술은 이들 양자의 시 모두에게 중요한 창작 방법론이 될 수밖에 없다.

2부

수많은 '나'에 대한 두 개의 이야기

—채호기 시집 『검은 사슴은 이렇게 말했을 거다』
—이대흠 시집 『당신은 북천에서 온 사람』

1. 고백

시인의 독백이 흘러나오면 그곳에 수많은 '나'의 음성과 이야기는 펼쳐지기 시작한다. 시적 화자가 말하는 방식 중에서 독백은 시인의 가장 내밀한 부분을 드러내며 시인의 모든 것을 말하고자 한다. 그런 점에서 시는 기본적으로 자기 고백의 장르이며 '나'를 드러내는 장이다. 그렇다고 이때 등장하는 '나' 자신이 언제나 시인과 동일시 될 필요는 없다. '나'는 시인 자신의 이야기이기도 하지만 '나'를 통해 발화하는 '우리' 모두의 이야기이기 때문이기도 하다. 우리 모두의 이야기를 품고 있는 '나'의 음성. 그리고 '나'를 통해 발화하는 우리 모두의 이야기. 시적 화자로서의 '나'는 이런 이유로 중요한 존재일 수밖에 없다.

그런데 시적 화자로서의 '나'는 과연 어떤 존재인가? 그것은 단지 '나'

자신이라는, 실재의 '나'만을 의미하는 것인가? 아니면 '나' 스스로 인지하지 못했던, 내 안에 감춰진 그 어떤 존재까지 의미하는 것인가? 시 속에 등장하는 '나'는 많은 경우, 시인 자신이거나 시인과 닮은 시적 화자인 경우가 많다. 하지만 시가 재현하고자 하는 세계는 시인이나 시적 화자의 의식 너머에 있는 경우도 많다. 이때 시에 등장하는 주체는 일인칭 '나'의 경우에도 시인 자신과 동일한 세계에 놓이지 않는다. 이런 경우 시적 주체가 '나'라고 하더라도 그것은 '나'인 동시에 시인으로부터 분리된 세계 속의 존재이기도 하다.

채호기 시집 『검은 사슴은 이렇게 말했을 거다』와 이대흠 시집 『당신은 북천에서 온 사람』은 '나'의 이야기를 통해 각각의 고유한 세계를 구축한다. 그런데 이들 시집은 서로 다른 모습의 '나'를 통해 위에서 언급한 두 개의 양상의 '나'를 제시한다. 채호기의 '나'는 시인과 동일시의 경험을 하지 않는 존재로서의 '나'이다. 그리고 이때의 '나'는 끊임없이 스스로를 부정함으로써 시적 화자의 너머에 자리하는 존재로 상정된다. 이에 비하여 이대흠의 시적 화자는 대체적으로 시인 자신과 동일시의 경험을 하는 존재로 등장한다. 이대흠의 시에 등장하는 시적 주체는 자신의 삶을 가장 가까운 곳에서 바라보고 견디는 자이다. 따라서 그의 시는 자신의 삶의 가장 가까운 곳에서 삶을 응시하고 재현한다.

2. 내 안의 수많은 '나'와 내면의 음성

채호기 시의 시적 주체인 '나'는 끊임없이 자기 자신으로부터 벗어남으로써 존재한다. 그런데 나를 버림으로써 비로소 드러나는 '나'를 통해 시인이 다가서고자 했던 대상은 과연 무엇인가? 시인이 나를 버린 이후에 만나게 되는 '나'를 통해 보여주고자 했던 것은 우리 안에 숨어 있는 또 다른 '나'이다. 이때의 '나'는 그런 의미에서 시인이나 시적 화자 자신이기도 하고 아니기도 하다. 채호기 시의 '나'가 비동일시된 '나'라는 점에서 그것은 시인 자신으로서의 나가 아니기도 하지만, 시인의 내부에 감춰졌던 존재로서의 '나'라는 점에서 시적 주체 자신이기도 하다.

> 나는 누구인가?
> 우연히 눈 맞춘 참새의 동공에 담겨
> 솟구쳐올라 시선 겨누는 대로 흩어지다가
> 명자나무 어두운 가시에 터져 밤으로 스며드는
> 나는 누구인가?
>
> ─「명자꽃」 부분

우리는 스스로에 대해 얼마나 알고 있는가? 그리고 잘 안다고 생각하는 자신의 모습은 얼마나 진실에 가까운 것인가? 어쩌면 우리가 알고 있는 자신의 모습은 정작 우리의 실제 모습이라는 진실과 먼 곳에 있는 것일지도 모른다. 그것은 자신의 기억 속에 조작된 존재이자 세계이며 거짓과 위장의 양상으로 만들어진 세계일지도 모른다. 어쩌면 그것은 단지 우리가 도달하고 싶은 희망에 불과한 것일지도 모른다.

우리 안에는 무수히 많은 '나'가 존재한다. 그러나 우리 안에 수없이 많이 존재하는 '나'의 세계를 낱낱이 파악하는 것은 불가능에 가까운 일이다. 그렇기 때문에 또 다른 '나'를 발견하려는 시인의 의지는 중요할 수밖에 없다. 시인은 우리 안에 감춰진 '나'를 탐문함으로써 '나'의 모든 실체를 파악하고자 한다. 시인이 「명자꽃」에서 던지는 "나는 누구인가?"라는 질문은 그런 점에서 이 시집을 관통하는 중요한 질문이다.

채호기가 끊임없이 '나'에 대한 질문을 던지는 것은 '나'라는 존재에 대한 근본적인 의문 때문이다. 우리가 가장 잘 안다고 생각하는, 스스로에 대한 질문. 가장 잘 안다고 생각하는 '나'이지만 정작 '나'라는 자아의 모든 것을 제대로 파악하는 사람이 얼마나 될까? 그리고 외부로 발현된 나의 이미지는 과연 '나'라는 존재에 전적으로 부합하는 것인가? 어쩌면 우리 스스로가 알고 있는 자신의 모습은 만들어진 존재이자 기억하고 싶은 모습으로서의 허상일지도 모른다. 또한 우리 안에 존재하는 자아가 단 하나의 존재가 아님 역시 자명하다. 시인은 알 수 없는 '나'에 대한 의문을 제기함으로써 '나'의 세계에 가까이 다가서려고 한다.

> 나는 수많은 갈라짐이다. 쪼개진 자잘한 부분이 나이다. 눈길을 끄는 것들이(얼핏 보았지만 잔상으로 남는 색깔 같은 것이거나, 사라진 뒤에도 남는 냄새, 촉감 같은 것) 있어 그것들을 그러모을 수 있다면 그게 나?
> 그러나 나. 나. 인. 순간. 동시에 사방으로 흩어진다.
> 나나나나 나나나나 나나 나 나 나나~
> 허밍이나 스캣이 나?
> ─「나는 누구인가?」 부분

시인은 「명자꽃」에서 던진 질문을 제목과 화두로 삼아 「나는 누구인가?」를 전개한다. 나는 누구인가? 시인은 "나는 수많은 갈라짐"이라고 언급하고 있는데, 이러한 언급은 시인이 이미 "나는 누구인가?"라는 질문에 대한 답을 알고 있다는 점을 시사한다. 하지만 시인 역시 "수많은 갈라짐"인 나의 모습을 정확히 알지 못한다. 그저 자신 안에 수없이 많은 '나'가 존재한다는 것만 알고 있을 뿐, '나'가 어떤 존재인지 알 수 없다.

결국 '나'에 대한 채호기의 질문은 자신조차 알 수 없는 내면의 자아를 탐문하는 여정의 시작이다. 그리고 자아를 탐문하는 여정은 우리가 미처 발견하지 못한 세계를 발굴하고자 하는 시인의 노력이기도 하다.

3. 내 삶을 둘러싼 것들을 호명하는 '나'의 음성

이대흠 시의 '나'는 '시적 주체'와 동일시의 경험을 하는 존재이다. 당연히 시의 소재와 배경이 시인 자신인 '나'를 중심으로 펼쳐졌다는 점에서 시적 주체인 '나'는 중요할 수밖에 없다. 이대흠의 시는 시인의 삶을 근간으로 펼쳐진다. 시의 배경이 되는 공간 역시 대체적으로 시인의 삶과 관계를 맺는 곳이다. 이러한 시적 특성은 서정시가 드러내는 보편적인 양상이기도 하다. 하지만 이대흠이 드러내는 서정의 양상은 이와 같은 보편적 특성과 다른 점을 보여주기도 한다. 시인이 재현하는 시적 배경은 언뜻 보기에 보편적 서정의 공간과 차이가 없는 것처럼 보인다. 하지만 시집을 이루는 시의 공간 전체를 바라보면 이대흠의 공간은 시인만의 특별한 서사와 감각으로 이루어진 세계로 다가온다. 그리고 이때 그 공간 속에 존재하는 '나' 역시 특별한 시적 주체로 제시된다.

아버지의 밭에는 구름 콩, 구름 팥, 구름 동부가 있었다
아버지의 논에는 구름 나락, 구름 풀, 구름 개구리가 있었다
보이지 않는 5대조 10대조 34대조가 있었다
빗방울처럼 쉬 부서지는 자식들이 있었다
아버지의 족보는 구름 족보였다

중요한 것은 지금 없단다

변하는 것만이 영원인 아버지의 경전에는
아버지가 없었다

잡히는 것이 오히려 허상이지
구름 사냥꾼 아버지는
마침내 구름이 되었다

—「구름 사냥꾼 1」 부분

가족 서사는 서정시가 다루는 중요한 소재이다. 그런 만큼 가족 서사는 우리에게 익숙한 풍경과 감각을 불러일으키는 경우가 많다. 하지만 이대흠이 소환하는 가족 서사는 서정의 보편적인 양상과 다른 측면이 있다. 그의 시에 등장하는 아버지는 "쟁기질 써레질은 한번도 해보지 않았"(「아버지의 지게질」)거나 지게질 역시 단 한번 했을 뿐이다. 또한 "어머니는 여덟줄, 아버지는 넉줄, 어린 우리는 석줄이나 넉줄을 베어가면 아버지만 뒤로 처"(「아버지의 벼 베기」)지기까지 한다. 「구름 사냥꾼」은 이와 같은 가족 서사에 더하여 "구름 사냥꾼"이라는 심상적 세계를 시 전면에 배치한다. 그리고 시의 본문에 "구름 콩, 구름 팥, 구름 동부"나 "구름 나락, 구름 풀, 구름 개구리" 등의 심상화된 사물들을 등장시켜 시인만의 개성적인 상상력을 서정의 양상과 결합시킨다.

그녀는 내게 손목을 주었을 뿐인데 내 손바닥에 강이 생겼다 어린 그녀의 손금 같은 강이 흐르고 강가의 돌멩이처럼 작아진 나는 굳어버린 귀로 물소리를 흘리고 있었다. 손금의 강에 스며든 말은 얼마나 많은 모래 알갱이가 되었을까 희미하게 그녀가 모래알처럼 웃을 때 나는 모래알 같은 그녀의 웃음에 조금씩 부서져내렸다. 그녀의 손목이 모래톱 같다고 느꼈던 그 순간에 내일은 모래가 되고 오지 않을 손목에 머리를 기대고 싶었던 나는 울며 졸이며 굳어가는 조청 같은 나의 생을 보면서 세상에서 가장 여린 손목 하나를 강으로 놓아두었다.
　　　　　—「물은 왜 너에게서 나에게로 흘러오나—탐진 시편 6」 부분

　서정적인 공간은 하나의 군(群)을 이룰 때 개별적인 공간이 주는 협소함을 극복하고 중량감 있는 의미와 서사로 확장되는 경우가 많다. 『당신은 북천에서 온 사람』은 탐진과 북천이라는 공간을 집중적으로 조명함으로써 시집이 드러내는 공간성을 확장시킨다. 이와 같은 공간성의 확장은 시적 체험에 있어서도 다른 양상을 제시한다. 개별화된 공간이 시적 배경을 이루게 될 때, 그것은 시인의 개별적인 체험을 더 강하게 제시한다. 하지만 개별화된 체험 공간이라고 하더라도 그것이 군(群)을 형성하게 되면 공적 영역으로서의 기능을 더 강하게 내장하게 된다. 『당신은 북천에서 온 사람』의 경우는 탐진과 북천에 집중함으로써 사적이고 단편적인 장소성을 벗어나 우리의 삶과 세계 전반을 더욱 강하게 아우르며 시적 세계를 구축한다.

그러는 동안에
당신이 죽어도 변하지 않을 살아 있는
말의 숲이 되는 거지요

말이라고 믿었던 것들이
풀이 되고 나무가 되고 나비가 되어
스미는 것이지요
　　　　　　　　　　　　　　　　—「북천에서 쓴 편지」 부분

이대흠의 시적 화자가 주요한 시적 공간으로 삼는 곳은 고향을 중심으로 한 시인의 삶의 터전이다. 이대흠이 인식하는 삶의 터전으로서의 공간은 질박한 삶을 근간으로 한 곳이다. 그것은 '북천'이 지니고 있는 여러 의미 가운데 하나이다. 유성호가 시집의 해설에서도 밝힌 바와 같이 '북천'은 "실제 존재하는 고유명사이자 자신이 새롭게 구성한 보통명사"이다. 하지만 북촌은 시인이 지향하는 본질적인 공간이라는 점에서 "지상의 세속 공간이 아니라 지상의 논리에 한없는 원심력을 부여하는 미학적 공간"이기도 하다. 따라서 이대흠이 응시하는 고향은 단순히 물리적인 공간만을 의미하지 않는다. 그것은 시인이 가닿고자 하는 본향으로서의 지점이다.

그런 점에서 이대흠의 시가 보여주는 장소성은 일반적으로 제시되는 공간과는 같은 듯 다른 양상으로 제시된다. 그의 시는 이와 같은 장소성으로 인하여 보다 특별한 지위를 부여받고 물리적이고 현실적인 공간이 주는 한계와 상투성을 극복하게 된다. 따라서 이러한 공간에 놓인 시인과 시적 화자의 발성은 보다 깊이 있는 세계를 제시하게 된다. 그런데 이때 이대흠 시에 등장하는 시적 주체는 '나'가 아닌 '당신'이다. 하지만 이때 '당신'은 객체로서의 존재가 아니라 '나'와 다를 바 없는 시적 주체로서의 화자이다. 그리하여 이대흠 시의 시적 화자는 시의 공간 속에서 하나의 세계를 구축하고 장악하며 시인이 구축한 서정을 한 차원 높은 영역으로 끌어올린다.

4. '나'라는 세계의 안과 밖

채호기는 '나' 자신을 끊임없이 부정하고 버림으로써 '나'의 안에 존재하는, 그러나 그동안 감춰져 있었던 무수한 '나'를 드러내고자 한다. 그에 반하여 이대흠은 '나'의 이야기를 안으로 수렴시키며 그 안에서 삶과 세계가 잉태되기를 기다린다. 두 시인이 말하고자 하는 '나'의 이야기는 언뜻 외부로 향하는 시선과 내부로 향하고자 하는 시선으로 나뉜 것 같다. 하지만 두 시인이 호명하는 '나'가 최종적으로 시인의 내면을 지향한다는 점에서, 그곳에 존재하는 시적 자아라는 점에서 두 시인이 드러내는 '나'는 서로 다르지 않다.

이대흠의 '나'가 시인과 시적 화자의 내면을 통해 발현되는 이야기이고, 채호기의 '나' 역시 시인의 내부에 존재하는 '나'를 발견하고자 하는 노력이라는 점에서 두 시인의 '나'는 모두 내면을 탐문하는 존재로서의 '나'이다. 그런 만큼 시적 자아에 대한 두 시인의 접근 방식은 다르지만 이들이 찾고자 하는 '나'라는 존재는 서로 다르지 않다. 하지만 이들 시인의 시집을 통해 나타나는 내면의 '나'가 사적인 영역으로 축소된 것이 아님은 자명하다. 채호기와 이대흠의 시는 내면과 개인의 '나'가 등장하지만 시적 주체로서 '나'가 지향하는 곳은 사적 주체로서의 존재가 아니다. 그들은 확장된 세계와 소통하기를 바라고 있으며 '나'를 통해 보다 근원적인 지점을 응시하기를 원한다.

'나'는 어느 곳에 존재하는가? 채호기의 '나'와 이대흠의 '나'는 사뭇 다른 공간을 배경으로 존재한다. 그리고 그 공간에서 삶을 영위하는 방식역시 다르다. 또한 세계를 표현하는 시적 언술 역시 다른 양상을 보여준다. 무엇보다도 두 시인이 지향해온 그간의 행보에서 접점을 찾는 것은 어렵다. 그런 만큼 두 시인의 시집에서 유사한 시적 특질을 찾는 것은 쉽지 않은 일이다. 하지만 서로 다른 가운데에서도 이들이 탐구하고 도달

하려는 세계가 같다는 점은 많은 것을 시사한다. 이들의 시를 통해 우리
는 시가 본질적으로 가닿으려고 하는 세계가 무엇인지를 생각하게 된다.
이들이 제시한 '나'의 음성과 시선은 우리의 삶과 세계를 호명하고 바라
보려 한다. 그리하여 서로 다른 두 개의 음성은 우리에게 하나의 이야기
를 들려주려 한다.

경이로운
이 지상의 모든 것

— 조용미 시집, 『나의 다른 이름들』

　시인은 어느 곳에 도달하려고 하는가? 그가 도달하려고 하는 곳은 천상인가? 아니면 지상의 어느 곳인가? 시는 지상의 이야기를 통해 하나의 세계를 드러내려고 하지만, 그렇다고 시가 언제나 현실의 어느 순간만을 응시하는 것은 아니다. 어쩌면 시는 현실 너머의, 닿을 수 없는 세계를 노래하기 위해 자신의 몸을 불사르는 존재일지도 모른다. 시가 천상의 어느 지점을 호명하려고 할 때, 그것은 하나의 완전체가 되어 우리 앞에 모습을 드러내기에 이른다.

　　어느 날은 기시감에 어느 날은 미시감에 시달렸다. 그것은 전생의 기억이 완전하게 사라지지 않았기 때문, 독백탄은 기시감이 앞섰고 족자섬은 미시감이 먼저였다 내용과 형식이 일치해도 일치하지 않아도 매번 기시감과 미시감 사이에서 시달린다면 어디서 무엇이 얼크러진 것일까

　　　　　　　　　　　　　　　　　　　—「압생트」부분

　우리 앞에 펼쳐진 세계는 기시감인 듯 미시감처럼 다가오고, 미시감인

듯 기시감이 되어 다가온다. 기시감이나 미시감처럼 다가오는 세계는 낯설거나 익숙한 모습을 드러내며 끊임없이 우리의 기억을 배반하려고 한다. 낯설고 익숙한, 이율배반적인 세계는 현재의 삶인 듯 아닌 듯 펼쳐지는 전생의 기억과도 같은 것이리라. 시인이 도달하려고 하는 천상의 세계는 낯선 곳이지만, 그것은 우리 삶의 본질이라는 점에서 일견 익숙한 곳이기도 하다. 그리하여 기시감과 미시감은 끊임없이 시인의 의식을 헤집으며 번갈아 나타나게 된다. 그러한 세계는 마치 "경이로운 이 지상의 모든 빛"(「풍경의 귀환」)처럼 몽롱하게 자신의 존재를 드러낸다.

조용미가 『나의 다른 이름들』에서 재현하려고 하는 세계는 총체성의 세계이다. 그 모든 것들을 내재하는 총체성의 세계를 통해 우리가 도달하고 싶은 완성된 세계를 만들어내고자 하는 것이다. 그리고 어쩌면 이러한 총체성의 세계는 단순히 시인의 언어를 통해 제시된 시적 국면의 지위에 머물지 않는다. 그것은 시인의 모든 정신과 정서가 파악하고 도달하고자 하는 시적 세계의 본질에 다름 아닌 것이기 때문이다. 그런 점에서 『나의 다른 이름들』은 조용미가 도달하고자 하는 시적 세계의 원형이자 종착지일지도 모른다. 그리하여 『나의 다른 이름들』은 시인의 시론이자 세계관이 되기에 이른다.

『나의 다른 이름들』은 구체적인 시적 공간을 제시하기보다 불분명한 시적 공간을 통해 시를 전개하고자 한다. 물론 시의 공간이 전혀 드러나지 않는 것은 아니다. 불분명한 공간이 주된 공간감을 형성하기는 하지만 그곳에는 저수지가 있고 언덕이 있고 지중해가 있고 베네치아가 있다. 하지만 이와 같은 공간은 실제의 삶의 국면으로 기능한다기보다 현실 너머의 세계를 제시하는 매개체로 기능한다. 따라서 『나의 다른 이름들』의 세계는 실체를 지니지 않는 것이라고 볼 수 있다.

> 이곳에는 말을 거는 창문과 침묵하는 창문들이 있다
> 낮엔 거의 침묵하고 있지만
> 어둠 속에서는 제법 말이 많다
>
> 한집에 속한 각각 다른 크기와 모양의 모든 창문들이
> 완벽하게 조화를 이루고 있다
>
> 집의 창문들 위로 밤이면 조금씩
> 물의 더듬이가 움직여 맨 위층까지 올라간다
> 불빛이 물의 일렁임을 벽으로 밀어 올린다
> ―「저녁의 창문들―베네치아」 부분

「저녁의 창문들―베네치아」는 제목에서 살펴볼 수 있는 것처럼 베네치아라는 명백한 공간을 확보하고 있다. 그러나 이 시에서 베네치아는 그 자체의 의미를 지니고 확장되기보다는 물을 소환하기 위한 장치로 기능할 뿐이다. 물을 환기하는 베네치아가 아닌 경우, 이 시가 굳이 베네치아를 소환할 필요는 없는 듯이 보인다. 그런만큼 조용미의 『나의 다른 이름들』에서 공간은 실체를 지향하기보다 시인이 도달하고자 하는 원형적 세계를 지향한다. 「저녁의 창문들―베네치아」의 "말을 거는 창문"과 "침묵하는 창문"은 사물로서의 단편적인 창문이 아니다. 그것은 '말을 걸고 침묵하는' 세계를 제시하기 위해 탄생한 본질적인 지점인 것이다.

그렇다면 시인은 무엇 때문에 이렇듯 볼 수도 만질 수도 없는 공간과 세계를 만든 것일까? 시인은 이제 시적 국면과 의미의 더 깊은 곳으로 떠나고자 한다. 지금까지와는 다른, 보다 깊이있는 세계를 통해 시인은 그

간의 언어가 가 닿을 수 없었던 시적 세계를 만들어내고자 했을 것이리라. 그러나 이와 같은 원형성의 세계는 피상적 인식을 철저히 배격하여 모호한 국면으로 흐를 수 있는 양상을 극복한다. 그의 언어는 가 닿을 수 없는 것들을 끊임없이 호명하고 있지만 그것은 결코 뜬구름 잡는 이야기에 머물지 않는다. 조용미의 언어는 불투명한 세계를 제시하는 것 같지만 그것은 볼 수 없는 세계일뿐이지 대상의 본질을 꿰뚫지 못하는 것은 아니다. 그럼으로써 조용미의 시는 현실인 듯 환상인 듯 펼쳐진, 신기루와 같은 몽환적 감각을 전개하게 된다.

> 우리는 같은 것을 보지 못하겠지만, 같은 시간을 겪지도 못하겠지만
> 새들이 날아간 허공 어디쯤 우리의 눈빛이 잠시 겹쳐지는 일도 없겠지만
>
> 그저 감각하기만 하면 되는 것이다 그곳의 멈추었다 미끄러지는 시간들을
> 순간이 모든 것을 좌우하는, 순간이 아무것도 아닌, 기이하고 아름답고 무서운 그런 풍경을
>
> ─「풍경의 귀환」 부분

시인이 발견한 것은 "시간"이거나 "새들이 날아간 허공"이거나 "순간이 모든 것을 좌우하는, 순간이 아무것도 아닌, 기이하고 아름답고 무서운 그런 풍경"이다. 이 사진은 제목부터 "풍경"이라는 개괄적 세계를 다룬다. 그러나 조용미는 개괄적인 세계를 곧바로 철학과 사유의 영역으로 이동시킴으로써 시적 국면과 의지를 표명한다. 시는 구체적 삶의 국면을

통해 하나의 세계를 만들어낸다. 그리고 그렇게 만들어진 세계는 우리 앞에 모습을 드러내게 된다. 하지만 조용미가 만들어낸 시적 국면은 우리에게 모습을 드러내기는커녕 더 먼 곳으로 가고자 노력한다. 이렇게 해서 만들어진 것이 바로 조용미 식의 원형이자 본질인 것이다.

닿을 수 없는 세계를 지향하는 조용미의 시는 이제 극한의 경지에 이르렀다는 생각이 든다. 그리하여 『나의 다른 이름들』에서 보여주려는 것은 지상의 이야기가 아니라 천상의 이야기인 것이다. 이렇듯, 잡을 수 없게 된 세계를 전면에 배치함으로써 조용미라는 하나의 세계는 시적 사유와 철학의 공동체를 완성하게 된다. 특히 이 시집은 자연을 주요한 소재로 다루고 있다. 자연은 우리의 삶이 닮고 싶어하는 본질적인 존재이다. 그렇기 때문에 조용미가 이번 시집에서 다루고 있는 시적 세계는 자연과 동일한 층위에 놓일 수밖에 없는 것이기도 하다. 그럼으로써 조용미는 시적 세계가 도달할 수 있는 극한의 지점까지 자신의 시적 세계를 몰고 갈 수 있었던 것이다.

신화를 호명하는 누군가의 음성

―이재훈 시집,『벌레 신화』
―오 은 시집,『유에서 유』

1. 신화의 이야기를 들려줘

우리가 사는 세계는 신화를 잃어버린 지 오래다. 우리의 삶은 신화를 잃어버림으로써 세속적 세계로 전락했고, 이제 더 이상 세계의 근원으로서의 지점은 사라지고 보이지 않게 되었다. 신화가 사라진 세계. 그곳에서 우리가 바라보는 것은 과연 무엇인가. 신화를 잃어버리고 우리는 슬픔에 빠져 눈물을 흘리고 있는가. 신화를 잃어버림으로써 우리의 삶은 그 모든 가치와 희망, 이상과 갈망을 상실하고 말았다. 거기에 더하여 우리의 삶은 절망과 상처마저도 잃어버린 채 목적성 없는 세계를 부유하게 되었다. 그리하여 우리의 삶과 세계가 간절히 원하는 유의미한 가치는 그 어느 곳에도 존재하지 않게 되었다. 우리 앞에 놓인 것은 그저 즉물적 세계가 재현하는 욕망과 쾌락뿐이다.

이재훈은 『벌레 신화』를 통해 신화의 세계를 수용하고자 한다. 신화의 세계를 호명함으로써 그는 우리가 잃어버린 채 잊고 있던 삶과 세계의 본질을 호명하고자 한다. 물론 이때 시인이 호명하고자 하는 것은 희망이나 이상과 같은 긍정적인 지점만이 아니다. 이재훈의 시가 응시하고자 하는 곳은 긍정과 부정을 아우르는 신화의 모든 영역이다. 시인은 그러한 모든 영역을 파악함으로써 우리의 삶을 이루던 세계의 모든 실체를 낱낱이 재현하고자 한다.

> 눈물을 흘리지 않는 육체이고 싶어요.
> 내 몸을 위해 가련해지는
> 네 몸을 위해 가증스러워지는 밤들.
> 바닥 여기저기 팔랑거리는 목숨들.
> 머릿속에서 흐르는 피로 글자를 쓰겠어요.
> 어떤 두려움도 없어요.
> 악마의 책을 만난다면
> 내 살의 무늬를 들어 보이겠어요.
>
> ─「벌레 신화」 부분

시인이 탐문하고자 하는 세계는 자신의 내면 깊숙한 곳에 웅크리고 있는 잊힌 시간과 기억들이다. 그것을 애써 복원하고자 하며 시인은 기억할 수조차 없는 머나 먼 과거의 어느 순간을 호명하고자 한다. 이로써 시인의 잊힌 시간과 기억은 우리가 잃어버린 세계와 한 몸이 되어 우리의 폐부를 아프게 찌르며 다가온다. 결국 시인의 내면을 통해 발견할 수 있는 상처와 아픔은 세계의 이면에 숨겨져 있는 참혹한 고통이기도 한 것이다.

"눈물을 흘리고 싶지 않은 육체"를 지니고 있는 시인은 그 어떤 고통 속에 허물어진 육신을 끌어안고 흐느끼고 있다. 그곳에 존재하는 것은 "여기저기 팔랑거리고 있는 목숨들"이며 그러한 목숨들은 바로 시인, 혹은 우리 자신의 모습에 다름 아닌 것이리라. 시인은 이처럼 고통 속에 흐느끼고 허물어지는 육신을 통해, 끊임없이 무너지고 있는 하나의 세계를 확인하고 그것으로부터 구원 받고자 한다. 그리하여 그는 "머릿속에서 흐르는 피로 글자를 쓰겠"다는 절박한 심정을 드러내기도 한다. 무엇 때문에 시인은 이토록 처절한 언어로 육신과 정신의 무너지는 내면을 형상화하려고 했던 것일까? 아마도 그것은 시인이 선택한 신화적 상상력에서 그 답을 찾을 수 있을 것이다.

> 울부짖었지. 허벅지가 패이고 뺨에 피가 흐르지. 우리는 어디에서 짐승처럼 왔을까. 당신의 기별을 기다리며 안절부절하는 날들. 먼 시간을 건너왔을까. 천 년 전부터 서로의 몸을 기억했을까. 기억이란 늘 중심이 다를 텐데. 쏟아지는 빗속을 뚫고, 검은 밤의 시간을 가로질러 왔지. 그때 우리는 참담했을까. 누군가는 나를 기억하고, 누군가는 내가 뱉은 말들을 기억하지. 아무도 없이, 아무에게나 위로받지 않고 잠들고 싶지.
>
> —「짐승의 피」 부분

신화의 세계는 우리가 오래 전에 잃어버린, 복원하고 싶은 영역이다. 하지만 그런 오랜 바람에도 불구하고 신화의 세계를 복원한다는 것은 불가능한 것임을 우리는 잘 알고 있다. 그것의 불가능함을 잘 알기에 우리의 삶은 회복할 수 없는 세계로 전락하고 마는 것이리라. "허벅지가 패이고 뺨에 피가 흐르"는 육신을 지니고 있는 우리이기에, 우리는 "짐승처럼" 이곳에 당도한 자들일 수밖에 없다. "검은 밤의 시간을 가로질러" 당도한 곳에서 우리가 마주하게 되는 것은 "참담"한 순간일 뿐이다.

> 나는 다시 이 땅으로 올 거예요.
> 새로 태어난 우상들.
> 땅을 호령하는 지배자들에게 말하겠어요.
> 대지의 증인은 흙이며
> 흙의 몸은 바로 우리의 시체라고.
>
> ―「벌레 신화」 부분

하지만 시인이 소환하는 신화의 세계는 고통 속에서도 끈덕지게 살아남은 우리들을 끌어안는다. 그렇기 때문에 시인은 "나는 다시 이 땅으로 올 거"라는 다짐을 한다. 그리고 그곳에 "새로 태어난 우상"은 탄생하고 "대지의 증인"인 흙의 세계가 펼쳐지는 것이리라. 우리의 죽음이 몸을 눕혀 하나가 된 흙. 결국 흙은 우리 삶과 세계의 모든 근원이고 돌아가야 할 회귀의 마지막 여정일 것이다.

2. 부사, 실재하지 않는 것들에 관하여

오은의 시를 읽는다. 그런데 시집을 넘기며 맞닥뜨리는 제목이 생소한 감각을 불러일으킨다. 생소함의 이유는 부사로 이루어진 제목이 많은 점 때문인데, 부사의 속성상 그것은 구체적인 실체를 지니는 객체로 형언될 수 없기 마련이다. 이와 같은 제목의 특성은 명사나 의존명사로 쓰인 제목의 작품에서도 빈번하게 발견할 수 있는 것이기도 하다. 이번 시집의 언어는 구체적 대상을 지향하기보다는 포괄적인 세계를 수용하고자 하는 시인의 의지이다. 그것은 잡을 수 없는 무형의 세계인 경우가 많은데,

시인은 그와 같은 세계를 통해 보다 확장된 시적 세계를 수용하고자 한다.

> 너무에 대해, 너무가 갖는 너무함에 대해, 너무가 한쪽 팔을 벌려
> 나무가 되는 순간에 대해, 너무가 비로소 생장할 수 있는 자신감을
> 얻는 순간에 대해, 너무가 세상을 향해 팔 뻗는 순간에 대해, 너무가
> 품은 부정적 의미는 사라져
>
> —「너무」부분

> 몸을 열면 질병이
> 입을 열면 거짓말이
> 창문을 열면 도둑이, 도둑고양이가 튀어나온다
>
> 우편함을 열면 눈알이
> 내일을 열면 신기루가
> 방문을 열면 호랑이가, 종이호랑이가 튀어나온다
>
> 속이는 것은
> 속없는 겉이 하는 일
>
> —「풀쑥」전문

말놀이를 통해 기표와 기의를 탐문하던 시인은 이제 시어의 품사를 통해 하나의 세계를 구축하고자 한다. 오은이 포착한 시어의 품사 중에서도 새로운 감각을 더욱 강하게 드러내는 것은 앞서 언급한 바처럼 부사이다. 오은은 부사나 의존명사 또는 명사 등의 품사를 통해 사물이 아닌 사유의 구조 속에 시 세계를 풀어놓고자 한다.

오은은 이번 시집을 통해 언어의 본질에 더욱 접근하고자 하는 듯 보인다. 하지만 시의 언어와 정황을 간결하게 처리함으로써 시어는 명징한

감각을 제시한다. 이전 시집들이 언어의 유희와 다채로운 수사와 정황을 통해 제시된 화려함과 발랄함의 세계였다면, 이번 시집의 경우는 절제된 언어와 정황을 통해 대상의 본질에 다가서고자 한 것이라고 볼 수 있다.

할머니의 비밀은 모두 밤에 있었다

밤에 어둔 길을 혼자 가면 안 된다
뒤통수는 항시 조심해야 해

낮은 흘러가는 것
밤은 다가오는 것

낮은 불발의 연속이었다
표정을 숨길 수 없었다
밤은 장전되어 있었다
닥쳐오리라는 것을 알 수 있었다

소리 없는 공포탄이
사방에서
폭죽처럼 터지고 있었다

밤에는 작게 이야기해야 한단다
밤말을 들은 쥐가 어떤 일을 저지를지 몰라

비밀들이 아우성치며

베갯속 사이를 앞다투어 메우고 있었다

—「공포」 부분

오은이 감춰 놓은 세계는 분명한 실체로 현현하지 않는다. 단조로운 문장은 때로 시적 대상의 표면화된 모습만을 제시하는 듯 보이기까지 한다. 그러나 독자들이 시적 화자와 동일한 감정의 지점에서 오은 시인이 펼쳐놓은 세계를 바라본다면 그 느낌은 완전히 다른 양상으로 전개된다. 그것은 마치 "공포"의 이면에 감춰진 실체를 보는 것과 같은 느낌이다. 일반적으로 공포라는 단어는 관념적 세계로서 그 형체가 불분명하다. 그것은 막연한 두려움이며, 그것을 시적 언어로 실재화하는 것은 결코 쉬운 일이 아니다. 그러나 오은의 시는 '공포'라는 개괄적 세계의 본질을 선명하게 그려낸다. 그러나 그의 시 내부에 공포의 실체가 존재하는 것도 아니다. 시의 내부에 구체적 국면을 갖고 있는 정황이 부재함에도 불구하고 공포라는 감각은 너무나도 생생하게 독자들의 오감을 자극한다. 우리가 오은의 이번 시집을 허투루 읽으면 안 되는 이유는 바로 여기에 있다. 오은의 시는 실체가 드러나지 않는 것들을 소환하여 강력한 정서를 만들어내고, 그것을 통해 독자들의 내면으로 잠입한다.

또한 오은의 이번 시집은 전반적으로 단문이 돋보인다. 아울러 시적 객체가 된 정황에 단도직입적으로 들어가 그것에 대해(혹은 그것과) 명료하게 이야기하고자 한다. 그리하여 시적 대상은 수사적 층위에서 자신을 묘사하거나 진술하지 않는다. 이로써 시인의 의도와 대상의 본질은 좀 더 선명하게 실체를 드러낸다. 하지만 시적 대상에 대한 발화가 직접적이라고 하더라도 그것이 시인의 시적 의도와 의지를 직설적으로 제시하지 않음은 자명하다. 오은은 세부로서의 사물이 아닌, 포괄적 인식의 지점을 수용하고자 하기 때문이다. 따라서 오은의 이번 시집은 구체적 대상을 재현하기보다 사유와 의식이 서성이고 있는 세계를 조망하고 싶었던 것이다. 따라서 우리는 시어의 이면에 감춰진 비밀을 찾아 호기심으로 가득한 여행을 떠나야만 한다.

　오은의 이번 시집에서 과거의 명랑한 소년을 기대하는 독자라면 다소 맥이 빠지는 이야기일 수 있겠지만, 시집 『유에서 유』에는 명랑 소년이 존재하지 않는다. 대신 이 시집에는 세상에 대해 조금은 심드렁한 태도를 보이고 있는 소년이 등장한다. 소년은 세상에 대해 호기심이 많지 않을 뿐만 아니라 조금은 시니컬한 태도를 지니고 있기까지 하다. 그런데 재미있는 점은 이전 시집에서 보여주었던 소년의 모습에서 지금의 모습으로의 변화가 낯설게 느껴지지 않고 오히려 자연스럽게 생각된다는 점이다. 그것은 아마도 이전의 시집에 등장한 명랑 소년의 경우에도 세계를 인식하는 태도에 비애의 정서가 깃들어 있었기 때문일 것이다. 시를 대하는 시인의 기본적인 태도는 명랑을 전면에 내세우고 있지만, 그 너머에는 언제나 우리 삶의 비애와 비참이 기본적으로 깔려 있다. 그러나 오은은 오은! 의뭉스러운 소년 오은은 여전히 시집 곳곳을 서성이며 우리를 소년들의 세계로 안내한다.

환(幻)의 음성과
위무의 감각

─조윤희 시집, 『활자들의 카페』

조윤희의 시는 시를 통해 위무받을 수 있는 것들을 생각하게 한다. 그리고 그것은 그의 두 번째 시집에 수록된 「화양연화」(『얼룩무늬 저 여자』, 발견, 2011)가 호명하고 있는 그 어떤 마음들처럼 우리 앞에 당도한다. 그리고 시인은 세 번째 시집 『활자들의 카페』에서 역시 쓸쓸함과 슬픔으로 가득 차오른 세계를 풀어놓으며 그 마음들을 펼쳐놓는다. 누군가의 마음이 되려고 하거나 고통의 흔적을 따라가는 그의 시는 감정과 사유의 미세한 지점을 예민하게 말하려 한다.

따라서 작품을 통해 드러나는 것은 시적 대상의 이미지라기보다 시인의 내면이다. 조윤희 시인의 시에 등장하는 시적 이미지는 하나의 풍경을 재현하면서도 끊임없이 시인의 내부에 귀를 기울이려고 한다. 일반적으로 이미지가 시적 의미로 환원될 때 시적 입체감은 형성된다. 시적 이미지가 만들어내는 기표는 그 자체가 기의가 되어 이미지를 곧바로 의미화하기도 한다. 그리고 이때 결합한 채 나타나는 기표와 기의는 시적 입체감을 만들어내며 감각과 사유의 접점을 선보인다.

그런데 조윤희의 시는 시적 이미지가 의미가 되기를 바라기보다, 내면에서 차오르는 감정에 관해 이야기하기를 희망한다. 그리하여 그의 시를 접했을 때 가장 먼저 떠오르는 것은 시인의 마음속 깊은 곳으로부터 울려 나오는 시인의 음성이다. 시인의 음성은 하나의 세계와 내면에 관해 이야기하고자 하며 놀랍도록 웅숭깊은 이야기를 들려주려 한다.

> 한 가닥 실오라기가
> 불러 세운 걸음이었죠
> 오후의 잔광이 실오라기에
> 불을 붙였겠지요
> 불타는 호기심의
> 발화지점이었어요
> (중략)
> 幻이라 치부하기도 했지만
> 삶의 전장을 기억하는
> 요령부득의 세월 속에서도
> 틈새는 있어
> 실실 흘러나오는
> 실낱 같은 간지러움
> 참 실없는
>
> —「웃음」 부분

이곳에 한 사람의 걸음이 모습을 드러내고, 그 걸음이 있는 곳에 오후의 잔광은 펼쳐지기 시작한다. 그리고 잔광은 이내 불을 만들어 타오르기 시작한다. 몽환적인 느낌이 강하게 드는 이 장면은 시각화된 것이지만, 이것을 통해 우리가 느끼게 되는 것은 내면화된 시인의 감정이다. 시인의 내면은 고요한 듯 잔잔하게 마음의 파동을 전달한다. 고요한 듯 잔잔하게 전이되는 시인의 마음이니만큼 걸음을 멈추게 한 것은 "한 가닥 실오라기"와 같은 것들이다. 아무것도 아닐 수 있는 "한 가닥 실오라기"로 인해 멈추어버린 걸음은 무수히 많은 고요나 환상이 말하고자 하는 것처럼 우리에게 다가온다.

幻. 어쩌면 시인이 들려주는 모든 음성의 중심에는 幻이 자리하고 있는지도 모른다. 그것은 잡을 수 없고 볼 수 없는 신기루처럼 나른하게 幻이라는 신비를 우리 앞에 풀어놓는다. 그러나 이때 幻은 결코 허무와 몽상의 세계처럼 바스라지며 모습을 감추는 법이 없다. 오히려 그것은 우리의 가슴 속으로 잠입하며 더욱 강렬한 감각의 층위를 만들어내기에 이른다. 따라서 부드럽고 안온하게 들려오는 음성은 쉽게 잊을 수 없는 마음의 파동을 만들어내며 모습을 드러낸다. 그것은 잔잔하게 출렁이는 파도와도 같은 아련함이 되어 우리 앞에 모습을 드러내기도 한다.

조윤희의 시는 파도의 출렁임이 만들어내는 해안선의 풍경과도 같은, 외롭고 쓸쓸한 아름다움과 맞닿아 있다. 그곳에 폭풍우가 몰아치는 바다와 같은 격정적인 모습은 존재하지 않는다. 시인은 격정의 바다 대신 고요한 바다를 선택함으로써, 우리 삶의 내면 깊숙이 자리한 감정의 모든 파동을 발견하려고 한다.

> 멀리 바다가 보이는 곳에 홀로 앉아
> 머나먼 수평선을 바라보고 앉아있다
> 그 수평선 너머에 내가 알고 있는
> 모든 사람들이 가물가물 점으로 찍혀있다

그 점들이 만들어 내는 하나의 점묘화를 바라보고 있다
하나의 점이 꿈틀거리며 움직이기 시작한다
점점 커지더니 아예 사라져 버린다
아니 번졌다는 표현이 맞을 것이다
내 눈 안에서 쓰윽 번지더니
어떤 형태도 없이 뭉개진다
뭉개지는 그네들을 환영이라 말할까
저기 보이는 저 점은
나의 어떤 점을 보았을까
그 실체가 의심스러울 정도로
그 점들은 점입가경이다
아니 그네들의 속성으로 가득차서
아무것도 보이지 않는 캄캄한 어둠의 덩어리다
—「속성으로 지금 가득하다」 전문

시인이 응시하는 바다와 바다를 둘러싼 풍경은 선명한 이미지를 만들며 우리의 시야 안으로 들어선다. 그곳에 "멀리 바다가 보이는 곳에 홀로" "수평선을 바라보고 앉아"있는 내가 있으며, 바다의 주변으로 "가물가물 점으로 찍혀있"는 사람들이 보인다. 그리고 이 모든 풍경은 점묘화의 그것처럼 "꿈틀거리며 움직이기 시작"하고, 점점 커지는 듯싶다가 "아예 사라져 버린다". 한 폭의 서정적인 그림처럼 다가오는 풍경은 분명히 이미지가 앞선 것이다. 그러나 조윤희 시의 언어는 이러한 이미지를 통해 정서의 파동 같은 것들을 만들어냄으로써, 이미지 자체가 전달하는 감각과는 상이한 느낌을 소환한다. 바로 이곳으로부터 조윤희 시의 개성이자 매혹인 정서의 내밀한 울림은 시작된다.

어떤 자락인지도 모를 삶의 한 자락이 앞뒤 맥락도 없이 들려오
는 그런 순간들이 있다 작은 공원의 산책코스 따라 좀비처럼 걷고
있는 나의 의식에 불쑥 들어오는 삶의 소리들 뒷덜미를 낚아채는 손
아귀다 나는 한참을 끌려간다

― 「문득」 부분

삶에 대한 진술이 유장한 깊이를 획득하는 지점에서 우리는 조윤희의 언
어에 포섭당한다. 그 언어는 화려함이나 강렬함을 전면에 내세우지 않지만,
충분한 매혹과 중독이 되어 우리의 감각을 사로잡기에 이른다. 삶에 대한
시인의 감각과 사유는 고요하고, 잔잔한 언어의 깊이와 조우하게 되며 깊이
있는 진경을 만들어낸다. 그것이 전율의 감각으로부터 기인한 것은 아니지
만, 전율의 강렬함이 아니기에 오히려 긴 여운을 갖게 한다. 따라서 "어떤
자락인지도 모를 삶의 한 자락이 앞뒤 맥락도 없이 들려"온다와 같은, 삶에
대한 직접적인 진술은 직설적인 발화의 한계를 훌쩍 뛰어넘게 된다.

사이에 놓인 탁자의 넓이가 좁아졌다 멀어졌다 한다는 것 알지요
우리는 한순간 얽혀 버린다는 것 알지요 어느 순간 풀 수 없는 암호
가 되었다가 어느 순간 뱀눈을 본 것 같은 속수무책의 섬뜩함이 스
치기도 하잖아요 상처에 상처를 비벼대는 서로의 상처를 확인하지
요 근원 속으로 파고들지요 비록 쓰라림에 몸과 마음이 아파도 우리
는 언제나 그 만큼의 거리에 서 있지요 그 만큼에서 서로 바라보지
요 가까이 하기엔 너무 먼 나쁜 근성의 거리지요

― 「나의 이름 입니까」 부분

시인은 끊임없이 삶에 대한 질문을 던지고 그 근원을 탐문하려 한다.
그리하여 "우리가 한순간 얽혀 버린" 것들에 대해 말하려 하고, "속수무책

의 섬뜩함"과 "상처에 상처를 비벼대"며 "서로의 상처를 확인"하는 순간을 아파하려고 한다. 삶에 대한 근원이 어디에 있는지 정확히 알 수는 없을지라도, "사이에 놓인 탁자의 넓이가 좁아졌다 멀어졌다 한다는 것"을 아는 것처럼 삶의 근원은 본능적으로 감각할 수 있는 것이리라. 우리가 "비록 쓰라림에 몸과 마음이 아파도", "언제나 그만큼의 거리에 서 있"으며 "서로 바라보"는 것처럼 세상에 보지 못할 삶의 실체는 없을 것이다.

올리브 나무 사이로 떠나 왔던 곳을 생각합니다 오랜만에 들어서는 공항의 대리석 바닥이 자꾸만 미끌거려 내 일상의 발이 조금 흔들렸습니다 오랜 겨울을 지나온 참이었습니다

올리브 나무 사이로 스치는 풍경들을 그리워했습니다 아직 구속이라는 갑옷 속에 갇혀 있었을 때의 종아리 단단하게 못이 박혀 어느 곳으로의 이동이 힘들었을 때 가도 가도 끝이 없는 길을 가고 싶었습니다
　　　　　　　　　　　　　　　　　　　―「나는 부르는 소리 있어」 부분

함구라는 문을 걸어 잠글 수 있나 습기 가득 찬 동굴 속 천정에서 떨어지는 물방울 한 방울의 소리가 동굴에 메아리를 키워 메아리는 자라고 자라 천지사방 어둠 속으로 스며들어 기반이 약한 대지를 뚫고 고함처럼 터져 소문이라는 굶주린 사자를 방출하네
　　　　　　　　　　　　　　　　　　　―「저물녘 맹수들의 싸움」 부분

「나는 부르는 소리 있어」에서 시인은 "올리브 나무 사이"에서 떠올리는 "떠나 왔던 곳"을 가고 싶어 한다. 그러나 그곳으로 갈 수 있는 길은 요원하고, 시인은 "오랜만에 들어서는 공항의 대리석 바닥이 자꾸만 미끌거려" 일상의 발을 제대로 딛고 서 있지를 못한다. 이 모든 그리움과

갈망은 "오랜 겨울을 지나온" 어느 순간인데, 겨울을 지나왔어도 떠나온 그곳으로 돌아갈 길은 쉽지 않아 보인다. 그곳에 모든 그리움이 있음에도 불구하고 시인은 그저 "올리브 나무 사이로 스치는 풍경들을 그리워"할 뿐이다. 시인이 지향하는 곳은 도저히 갈 수 없는 세계에 머물게 되는지도 모른다. 그리하여 시인은 "가도 가도 끝이 없는 길을 가고 싶"다며 갈 수 없는 그곳에 대한 강렬한 애착을 보여주게 된다. 「저물녘 맹수들의 싸움」 역시 갈 수 없는 것들과 복원할 수 없는 것들에 대한 이야기를 펼쳐놓는다. "함구라는 문을 걸어 잠글 수" 없는 세계와 "습기 가득 찬 동굴 속 천정에서 떨어지는 물방울"을 바라보며 시인은 헐벗은 어느 날의 어둠을 떠올리려 한다. 그곳에서 잡을 수 없는 "메아리는 자라 천지사방 어둠 속으로 스며"들고, 이윽고 "소문이라는 굶주린 사자는 방출"되기에 이른다. 조윤희 시의 언어는 이처럼 모든 것들의 소멸과 회한을 향해 온 신경을 집중시킨다. 그리고 이러한 것들이 한데 모여 거대한 幻의 세계를 구축하기에 이른다.

무기여 잘 있거라를 탄생시켰던 현장 헤밍웨이가 살았다는 집은 멀리 건너편에 있었다 그 집을 향해 가기위해 구시가지로 들어선다 그들의 흘린 피가 카르멘들의 치맛자락으로 펄럭이고 담벼락에 내다 건 붉은 제라늄 꽃으로 피어나 그들의 넋을 위로하는 제의의 일종이라 여기고 싶었다

아름다운 정원이 들여다보이는 집안을 기웃거리며 그날들의 삶을 증언해 줄 아주 오래된 사람과 마주하고 싶었다 그러나 지나가는 나그네는 나그네일 뿐 골목의 초입에서 돌아서야 했다 다시 신시가지로 돌아와야 했다 아직 그 마당 깊은 곳의 그늘이 마중 나오지 않고 있었다
　　　　　　　　　　　　　　　　　　　　　—「론다에서의 한 나절」

여기 "아름다운 정원이 들여다보이는 집"이 있고, 오늘은 "그날들의 삶을 증언해 줄 아주 오래된 사람과 마주하고 싶"은 그런 날이다. 시인의 내면이 겉으로 드러난 풍경화 속에서 우리는, 우리가 마주하고 싶은 삶의 본질을 떠올리게 된다. 그러나 그 세계와 마주하는 일은 쉽지 않다. 그것은 어쩌면 현실과 동떨어진 것일 수도 있겠다. 그런 점에서 "헤밍웨이가 살았다는 집"이 "멀리 건너편에 있"는 것처럼, 시인이 만나고 싶은 세계는 이곳이 아닌 저곳의 머나먼 곳에 존재할지도 모른다. 시인이 맞닥뜨리고 싶은 세계를 만나기는 결코 쉽지 않을 것이다. 그리고 그곳에 더 이상의 아름다움은 존재하지 않을지도 모른다. 하지만 그것이 "붉은 제라늄 꽃으로 피어나 그들의 넋을 위로하는 제의의 일종"이라고 하더라도, "마당 깊은 곳의 그늘이 마중 나오지 않고 있었다" 하더라도 결코 그것을 포기할 수는 없을 것이다.

우리가 당도하고 싶은 세계는 어쩌면 幻의 저편에 있을지도 모른다. 따라서 그것은 애초에 존재하지 않거나 존재할 수 없는 세계일지도 모른다. 조윤희의 시가 닿을 수 없는 세계의 깊이를 호명하는 것은 그것이 애초에 幻의 영역에 존재하는 것임을 알고 있기 때문이다. 하지만 우리가 만나고자 하는 세계의 본질이 사라져버릴 幻일지라도 그것이 거짓된 세계는 아닐 것이다. 우리의 내면과 세계는 언제 무너지고 바스러질지 모르는 신기루 위에 세워진 것이다. 따라서 닿을 수 없는 幻의 세계를 꿈꾸고 호명하는 것이야말로 본질적 세계에 대한 가장 진정성 있는 발언일지도 모른다. 그리고 그것이야말로 우리의 내면을 위무할 수 있는 가장 아름다운 방법일지도 모른다.

독백의 자리를 위하여

—박소영 시집, 『사과의 아침』

시가 독백의 자리를 마련할 때 그곳으로부터 관조의 깊이는 탄생한다. 무엇을 바라본다는 것. 시인의 시선은 언제나 바라보는 대상의 본질을 파악하고자 함으로써 대상으로부터 사유와 인식을 추출하고자 한다. 자, 여기 하나의 사물이 있다. 그리고 시인을 그것을 바라보고 그 안에서 세계와 삶의 실체를 발견하고자 한다. 그러나 시적 대상이라는 기표는 그 안에 내재된 기의를 쉽게 보여주지 않는다. 사실 기표를 통해 기의를 파악하고 드러내는 것은 전적으로 시인의 몫일 것이다. 기표 안에 숨겨진 기의는, 그것이 호명되지 않았을 때 우리에게 의미화된 대상으로 다가올 수 없다. 그런 점에서 시적 대상에 내재한 것들을 파악하고자 하는 시인의 노력은 상당한 의미가 있는 것이라고 할 수 있다.

독백을 통해 시인이 만나게 되는 것은 자신의 내면이다. 그리고 시인은 자신의 내면과 만나게 되며 세계와의 조우를 희망하게 된다. 독백이 고백이라는 발성을 차용하고 있다는 점에서 그것이 언제나 내부를 지향한다는 점은 지극히 당연한 귀결이다. 그렇다면 시인은 과연 독백을 통해 삶의 어떠한 국면과 만나게 되기를 희망하는가. 시인은 끊임없이 자신의 내부로 침잠해 들어가며 삶의 숨어있는 지점들과 만나게 되기를 원한다. 독백의 언어는 시인 내부의 감정이나 생각을 노골적으로 표면화하지 않는다. 독백은 사적 담화의 양상으로 드러나지만 그것은 언제나 공적 담화의 양상으로 전이되고자 하기 때문에 사적 국면과 직접적으로 맞대면하기를 원하지 않는다.

그렇다면 박소영의 독백은 어떤 방식으로 드러나는가. 박소영의 목소리는 내부로부터 비롯된 것이지만, 그것은 내부에 머물지 않고 외부를 지향하고자 한다. 그리하여 시인의 음성은 개인의 영역에 머물지 않고 확장된 세계의 지점과 마주하게 된다. 그럼으로써 박소영의 『사과의 아침』은 시인의 음성을 우리 앞에 선명하게 제시하며 시적 대상 안에 감춰진 삶의 진실과 세계의 실체를 드러내고자 한다.

> 달이 차고 기우는 사원을 걷고 있네
> 붉은 옷을 입은 여인들
>
> 심해의 눈보다 더 깊은
> 여인의 눈에 비친
> 수많은 조각상 사이에서
> 시바는 보이지 않고
> 자꾸만 남근으로 가는 눈
> 연잎 위 물방울처럼 흔들렸네
>
> 남편의 주검 옆에 수장된 여인을
> 기리기 위해

붉은 옷자락 아래 맨발이
가고자하는 곳은 어디일까

보리수 그늘에
마른나무가지처럼 누워 있는 남자
종교와 문화를 오가다
길을 잃은 시바일지 몰라

여인들의 지치지 않는 맨발의 행렬
정오 태양처럼 뜨겁네

―「붉은 여자」 전문

시인은 관조의 어법으로 세계의 실체를 파악하고 삶의 신산스런 여정을 어루만지고자 한다. 여기 사원을 걷는 자가 있다. 그곳에 "붉은 옷을 입은 여인들"이 있고 그들의 눈에 "시바는 보이지 않고" 속세의 장면만이 눈앞에 어른거릴뿐이다. 시인은 삶이 지니는 비애의 국면을 제시함으로써 삶이 지니는 무상의 순간을 포착하고자 한다. 이때 시인의 몸은 시적 대상과 일정한 거리를 유지하고자 한다. 그리고 이러한 거리는 담담한 독백이 전달하는 비애의 감각을 더욱 강하게 우리의 의식 속으로 잠입시킨다. 그리고 바로 이곳으로부터 박소영 시의 정제된 감각과 세계는 비롯된다. 박소영의 시는 「붉은 여자」가 그러하듯, 객관화된 감각이 전달하는 일정한 거리감이 시집 전반을 지배하고 있다. 그리고 이러한 거리감은 시적 대상과 일정한 간극을 유지함으로써 고요하게 정제된 지배적 정서를 환기하게 된다.

"남편의 주검 옆에 수장된 여인"을 응시하는 시인의 눈은 쉽게 눈물을 흘리지 않으려는 듯 결연한 느낌마저 자아낸다. 그리하여 수장된 여인이

"붉은 옷자락 아래 맨발"을 끌고 "가고자하는 곳"을 응시할 때에도 철저하게 대상과의 거리를 유지하고자 한다. 「붉은 여자」가 드러내고 있는 절제된 감각은 바로 이와 같은 거리감을 통해 형성되며, 그것이야말로 박소영의 시가 지니고 있는 중요한 미덕이라고 할 수 있다. 이러한 거리감은 죽음을 다룬 다음의 작품에서도 여실히 전달된다.

풀의 주검에서 단내가 난다

더 살아야할 시간을 안은 채
날카로운 낫날에 베어진 풀이 눕는다

―「풀」 부분

박소영이 펼쳐놓은 죽음의 국면은 슬픔의 극한을 향해 치닫지 않고, 감정의 절제와 미적 인식이 돋보인다는 점에서 하나의 개성을 부여받는다. 죽음을 시적 소재로 삼는다거나, 그것을 절제된 언어를 통해 드러낸다는 것은 사실 그렇게 새로운 것이 아닐 것이다. 그러나 박소영의 시는 절제된 미적 인식을 통해 죽음을 응시함으로써 정제된 거리감은 더욱 강하게 독자들의 감각 속으로 잠입하게 된다.

"풀의 주검에서 단내"(「풀」)가 날 때, 풀은 기존의 정서를 배신함으로써 우리가 알고 있는 자연의 세계를 벗어나고자 한다. 이때 풀은 기존에 있는 자연의 질서를 벗어나게 되면서 새로운 정서를 수용하게 된다. 그리하여 풀은 익숙한 그 무엇으로부터 벗어나 낯선 사물과 정황의 자리를 차지한다. 풀은 더 이상 평화롭고 아름다운 자연의 일부를 떠올리게 하지 않는다. 그것은 주검이 됨으로써 상식적인 자연의 질서를 배신하려고

한다. 그럼으로써 풀은 새로운 시적 질서를 만들며 독자들의 정서에 강
렬한 미의식을 제시하게 된다.

　　늙지 않는 푸른 아침이 있으리라

　　폭풍우 속에서
　　한 발걸음도 움직일 수 없지만
　　검은 밤 자락 놓지 않는다면

　　한 톨의 씨앗까지 지키기 위해
　　허공에 몸 가누며
　　풍장을 겪는 강아지풀

　　사는 게 고통이라며 도시를 벗어나
　　찾아 온 들녘
　　서쪽으로만 가는 해처럼 잠을 자면서도 가야하는
　　남은 여정의 거리 가늠해 보며

　　강아지풀 되어 고개 주억거리는 나
　　　　　　　　　　　　　　　　　　　　　　　　　　　　　―「풍장」 전문

　「풀」에서 죽음의 흔적을 발견했던 시인은 「풍장」에서 장례의 국면을
우리의 삶 전반으로 확대하기에 이른다. 시적 정황 속에 풍장의 직접적
인 이미지는 드러나지 않는다. 그러나 죽음이 부재함으로써 「풍장」은
죽음의 비극성을 더욱 강하게 환기하게 된다. 시인은 "늙지 않는 푸른 아
침"을 맞이하고, "한 톨의 씨앗까지 지키"고 싶어 허공에 자신의 몸을 맡
긴 강아지풀을 발견한다. 그리고 흔하게 볼 수 있는 강아지풀과 풍장을

대비시킴으로써 우리의 삶은 이내 죽음이라는 고통과 슬픔을 온몸으로 감내하게 되는 것이다. 시인은 이것이 삶이라고, "사는 게 고통이라며" 들녘의 "남은 여정의 거리 가늠해 보며" 삶의 마지막을 떠올리기도 한다.

강아지풀에서 장례의 장면을 상상하는 것이 쉽지 않은 것처럼, 장례의 국면을 드러내기 위해 강아지풀을 제시하는 것 역시 쉽지 않다. 박소영 시의 거리감은 이처럼 낯선 대상과 국면의 대비를 통해 더욱 강하게 제시되기도 한다. 이처럼 두 개의 국면이 서로 다른 감각을 자아내기도 하는데, 그것이 하나의 국면 안에 수용되면서 강렬한 시적 상징이 제시된다. 이때 강아지풀로부터 풍장의 국면을 떠올리는 것은 낯설지만 충분히 수긍할 수 있는 것이다. 아울러 풍장으로부터 삶을 응시하는 강아지풀의 모습을 떠올리는 것 역시 낯선 것이지만, 그러한 점이 오히려 삶과 죽음에 대한 사유를 심화시키는 것이기도 하다. 시인은 이와 같은 이율배반을 통해 기존의 정서를 승계하면서 동시에 끊임없이 그것을 극복하고자 한다. 그리고 시인은 죽음을 언급하면서도 결코 격앙된 감정을 드러내지 않는다. 이와 같은 절제된 태도는 앞서 언급한 관조적 태도로서의 독백의 어법과도 연관이 있는데, 시인은 언제나 삶을 담담하게 응시하고 제시하고자 한다.

　　　벌레 먹힌 나뭇잎
　　　무엇으로도 채워지지 않아
　　　죽은 목숨 안고 살아가듯
　　　눈물 뼈로 기둥 세우는 날들

　　　채워지지 않는 구멍으로만
　　　볼 수 있는 다른 세상
　　　생피보다 붉은 삶 살다가
　　　눈 뜨지 않아도 되는 아침이 오면

솔기 없이 꿰맨

는개보다 가벼운 옷 입고

눈 감고도 가는 바람처럼

가장 높이,

가장 멀리 날아가는 나뭇잎

—「하늘우표」 전문

여기 "벌레 먹힌 나뭇잎"이 있다. 그리고 시인은 그것은 "하늘우표"라
고 인식하며 "가장 높이/가장 멀리 날아가는" 모습을 바라본다. 시인의
독백은 "죽은 목숨 안고 살아"가는 날들 호명하거나 "눈물 뼈로 기둥 세
우는 날들"을 언급한다. 그리고 "채워지지 않는 구멍으로만/볼 수 있는
다른 세상"이거나 "눈 뜨지 않아도 되는 아침"인 삶의 단면을 파악하기
도 한다. 나뭇잎과 하늘우표를 통해 제시되는 그 어떤 정서적 울림은 시
인의 독백을 통해 이와 같은 구체적 삶의 국면으로 드러나기에 이른다.
이처럼 삶에 대한 정서와 의미를 직접 드러내는 것은 결코 쉬운 일이 아
니다. 바로 여기에 박소영 시의 독백이 지니는 힘은 빛을 발한다.

시집 『사과의 아침』은 우리의 감각 안에서 일반적으로 사유할 수 있
는 자연을 다루고 있지만, 시인의 언술 양상과 시선은 기존 자연의 질서
를 벗어나게 만든다. 그리하여 자연은 단순한 아름다움의 영역을 탈피하
며 미적 인식의 지점으로 나아가게 된다. 그런데 여기에서 한 가지 특징
은 시 속의 화자가 적극적으로 드러나지 않는다는 점이다. 그렇다고 화
자가 존재하지 않는다는 이야기는 아니다. 박소영 시의 화자는 철저하게
자연을 비롯한 시적 정황 뒤에 감춰짐으로써 개성을 부여받게 된다. 물
론 화자가 등장하는 경우가 없는 것은 아니다. 특히 일인칭 화자가 등장
함으로써 시적 감수성을 적극적으로 개진하려는 모습도 보인다.

일반적으로 서정시의 화자는 시인 자신과 동일시되기 마련이다. 박소영의 시 역시 시적 화자와 시인은 동일한 층위에서 시적 대상을 응시하고 말하려고 한다. 그런 점에서 박소영 시의 화자는 시인과 동일시 된다고 볼 수 있다. 하지만 그의 시 속에서 느껴지는 화자는 적극적으로 드러난다기보다는 숨어있는 듯한 느낌을 강하게 드러낸다. 그것은 그의 시가 보여주고 있는 거리감과 밀접한 연관을 맺는데, 시 속에 등장하는 화자가 시적 대상과 끊임없이 일정한 거리를 유지하려고 하는 태도로 인하여 시적 거리가 발생하는 것이다. 그리고 이렇게 나타난 시적 거리는 감정적 측면에서 객관적 태도를 보여주게 됨으로써 완성도 높은 미적 인식과 사유로 확대되기에 이른다.

> 작은 바람에도 흔들리는
> 거미줄,
> 허공에 몸 기대고 있다
>
> 땅에 발을 딛고 있다고
> 스스로 서 있는 것이 아님을
>
> 해질녘 들길을 걷다가
> 몸 가눌 수 없는 수숫대
> 바로서는 것을 보고 알게 된 일

―「품」 부분

거미가 있고, 시인은 숨은 화자를 통해 거미를 바라보고 있다. 거미를 응시하는 시인의 눈은 객관적 묘사의 시선을 지니고 있지만, 이내 거미를 바라보는 시인의 눈은 독백의 어조로 바뀌게 된다. 독백을 하는 화자는 겉으로 자신의 모습을 드러내지 않은 채 거미에 대한 사유를 담담하게 밝히고 있다. 이때 화자는 철저하게 시인과 분리됨으로써 서정의 정서를 극복하게 된다. 그리고 이렇게 분리된 서정적 자아는 시적 대상을 객관적으로 인식하려는 태도를 취함으로써, 독백을 개인적 푸념으로 전락시키지 않는다. 아울러 하나의 객관적 사물을 제시하고자 할 때, 진술은 해당 사물에 대한 해석적 태도를 견지하고자 하는 태도를 보이는 경우가 많다. 그러나 박소영의 시는 시적 대상에 대해 과도하게 감정을 투사시키려고 하지 않을 뿐만 아니라 절제된 사유를 통해 상투성의 세계를 극복하게 된다. 그것은 시적 자아와 가장 밀착되어 있는 어머니를 이야기할 때에도 고스란히 재현된다.

> 오래 전 어머니와 걸었던 길
> 부량수전 앞에서
> 찍은 사진 속 어머니
> 늙지 않고 그대로인데
>
> 어머니보다 많은 나이 앞세우고
> 혼자서 오르는 그날의 시간들
> 푸르게 커가는 나뭇잎처럼
> 무량으로 드는 길
>
> ─「무량으로 드는 길」 부분

어머니를 시 속에서 호명하게 될 때, 그것은 자칫 객관적 태도를 잃어버리기 쉽다. 시적 화자의 태도가 그러하고, 시인의 감정적 층위가 그러하며, 어머니에 대한 감정과 사유의 감각이 그러하다. 아울러 어머니는 소재로서나 감정적으로나 우리 시의 가장 폭넓게 등장하는 대상이다.

「무량으로 드는 길」 역시 어머니에 대한 회상이 기존의 어머니에 대한 시적 감수성과 일면 맞닿아 있는 부분이 많다. "무량수전 앞에서" 어머니와 찍은 사진을 통해 회고하는 어머니의 모습이 그러하고, "어머니보다 많은 나이 앞세우고" 살아가는 삶의 국면이 그러하다. 그리고 그러한 삶의 모습이 "무량으로 드는 길"이라는 인식 역시 어머니를 통해 회고할 수 있는 그 어떤 보편성과 이어져 있다. 그러나 박소영의 시는 이 모든 보편적 정서에도 불구하고 그것을 극복하며 시적 깊이의 층위를 확보한다.

> 비 비린내 젖은 저녁바람에 모래알처럼 돋는 소름, 나뭇잎들 수런거림 속에 빗방울 툭, 툭, 푸드득 날아가는 새의 이마를 적신다 온몸에 내리는 빗방울 후두둑 털어내며 날아가는 새들의 귀가, 하늘 마당에 발자국을 찍으며 흩뿌리는 언어, 불빛 밝은 정류장은 어디쯤일까? 둥지로 날아드는 새들, 등불 없는 어둠 속에서도 부리를 부비며 보듬을 것이다 새들이 날아간 허공 들여다보며 가던 걸음 뚝, 멈추고 자꾸만 비워내도 드는 한기(寒氣), 덜어내도 차오르는 그리움만 가득 찬 집으로 가는 나는 날개가 없다
>
> ─「귀가」 전문

「귀가」에 등장한 시적 국면을 살펴보도록 하자. 저녁바람이나 나뭇잎, 빗방울과 "날아가는 새", "불빛 밝은 정류장"과 "새들이 날아간 허공". 차분하게 펼쳐진 공간은 우리의 감수성을 자극하는 것들이다. 시인은 이러한 감수성의 영역에서 철저하게 자신을 비우고 대상의 본질에 접근하고자 한다. 그럼으로써 시적 대상은 기존의 감수성을 지우고 새로운 모습으로 우리 앞에 현현하게 된다. 그리하여 바로 이 곳에 첨예한 미적 인식은 자리하게 되며, 그럼으로써 "그리움만 가득 찬 집으로" 향하는 자의 감수성은 하나의 시적 정서와 미의식을 완성하게 된다.

낯익은 낯섦과
낯선 낯익음의 언어들
─하기정 시집, 『밤의 귀 낮의 입술』

이상한 나라의 들판과 강물과 꽃들

여기에 조금은, 조금은 이상한 나라의 들판과 강물과 꽃이 있다. 들판과 강물과 꽃이 있는 풍경은 익숙한 듯 보이지만, 들판에 출렁이는 것은 초록의 풀이 아니고, 강물은 높은 곳으로부터 낮은 곳으로 흐르지 않으며, 꽃은 더 이상 아름답게 피어나지 않는다. 그러나 이와 같은 이상한 나라의 풍경들은 처음부터 그런 모습이었던 것처럼 어색하지 않게 하나의 풍경을 완성해낸다. 그리하여 이상한 나라의 들판과 강물과 꽃은 낯선 듯 낯익고, 낯익은 듯 낯선 모습으로 우리 앞에 모습을 드러낸다.

하기정의 시집 『밤의 귀 낮의 입술』은 바로 이와 같은, 낯익은 듯 낯설고, 낯선 듯 낯익은 풍경을 제시하며 개성적인 시적 영토를 우리 앞에 선보인다. 그리하여 그의 시는 양면적 풍경을 매개로 우리의 미의식을 자극한다. 이처럼 하기정의 시는 그 어떤 익숙함에 기댄 채 낯선 이미지를 만들기도 하고, 낯선 정황을 익숙함으로 위장하기도 하며 우리의 감각을 새로운 지점으로 견인한다. 그리하여 우리는 이 시집을 읽는 내내 어울릴 수 없을 것만 같은 양가적 감정에 휩싸인 채, 시인이 만들어 놓은 특별한 미의식의 세계와 맞닥뜨리게 된다.

미안한 것들에 대해
문턱에서 누가 한참을 울고 갔던 것이다
수상한 것들에 대해
이상한 것들에 대해
귀뚜라미는 검은 나무를 갉아먹는 것이다

올 수 없는 것을 기다리며 근거도 없이 서성거리는 것이다
시월의 웅덩이에 개구리가 울어주는 것이다

아직도, 라고 들리는 것들에 대해
털들이 보송보송 일어서는 것이다
계수나무 곁을 지나가다
이상한 감각이 생겼던 것이다
—「이상한 계절」 부분

하기정 시집 『밤의 귀 낮의 입술』은 낯익은 낯섦과 낯선 낯익음이라는 이율배반적인 모습으로 우리 앞에 모습을 드러낸다. 그의 시는 익숙한 시어가 작품 전반을 지배하고 있지만 시어 사이의 간극을 넓힘으로써 이미지와 감각의 낯선 충돌을 극대화하고자 한다. 그것은 마치 "수상한 것들"이나 "이상한 것들"처럼 신묘하게 우리 앞에 당도한다. 하기정의

시는 언뜻 익숙한 시어와 절제된 감정을 내세워 전개되는 듯 보이지만, "귀뚜라미"가 "검은 나무를 갉아먹는"것과 같은 이미지의 낯선 충돌을 통해 낯익음을 끊임없이 극복하고자 한다. 또한, 이와 같은 풍경은 "시월의 웅덩이에 개구리가" 우는 장면과 "털들"과 "계수나무"라는 생경한 정황으로 전이되기에 이른다.

하기정의 시는 서정과 전위의 경계에서 자신만의 개성을 찾고자 하는 것처럼 보인다. 그의 시가 특별한 감각을 동반하며 다가오는 이유는 서정과 전위의 묘한 접점을 탐문하고자 하는 노력 때문이다. 그러나 그것은 서정을 근간으로 한 전위도 아니고, 전위를 배경으로 한 서정의 양식역시 아니다. 하기정은 그저 서정과 전위의 경계에서 자신만의 개성적인 영토를 개척하고자 할 뿐이다.

언어의 낯선 결합과 감각

하기정의 언어는 개성적인 영토를 구축하며 우리 앞에 당도한다. 그것은 때로 이천 년대를 달구었던 전위의 모습과 친연성을 보이기도 한다. 그러나 위에서 밝힌 바와 같이 하기정의 시는 전위를 전면에 내세우지 않는다. 오히려 그의 시는 차분한 어조와 정제된 정황으로 인해 서정적 특성이 강하게 드러나기까지 한다. 그런 점에서 하기정의 시는 특별한 감각으로 이루어진 서정의 양상이라고 할 수 있다. 하기정의 시는 낯익은 듯 보이는 서정적 시어들을 낯설게 충돌시킴으로써, 서정적 시어가 전달하는 낯익음의 정서를 끊임없이 배반하고자 한다.

올빼미가 박달나무 둥지로 야반도주해도

우편물은 잘도 도착합니다

반짝 커지는 쥐의 근육처럼
내몰릴 때
우리는 네 개의 모서리를
다 걷기로 해요

투명해지는
연습을 하며

손전등을 끈 채 밤의 뼈대를 더듬는 거죠
숨는 것이 지겨워 얼마나 많은 엑스레이를 찍었는지요
　　　　　　　　　　　　　　　　　　—「야간등화관제」 부분

그래도 여전히 오 분 뒤에 빵은 부풀어 오르겠지
빵을 뜯다가
냄새는 계절을 건너뛰겠지

아이스크림은 입속에서만 녹기를 바랄 테니까
　　　　　　　　　　　　　　　　　　—「이상한 계절」 부분

　하기정의 시는 분절된 감각과 이미지를 통해 기존의 시적 정서와의 친
연성을 배제하고자 한다. 하지만 기존 시의 정서를 벗어나고자 하는 시
적 방법론을 극단적으로 전개하지는 않는다. 그럼으로써 그의 언어는 이
천 년대 이후에 등장한 낯선 어법과의 차별화에 성공을 거두게 된다. 그
렇다고 해서 그의 시가 전통 서정의 방식에 기대고 있는 것도 아니다. 하
기정의 시 언어는 어느 한 곳에 치우치지 않은 채, 자신만의 영역을 확보
하려고 노력한다. 그리하여 이질적인 언어들을 하나의 세계 안으로 끌어

들여 충돌시키고, 그것을 통해 자신만의 시적 영토를 마련하고자 한다. 이러한 방법론을 통해 그의 시는 낯익은 듯 새롭고, 새로운 듯 낯익은 세계를 만들어내게 된다.

「야간등화관제」는 "올빼미"와 "박달나무 둥지"라는 익숙한 자연물을 "우편물"이라는 낯선 시어와 결합함으로써 기존의 자연물이 주는 익숙한 감각을 벗어나게 한다. 그리고 그것은 이어 "쥐의 근육"으로 전이되고, 이것은 또다시 "네개의 모서리를" 걷는 낯선 지점으로 연결된다. 그러나 여기에서 감정의 극단적인 양상이나 정서의 파괴는 보이지 않는다. 그리하여 그것은 낯선 이미지의 연결 속에서도 자연스럽게 이어지며 하기정 시의 개성이 되어간다.

「이상한 계절」에서 역시 시적 대상과 이미지가 낯선 영역으로 전이되며 새로운 감각을 환기한다. 그런데 이러한 낯선 전개는 작품 전반을 지배하고 있는 익숙함의 감각을 낡지 않게 만드는 이유가 되기도 한다. 사실 하기정의 시는 우리에게 익숙한 시적 대상이 시 전반을 지배하는 경우가 적지 않다. 이러한 점은 일견 그의 시를 익숙한 감각으로 오해하게 하는 경향이 있다. 하지만 「이상한 계절」처럼 익숙함은 낯선 전개를 통해 새로운 감각으로 전환되기에 이른다. 이를테면 "오 분 뒤에" 부풀어 오를 빵을 이야기하던 시인의 시선이 어느새 "계절을 건너뛰"는 냄새에 가닿는다거나, 이것이 "입속에서만 녹기를 바라는" 아이스크림이 된다거나 하는 전개가 그러하다.

> 사슴의 뿔과 사슴벌레의 집게발가락
> 땅강아지의 앞발과 강아지의 꼬리와
> 개복숭아와 개살구

스탠드가 비추는 흰 손가락과

동그란 가로등 불빛에

동그랗게 떨어지는 눈의 흰 뼈

심장위에 얹은 오른손과

보폭을 재는 왼발

시인의 말과 시민의 발

조지 오웰의 농장과

쌍방울메리야스의 겨드랑이를 박고 있는

미싱의 공장과

그날 게르니카의 암말과

그날 노근리 암소의 창자빛 붉은 울음과

— 「사이」 부분

　　시어의 낯선 관계는 다른 문장으로 전이되는 과정을 통해 드러날 때뿐
만 아니라 하나의 시적 대상을 표현할 때에도 나타난다. 또한, 시 전체를
관통하는 낯익은 감각 속에 낯선 시어와 정황을 삽입함으로써, 작품 전체
가 새로운 감각을 환기할 수 있도록 작품을 구조화하기도 한다. "스탠드
가 비추는 흰 손가락"이 "동그랗게 떨어지는 눈의 흰 뼈"와 낯선 관계를
구축하는 것이 그러하며, "눈의 흰 뼈"와 같은 하나의 시적 대상이 '눈'과
'뼈'라는 낯선 조합을 통해 새로운 감각을 획득하게 된다는 점이 그러하
다. 이처럼 하기정의 언어는 연관성이 희박한 두 개의 지점을 연결하여,
그것들의 간극이 만들어내는 이미지의 새로움을 끌어안으려 한다. 그럼
으로써 하기정의 시는 개성적인 상징의 세계를 확보하게 된다. 그러나 이
와 같은 낯섦의 감각은 단편적인 시어나 문장의 차원에 머물지 않는다.

　　일견 익숙한 시어와 정황이 지배하는 듯 보이는 하기정의 시는, 그것

과 어울리지 않는 시적 국면을 작품 곳곳에 배치함으로써 낯선 이미지의 감각을 작품 전체로 확장시킨다. 그리고 이러한 특성은 정서적 충격을 유발하며 우리를 기시감과 미시감이 혼재된 매혹의 지점으로 안내한다. 보편적인 시적 대상과 정서를 다루던 「사이」에서 갑작스럽게 "조지 오웰의 농장"과 "쌍방울메리야스"와 "게르니카의 암말"과 "노근리 암소"를 언급하는 것처럼 말이다.

> 바람의 발바닥이 찍은 무늬, 흰 건반과 검은 건반을 건널 때
> 참새의 부리에 대해 낭만적으로 얘기할 수 있다면
> 우린 정기적으로 펜션 따위에 방을 잡고 놀러가진 않을 거야
>
> 기린의 목을 덥석 베어 문 악어의 이빨과
> 누구에게도 자국 하나 남기지 않는 달팽이의 젤리 같은 이빨은
> 같은 방식으로 매혹적이야, 이 모두를
> 다치지 않고 사라지게 하고 싶어
> ―「당신의 심장과 무릎과」 부분

「당신의 심장과 무릎과」는 "참새의 부리에 대해 낭만적으로 얘기"하려는 작품이 아니다. 이 시에 등장하는 '바람, 참새, 낭만, 기린, 달팽이, 젤리, 매혹' 등의 익숙한 정서와 대상은 우리에게 그 어떤 상투성을 떠올리게 하기에 충분한 것들이다. 하지만 이것들이 하나의 작품 안에 이질적으로 수용됨으로써, 시어들은 기존의 시적 감수성을 극복하며 낯선 감각을 형성하게 된다. 이처럼 하기정의 시는 시 전반의 분위기와 어울리지 않을 법한 시적 대상을 호명함으로써 시적 이미지의 극대화된 충돌을 만들어내고, 그것을 통해 작품 전체에 낯섦의 미학을 부여하게 된다.

당신의 팔과 다리 그리하여 몸의 언어들

몸이라는 외적 요소는 그 자체가 하나의 실존을 의미하기도 한다. 일반적으로 우리의 인식 체계가 처음 맞닥뜨리는 것은 정서적이거나 정신적인 것들이 아니다. 우리가 실존으로 인식하는 일차적인 요소는 우리의 외적 모습을 형성하고 있는 몸이다. 따라서 몸을 인식하고 그것을 시에 드러낸다는 것은 우리라는 주체를 인식하는 것과 다르지 않다. 정신은 몸을 통해 구현되기 마련이며, 몸을 매개로 우리는 자신을 비롯한 모든 실존과 조우하게 된다.

하기정의 시를 읽다 보면 인간의 몸과 관련된 시어가 상당히 많이 등장한다는 점이 유독 눈에 들어온다. 그러나 인간의 몸과 관련된 시어가 빈번하게 쓰이기는 했지만, 그것은 몸 자체를 탐문한다기보다 몸과 관련된 언어를 통해 자신의 시적 세계와 사유를 구축하려는 노력의 일환으로 보인다. 하기정이 제시하는 몸의 시학은 몸을 통해 끊임없이 외부 세계와 관계를 맺으려 하거나, 상처받은 몸을 통해 파국으로서의 세계를 상징화하려고 한다. 그런 점에서 하기정 거의 모든 시에 몸과 관련된 시어가 쓰인 것은 상당한 의미가 있다고 볼 수 있다.

> 나의 영혼이 너의 두 다리를 좋아해
> 귀처럼 사랑스러운 다리
> 질긴 고기를 뜯기엔 초록의 물든 앞니가
> 마시멜로 같다
> 가볍게 착지하는 뒷다리의 힘으로 밀어내는
> 네 귀는 발소리를 흉내 내는구나
> ─「다시 토끼를 기르는 일」 부분

몸은 외부 세계와 만날 수 있는 실재적인 지점이다. 우리는 몸의 감각을 통할 때, 비로소 외부 세계를 인식하고 소통할 수 있게 된다. 몸을 거치지 않고서는 외부 세계와 소통할 수 없을 뿐만 아니라, 우리라는 실존역시 존재할 수 없게 된다. 그런데 하기정의 시가 선택한 몸은 보편적이거나 아름다운 모습으로서의 몸이 아닌 경우가 많다. 시인은 이와 같은몸을 통해 보편적이거나 아름다움과는 거리가 있는 세계를 제시하고, 그러한 세계의 실존이 지니는 의미를 보여주려고 한다.

「다시 토끼를 기르는 일」에 등장하는 다리는 얼핏 볼 경우 보편적인의미로서의 다리와 다를 바 없어 보인다. 그러나 이때의 다리는 우리가일상을 통해 경험할 수 있는 서경적 국면의 다리가 아니라, 현실 너머의영역에 존재하는 심상적 국면으로서의 다리이다. 따라서 「다시 토끼를기르는 일」의 다리는 현실을 넘어선 비현실을 수용하고 있다고 할 수 있다. "나의 영혼이 너의 두 다리를 좋아해"라거나 "귀처럼 사랑스러운 다리"라니! "나의 영혼이" 사랑하는 "너의 두 다리"가 일반적인 의미를 지니고 있는 다리가 아님은 자명하다. 아울러 "귀처럼 사랑스러운" 다리역시 우리 몸의 일부로서의 다리라기보다는 상징화된 세계를 표상하는매개체이다. 하기정이 사용하고 있는 몸의 시어가 모두 그런 것은 아니지만, 하기정의 시가 보여주는 몸의 매력이 이와 같은 표현을 통해 극대화된다는 점은 분명하다.

우리의 교실에서
자위의 국화송이를 바치며
손 말고 성기 말고 말들의 혀 말고
자위의 도구가 얼마나 중요한지 가르치려하지 않았지

서로의 얼굴을 살피며 눈을 비비고 부릅뜨면서
날마다 기록을 경신하는 일에
감탄하지

            —「브로콜리」 부분

가위를 든 손
허파꽈리에 물풍선을 달아 놓은 당신
흰 시트에 나보다 먼저 태어난 아이가
주르륵 흘러요
눈썹을 도려낸 서쪽 이마에
반달로 부릅뜬 당신
나는 방패를 버리고 고슴도치처럼 화살을 등에 심어요
정글을 달리다 넘어지면
그대로 심장에서 오이 넝쿨
혈관에 빨대를 꽂고 무럭무럭 정글을 덮어요

            —「디에고」 부분

  「브로콜리」와 「디에고」 역시 일반적인 몸의 상징 대신 하기정만의 개성적인 몸의 상징을 시 속에 배치했다. 두 편의 시에 등장하는 몸은 보편적인 육체의 상징을 드러내지 않는 대신 끔찍한 몸의 시학을 선보임으로써 불행과 파국으로서의 몸을 형상화해냈다. 「브로콜리」는 자위와 성기라는 육체성을 제시함으로써 몸이 제시하는 불안과 미완의 감각을 보여주고 있으며,「디에고」는 비극의 세계로 전이된 육체를 통해 부조리와 파국의 단면을 제시한다. 물론 하기정 시의 몸이 언제나 이와 같은 부조리와 불안의 섬뜩함을 전제하는 것은 아니다. 하지만 상당수의 시에 이러한 양상이 드러내며 시인 자신만의 특별한 몸의 시학을 완성해 나가려한다.

낯익은, 그리하여 낯선 세계의 탄생

하기정의 시가 언어의 낯선 결합과 개성적인 몸을 통해 감각적인 세계를 펼쳐 보이는 것과는 별개로, 그의 시는 자연과 연관된 표현이 상당수 포착된다. 그러나 하기정 시의 자연은 우리가 흔히 떠올리는 보편적 아름다움으로서의 자연에 머물지 않는다. 하기정 시의 매혹은 보편적 자연과 서정적 세계를 통해 발현되는 것이 아니다. 그의 시는 서정적 세계와 자아를 끊임없이 배반하려는 가운데 탄생하며, 일반적인 자연을 넘어서는 감각을 통해 지배적 정서의 극대화를 꾀하게 된다.

> 가로등이 모리배를 이끌고
> 꽃다발을 엮고 있는
> 그 밤에
> 우리는 유리 상자 속에서 보트를 탔지
> 폭우가 쏟아지는 그 밤에 말이야
> 단지 과일이 먹고 싶었을 뿐인데
> 과육의 흰 살을 기대하며, 그저 그날 밤에
> 사과면 어떻고 오렌지면 어땠을까,를
> 반복재생하면서
> 노를 저어갔지
> 단지 그 밤에 과일이 먹고 싶었을 뿐인데 말이야
> 붉은 과육을 그리면서 그리워하면 안 되나,를
> 반복재생하면서
> 우린 서로에게 포크를 겨누었었나?
> ―「단지 과일이 먹고 싶은 밤」 부분

하기정의 시에 등장하는 자연 중에서 우리의 마음을 사로잡는 것은 보편적 자연이 주는 정서를 노래할 때가 아니다. 오히려 보편적 정서의 자연을 벗어나 있을 때, 하기정 시의 자연은 빛을 발하게 된다. 하기정 시의 적지 않은 곳에서 이와 같은 자연의 모습을 확인할 수 있는데, 그것은 당연히 아름답고 평화로운 대상으로서의 자연이 아니다. 따라서 이때의 자연은 우리가 돌아가야 할 삶의 근원으로서의 자연 역시 아니다. 그것은 불안과 초조, 불확실성과 공포, 폐허와 연민으로서의 자연이다.

'꽃다발, 폭우, 과일, 사과' 등의 자연은 '가로등, 유리상자, 보트, 포크' 등의 도시적 물건들과 접점을 이루며 일반적 자연이라는 범주를 벗어나게 된다. 결국, 하기정 시의 자연이 매혹을 획득하게 되는 경우는 자연 자체의 단편적인 이미지를 소비할 때가 아니다. 하기정의 시는 기존의 양상을 거부하고 극복하고자 할 때, 하나의 확고한 개성과 의미 있는 지점을 확보하게 된다. 이러한 특성은 다음의 시에서도 확인할 수 있다.

숲의 소란들로 덫에 걸린 줄 알면서 뿔을 길렀지 일격에 받거나 가죽을 물어뜯을 송곳니를 세우면서 뿔을 키웠지 뿔이라고 생각하면서 이빨을 갈았지 각축을 벌이며 먹이를 겨냥한다고 생각했지 마냥 공격하는 자세로 방어하면서 그냥 빠져나올 줄 알았지 이빨을 받으려고 뿔을 물었지 꿈을 바꿀 때마다 새 뿔이 자랐지 그냥저냥 마냥 과녁이라 설정하면서 뿔이나 길렀지 이빨이 뿔인 줄 알면서 뿔이 이빨인 줄 알면서 소란을 키워갔지 덫은 도처에서 비온 뒤 죽순처럼 뿔을 닮아갔지 내가 그린 꿈의 장면에서 컷을 외치며 뿔을 잘랐지 잠이 꿈인 줄도 모르고 꿈이 잠인 줄도 모르고

—「자각몽」 전문

저녁에 이삿짐을 꾸리는 고단한 새의 발톱을 본 적이 있다
달빛이 무거워 오동꽃이 쏟아지는 밤이었다

나무둥치 어디쯤 세간들이 사다리차를 타고 내려오다 문득 멈출 때
바람이 새는 빈 방을 마지막으로 점검하듯 덜커덩거릴 때
비죽 튀어나온 숟가락의 어금니가 아려오는 것
늦은 밤 빈 부리로 돌아오는 어미 새의 눈빛 같은 것
그때 둥지를 엮었던 마른 풀잎의 뒤척이는 소리를 들었다
둥지는 바람 속에서 흙의 색을 닮았다

(중략)

새들은 국경을 꿈꾸었을 것이다
이사 온 저녁의 첫 밤을 짊어지며 서로의 허전한 내장을
부리로 쪼아대다가 좁은 어깨를 포개고 잠을 청한 날들
달빛을 비추면 동사무소 서랍엔 씨를 발라낸
마른 버찌들이 달그락거릴 때 깃털의 젖은 물기를 말리곤 했을
것이다
어떤 색깔의 공기를 만나도 부패할 일 없다는 듯이
그 아침 내내 간밤에 꾼 꿈을 점검하다 등본을 새긴 줄이 늘어갈
수록
문서의 귀퉁이가 바람에 닳고 있다는 것을 안다
　　　　　　　　　　　　　　　　　　　—「저녁의 이사」 부분

　불안과 폐허로서의 자연의 모습에서 우리는 몸에서 느꼈던 부조리한
모습을 상기하기도 한다. 「자각몽」과 「저녁의 이사」는 이러한 불안과
폐허를 보여주는 빼어난 사례인데, 하기정의 시는 이와 같은 불안과 폐
허를 내세워 시집 전반을 이끌고자 한다. 특히 아름다운 수사를 불안과
폐허와 혼재시킴으로써 시의 매혹을 극대화한다. 이 시집을 읽고 나서
여러분이 서정과 전위, 긍정과 부정, 아름다움과 폐허 등의 혼란을 경험
했다면 『밤의 귀 낮의 입술』은 성공을 거둔 셈이리라. 또한, 시인은 이와

같은 양가적 감정의 경계에 자신만의 시적 영토를 굳건히 마련한 것이리라. 「자각몽」에서처럼 모든 불온과 공포와 비애가 몰려오는 순간 하기정 시의 영토는 더욱 확장되며 시적 완결성을 획득하게 된다. 그리고 이러한 이율 배반의 감각 속에서 비로소 「저녁의 이사」와 같은 아름다움의 완성은 우리 앞에 당도하게 된다. 그리하여 바로 여기에 『밤의 귀 낮의 입술』의 아름다움은 비로소 탄생하게 되는 것이다.

재난의 날들과
살아남은 자들의 슬픔
— 한혜영 시집, 『검정사과농장』

 한혜영의 시는 재난 상황이라는 소재를 형상화하는 경우가 눈길을 사로잡는다. 일반적으로 문학 작품 속의 재난은 '사건'과 '서사'를 근간으로 한다는 점에서 소설 등과 같은 서사 장르에서 주로 다룬 소재였다. 물론 시의 경우에도 비극을 전제로 하는 경우가 많다는 점에서 비극적 사건인 재난과 유사한 부분이 있다. 하지만 시적 국면에 나타나는 비극은 재난이라는 특수한 상황이나 '사건'과는 다른 양상으로 형상화되는 경우가 많다. 시의 경우는 재난이라는 '사건'을 다루기보다 비극적 상황을 정서에 호소하는 경우가 대부분이다.

 재난은 근대와 밀접한 관계를 갖는다. 재난은 전근대적 세계에도 존재했지만 불확실성으로 가득한 근대에 이르러 더욱 강렬하게 우리 삶에 영향을 미치게 되었다. 한치 앞을 내다볼 수 없는 것이 근대적 삶의 모습인 것처럼 재난 역시 어떻게 다가올지 예측할 수 없는 공포로 인식된다. 그리고 이러한 재난을 견디는 우리의 삶은 비극과 공포 그 자체가 되어버린 지 오래이다. 시적 정황으로서 '재난'이 낯익은 것은 아니지만 근대적 삶의 공포와 비극을 대표한다는 점에서 유의미한 지점을 마련한다. 오히려 한혜영의 시는 재난이라는 낯선 비극을 보여줌으로써 새로운 시적 가능성을 보여준다.

거짓말이라는 매우 나쁜 전염병이 한바탕 농장을 휩쓸고 갔다 농장주인은 뼈대가 드러나고 등이 굽은 기형의 사과나무 아래 죽은 새들을 끌어다 묻었고

가벼운 농담처럼
꼬리와 날개가 파닥거리는 거짓말들이 주렁주렁 매달렸다
─「검정사과농장」부분

시인은 재난이 닥친 듯한 상황을 선언하듯 단호하게 말한다. "매우 나쁜 전염병"인 재난의 실체는 "거짓말"이지만 그것은 우리의 삶 전반을 폭력적으로 장악하고 있는 듯하다. 실체를 알 수 없는 감염병은 그것이 눈에 보이지 않는다는 점에서 공포가 극대화된다. 근대적 세계의 공포는 이처럼 실체를 드러내지 않는다는 데 있다. 모든 것이 분명해 보이는 세계임에도 불구하고 근대적 세계는 마치 음모처럼 감춰져 있다. 이런 세계 속에서는 "매우 나쁜 전염병이 한바탕" 휩쓸고 가더라도 우리가 할 수 있는 일은 없다. 무기력하게 고통을 견딜 수밖에 없는 이들은 이 시의 농장주인처럼 그저 "뼈대가 드러나고 등이 굽은 기형의 사과나무 아래 죽은 새들을 끌어다 묻"을 뿐이다.

안개가 다녀간 것은 추위가 덜 가신 아침이었다

발소리는 없으나 가쁜 숨을 쉴 때마다 뿜어져 나오는 입김 때문에
　매번 들키는 안개는 누구도 갖지 못한 잔인함을 가졌다는 소문이
파다했다
　방역차를 따를 때처럼 무턱대고
　안개를 좇아갔던 아이들은 한순간에 미아가 되고
　납작하게 엎드린
　지붕 낮은 집들은 친절하게 배달되는 샌드위치나 케이크였다는

　이런 장면을 묵묵히 지켜보던 미루나무는
　진실을 알아내겠다며 무수한 혀를 안개에 찔러 넣고
　성당의 십자가는 레이스가 지독하게 눈부신 미사포를 발끝까지
늘인 채
　이 혹독한 재난이 무사히 지나가기를 신께 간구했다
—「나름 평등주의자」 부분

　근대적 세계 이후 세기말을 지나온 우리의 삶은 이미 무수히 많은 공포의 기억을 가지고 있다. 그리고 그런 공포는 앞으로 다가올 또 다른 공포를 잉태하며 끝없는 비극과 두려움을 만들어낸다. 시인은 "이 혹독한 재난이 무사히 지나가기를 신께 간구"하지만 재난의 비극성은 소리 없이 도처에 도사리고 있다. 재난이 "잔인함을 가졌다는 소문"은 파다했지만 그것의 실체는 좀처럼 드러나지 않으므로 우리들은 끝도 없는 재난의 한가운데를 향해 나아간다. "방역차를 따를 때처럼 무턱대고 안개를 좇아갔던 아이들"이 "한순간에 미아가" 된 것처럼, 우리의 삶도 스스로 인지하지 못하는 순간 재난의 한가운데 놓이게 된다.
　재난 가운데 놓인 우리의 삶은 재난을 벗어날 수 없으며, 우리들은 심

지어 재난의 실체조차 알지 못한다. 재난으로 가득한 세계를 "묵묵히 지켜보던 미루나무"가 "진실을 알아내겠다며 무수한 혀를 안개에 찔러 넣"지만 안개의 내부에 도사린 재난의 실체는 드러나지 않는다. 근대 이후의 세계는 언뜻 안온하게 보이기도 하지만 근대적 불확실성의 세계는 그 자체로 비극과 고통과 공포이다. 이때 우리가 할 수 있는 일이란 「나름 평등주의자」에서처럼 "이 혹독한 재난이 무사히 지나가기를 신께 간구"하는 것뿐이다.

> 화덕이 잘 달구어진 시간, 기어이 구름 스테이크 맛을 봐야겠다는 집념의 사람들이 서쪽 하늘이 잘 보이는 식당 정원에 앉아 있다 포크와 나이프를 들고 구름이 익기를 기다리며 애피타이저 같은 웃음 혹은 슬픔으로 목젖을 적시고 있다 하지만 웨이터는 좀처럼 나타나지 않아 참을성이 부족한 사람들은 주방장의 긴 젓가락을 빼앗아 구름을 뒤집는다 할 일을 빼앗긴 주방장은 핏물이 밴 앞치마와 모자를 격하게 벗어 불 속에 던지더니 사라지고 그 사이 숯덩이가 되어버린 구름은 만지는 대로 바스러져 허공에 흩날린다
>
> *(아무리 정성을 들여도 구름은 빨리 타버리는 성질이 있어 노릇노릇 익힐 수가 없다)*
>
> ─「구름 스테이크를 굽는 시간」 부분

아무 것도 할 수 없는 시대에 우리가 할 수 있는 것은 "포크와 나이프를 들고 구름이 익기를 기다리"거나 "애피타이저 같은 웃음 혹은 슬픔으로 목젖을 적시"는 일 뿐이다. 그런 가운데 우리를 구원해줄 자는 없다. 이 세계를 견디기 힘든 이들은 그저 "주방장의 긴 젓가락을 빼앗아 구름을 뒤집는" 사람들처럼 무기력할 수밖에 없다. 모든 것들이 사라지려는

세계 속에 우리의 삶은 놓여 있다. 이런 세계에서 우리가 할 수 있는 일은 없다. 시인은 "아무리 정성을 들여도 구름은 빨리 타버리는 성질이 있어 노릇노릇 익힐 수가 없다"고 말한다. 이토록 견딜 수 없는 세계 속에서 우리가 할 수 있는 유일한 일은 그곳을 떠나는 것이다. 그리고 모두가 떠난 이곳에 남는 것은 쓸모없어 버려진 것들뿐이다.

> 그러나 그들은 태연한 얼굴로 영안실에 앉아
> 널브러진 한 마리 그 무엇의 고기를 썰며
> 간간 액자 속의 고인과 눈을 맞추며 복화술을 쓰기도 한다
> 질기되 질긴 부위를 씹던
> 누구는 슬그머니 뱉어 상 밑에 숨겨두기도 하고
> 어떤 인물은 끼륵 소리를 내며 두루미처럼 슬픔을 삼키기도 한다
> —「영안실 동물」부분

존재를 드러내지 않는 재난은 크기를 가늠할 수 없는 공포를 내세우며 다가온다. 그리고 이런 공포 앞에서 우리들은 슬픔조차 드러낼 수 없다. 재난의 공포와 비극은 우리의 삶 전반을 장악하며 우리의 세계를 공포 그 자체로 만들어버리기에 이른다. 슬픔조차 드러낼 수 없는 상황에서 우리가 할 수 있는 일은 불완전한 드러냄인 복화술밖에 없다. 죽음 앞에 제대로 말조차 할 수 없는 복화술만이 우리가 겪는 비극을 토해낼 뿐이다. "액자 속의 고인과 눈을 맞추며" 슬픔을 드러내는 복화술은 드러낼 수 없는 공포를 말하는 유일한 방법일지도 모른다. 입을 벌려 말할 수 없는 슬픔은 아무 것도 말할 수 없는 고통과 비극과 슬픔과 다르지 않다.

무궁화가 만삭의

배를 열어 꽃 한 송이를 내놓았습니다
응애, 거리는 꽃을 보며 나는 자꾸 의심이 생깁니다

저것은 누구의 자식인가
무궁화의 자식이 맞기는 맞는 건가

아랫도리로 반짝 흘러들어 간
한 방울 빗물이 친권을 주장할 수도 있겠다는,
꽃이 봉오리 이전이었을 때
입김 혹혹 불어넣어주었던 햇볕도 그러할 수 있겠다는,
어쩌다 아파트 화단을 돌아나가며
무궁화에게 손길 한 번 주었던 바람도
친권 주장을 할 수 있겠다는 생각이 자꾸만 드는 겁니다

글로벌 기업으로 아기공장이 등장을 했다는
돈만 주면 마음대로 성별을 고를 수 있고
천 송이의 꽃도 주문이 가능하다는 뉴스 탓이지요

개개비 둥지에 알을 집어넣는 뻐꾸기처럼
필리핀, 우크라이나 화분에 근을 묻어두고
꽃이 피기를 기다리는 국산 화분이 점점 는다는 거였지요

내가 너의 어미다 아니다 내가 어미 아니다 내가 아비……

햇볕이, 바람이, 빗물이 다 참견해도 되는
목숨을 가지고
꽃들이 방긋방긋 지구로 오신다는 거였지요
　　　　　　　　　　　　—「아기공장에 대한 의심」 전문

재난으로 가득한 세계는 공포와 부조리를 불러오고, 이런 가운데 믿을 수 있는 것들은 점점 사라지기 마련이다. 또한 공포와 부조리의 세계 속에 우리가 믿었던 것들은 사라진 것을 넘어 거짓이 되기에 이른다. 시인은 재난을 응시하는 가운데 그것들이 만들어내는 거짓에 주목한다. 그리고 거짓으로 가득한 세계에 대해 의심을 품는다. 시인은 세계를 바라보는 자이면서 동시에 세계에 대해 의심을 품는 자이다. 시인의 의심을 통해 우리가 발견하지 못했던 진실은 비로소 모습을 드러내기에 이른다. 한혜영은 재난을 통해 비극과 부조리와 공포를 말하기도 하지만 그것을 통해 드러내고자 하는 본질적인 것은 '거짓된 세계'에 대한 의심이다. 그런 이유로 인해 꽃에 대한 시인의 상상력은 우리가 흔히 떠올리는 식물적 상상력으로부터 한걸음 비껴 있다. 식물적 상상력이 일반적으로 전달하는 긍정의 이미지는 시인에게 더 이상 유효하지 않다. 식물을 비롯한 모든 것들은 재난이라는 비극과 부조리 속으로 수렴되며 돌이킬 수 없는 고통 속으로 걸어 들어갈 뿐이다.

> 살얼음 갈라지는 소리가 등줄기를 뻗어나가
> 무수한 실금을 가져본 동물은 그 위험을 알겠지만,
>
> 당신은 무모하고 무지한 동물이어서
> 밤새 건너온 살얼음을 되돌아가려 한다
> ─「과거지향적인」 부분

　시인에게 비극은 식물의 세계로 국한되지 않는다. 시인은 동물성을 통해서도 위험을 말하려고 한다. 그러나 시인은 동물성 자체를 위험한 것으로 인식하지는 않는다. 오히려 동물은 위험에 노출된 대상으로 등장한다. 그런 점에서 동물은 우리 자신의 모습이기도 하다. 일반적으로 동물은 식물의 대척점에서 강한 존재로 나타나는 경우가 많다. 하지만 동물역시 재난으로 점철된 세계 속에서 고통 받는 존재라는 점은 다르지 않다. 동물로 표상되는 우리의 삶은 "살얼음 갈라지는 소리가 등줄기를 뻗어나가"는 곳에 놓여 있으며, "무수한 실금"과도 같은 상처로 가득하다. 그런데 재난이라는 고통스런 삶의 한가운데 있으면서도 그것을 결코 넘어설 수 없다는 점에서 우리의 비극은 끝날 수 없는 것이다. 우리는 "무모하고 무지한 동물"이기에 "밤새 건너온 살얼음을 되돌아가려"고 한다. 비극임을 알고 있음에도 그것으로부터 헤어 나올 수 없는 것이 우리가 지니고 있는 가장 큰 비극인 것이다.

안으로 들어서자 총구들이 일제히 나를 겨냥했다
하마터면 손을 번쩍 치켜들 뻔했던
나는 떨리는 손을 간신히 진정하였다

총들은
거만하였고
딱딱하고
거칠어 보였다

(중략)

총은
개보다 날렵하지
개보다 충성스럽지
개보다 단호하지

—「사냥총 가게」부분

반드시 죽여야 할 짐승을 놓치던 날은
안개 속을 헤매다 오발 사고를 연달아 내기도 했다
말을 타고 사막을
달려가는 신에서는 배경음악이 깔리지 않아 시시했고,
폭설 속에서 만난 얼음조각 같던 그를
쨍그랑! 산산조각 내던 순간의 희열은 가히 불꽃이었다

화약 냄새에 점점 길들여졌던
나는 어느새 일류 저격수가 되어 있었다
깔끔하고도 세련된 명사수여서
죽어가면서도 죽는 줄조차 모르고 웃던
그들 덕분에 나는 언제나 무사하였다

그러나 이제는 자주 들킨다
방아쇠를 당기는 손가락엔 힘이 없어지고
총알은 사정없이 빗나가서,
어느 날은
내가 나를 죽이고 문상을 다녀오기도 한다
　　　　　　　　　　　　　　　—「총을 훔친 적이 있다」 부분

　　재난은 단순히 재해의 양상만으로 의미가 국한되지 않는다. 우리 삶의
재난은 보다 다양한 모습으로 나타나며 그것은 또 다른 영역으로 확장된
다. 또한 재난 속에서 가해자와 피해자는 불변하는 절대적인 개념이 아
니다. 우리 삶의 재난은 폭력 속에 노출된 삶일 수도 있으며, 반대로 폭
력의 주체가 되기도 한다. 또한 가해자와 피해자가 혼재된 상태로 드러
나기도 한다. 총으로 상대방을 죽일 수도 있지만 "내가 나를 죽"임으로
써 '나'는 부조리한 상황에 노출된 피해자가 될 수도 있다. 그리고 나는

어느덧 가해자가 되어 "화약 냄새에 점점 길들여졌던" 일류 저격수가 되기도 하는데, 어느 순간 "내가 나를 죽이고 문상을 다녀오기도" 한다. 재난과 고통과 폭력은 일방향도 아니며, 불변하는 절대적인 모습 역시 아니다. 근대는 전근대에 비해 보다 복합적인 양상으로 전개된다. 누구나 재난과 고통과 폭력의 주체가 될 수도 있고 반대의 입장이 될 수도 있다. 그런 점에서 시인이 파악하는 이와 같은 모습이야말로 우리가 살고 있는 세계의 진짜 모습이라고 할 수 있을 것이다. 또한 재난은 지진이나 홍수처럼 유형의 양상으로 나타나기도 하지만 무형의 양상을 통해 우리의 삶을 비극 속에 몰아넣기도 한다. 「총을 훔친 적이 있다」의 "일제히 나를 겨냥"한 총구는 재해로서의 재난이 아니다. 이처럼 재난은 우리를 둘러싼 유·무형의 양상 모두로부터 나타날 수 있는 것이다.

> 거리엔 위험이 지나치게 많다
> 위험해, 위험해
> 두 팔 벌리며 막는 표지판도 그렇지만
>
> 빨리 달리는 것들의 위험
> 그런 속도를 막으려고 꽝꽝 얼린 거리
> 곳곳에 스며든 어둠,
> 그 캄캄함에 악어처럼 몸 감추고 있는 것들
> ─「위험을 평정하다」 부분

"거리엔 위험이 지나치게 많다"는 시인의 말처럼 위험과 재난은 도처에 가득하다. 어쩌면 우리의 세계는 위험과 재난 그 자체일지도 모른다. 우리는 이러한 세계의 실체를 애써 외면하려고 한다. 그러나 공포와 비극이 세계의 본질이라는 점은 결코 변하지 않는다. 우리를 구원할 수 있는 것은 어느 곳에도 존재하지 않는다. 근대의 삶은 위험한 것들로 이루어져 있고 우리는 그런 위험으로부터 벗어나려 하지만 그곳에 있는 것은 "꽝꽝 얼린 거리"와 "곳곳에 스며든 어둠" 뿐이다. 그러나 시인은 그런 재난을 섣불리 극복하려고 하지 않는다. 근대적 삶의 영역 안에 있는 재난이 피할 수도, 극복할 수도 없는 것이라는 점을 시인을 이미 알고 있다. 피할 수 없는 재난. 어쩌면 재난의 모습을 있는 그대로 보여주고 실체를 밝히는 것이야말로 재난을 넘어설 수 있는 유일한 길일지도 모를 일이다.

식물성의 언어와
사유의 시간

—황형철 시집, 『바람의 겨를』

식물성의 세계, 서정의 세계

황형철이 만들어내는 서정의 시간은 식물성의 언어로 가득하다. 서정의 영역에 배치된 식물성은 서정시가 지니는 보편적 특성이기도 하지만 황형철의 식물성은 사유의 깊이와 결합하여 진정성 있는 울림을 만들어 낸다. 식물성의 언어가 주조를 이루는 그의 시는 당연히 강함보다는 연약함을 통해 세계를 바라본다. 황형철의 시가 바라보는 세계는 안온함과 애틋함의 세계이다. 식물성의 언어는 그러한 특성과 결합하여 시적 개성을 발휘하는데, 때로는 식물성의 언어가 그와 같은 특성을 만들어내는 경우가 있고, 때로는 안온함과 애틋한 시인의 정서가 식물성의 언어를 견인할 때도 있다. 그러나 양자의 경우는 각각 분리된 세계를 이루는 것이 아니라 하나로 결합하여 서정적 영역을 만들어낸다.

황형철의 서정은 도시적 정서를 기반으로 한 서정이 아닌, 자연의 공간을 통해 드러나는 서정이다. 이때의 자연은 우리 삶의 주변에서 쉽게 관찰할 수 있는 영역에 있는 것들이다. 그러나 황형철은 자연을 단순한 소재나 시적 배경으로만 이용하지 않는다. 그는 자연을 바라보기도 하지만 그의 시에 등장하는 자연은 시인의 목소리를 통해 개성적인 세계를 펼쳐보인다. 황형철의 서정은 시적 대상보다는 시적 화자의 목소리를 통해 전달된다. 그의 시에 등장하는 시적 화자는 시인 자신의 목소리인데, 시인의 음성이라고는 하지만 시적 대상의 외부에서 시적 대상을 응시하기 때문에 감정이 객관적으로 전이된다. 따라서 개인사가 전달하는 상투적 감동의 한계를 극복할 수 있게 된다. 그럼으로써 그의 시는 감정에 치우치지 않은, 정교한 서정의 공간을 구축한다.

식물성의 언어들

황형철은 자연물, 그중에서도 식물성의 세계에 주목한다. 식물성의 언어를 통해 드러나는 황형철의 시는 식물성의 세계를 통해 따스함의 정서를 만들어낸다. 또한 그것은 일상의 사소함이 전하는 우리 삶의 단면과 결합하여 더욱 강한 감동을 전달하게 된다. 황형철은 식물성의 언어 중에서도 작고 연약한 것들에 더욱 주목한다. 그의 식물성은 거대한 숲이나 광활한 바다가 아니다. 그가 주목한 자연은 언제나 작고 소박하며, 그 안에 담긴 꽃과 배추와 같은 것들에 주목한다.

꽃이 지는 동안
제비나비는 잠시 날갯짓을 접고 배추벌레는 수런대던 이야기를

슬며시 거둔다 생소한 가락으로 숲을 흔들던 성성한 바람도 걸음을
멈춘다 눈치 없는 겨우살이가 구름 낀 하늘 한쪽을 쓸어내는 동안
나무 아래 속절없이 꽃물 든 돌멩이는 두 눈만 씀벅할 뿐
―「숲을 지나다」부분

시인의 시선은 꽃과 제비나비와 배추벌레에 머문다. 시인이 발견한 것
들은 하나같이 작고 여린 것들이다. 시인이 관심을 기울이고 있는 것들
은 이처럼 작고 소박한 것이 전달하는 감동이다. 따라서 그의 시에는 거
대한 서사나 이념이 드러나지 않는다. 하지만 작은 것들에 주목하는 그
의 시는 감동을 내재하고 우리에게 시적 정서를 전달한다. 「숲을 지나다
」에서 시인이 들려주는 이야기는 제비나비가 날개짓을 접고 듣는 배추
벌레의 "수런대는 이야기"이다. 그 이야기가 들리면 "숲을 흔들던 성성
한 바람도 걸음을 멈춘다". 이러한 소박함은 시인의 시선이 끊임없이 자
신과 세계의 내부를 지향하는 점을 보여주는 것이다. 황형철의 시는 외
부를 지향하지 않고 내부를 지향함으로써 시적 화자와 시적 대상의 내면
이 전달하는 내부의 은근한 이야기를 들려준다.

아울러 황형철의 자연은 자연 그대로의 아름다움을 지니고 있기는 하
지만 원시의 것이라기보다는 인간의 삶 속에 들어와 있는 자연이다. 그
렇기 때문에 그의 자연은 인간의 삶이 등장할 때와 하지 않을 때 모두 인
간의 삶과 밀착된 느낌을 자아낸다. 그런 점에서 황형철은 언제나 인간
의 삶에 자연을 결합시키거나, 자연의 영역을 인간의 삶 속에 녹여낸다.

나비 날고 벌도 찾지만
겨울은 가시지 않아
춘분 지난 지리산은

이마에 흰 눈 가득 얹고 있다
지난해 붉은 열매
알알이 타오르던 열기가
여태껏 남아
뒤늦게 발동이 걸렸나보다
상춘객들로 부산한 골목길을 돌아내리자
일제히 나무에 젖이 도는지
부르르,
부, 르, 르,
마을 전체가 몸을 떨더니
망울 하나 둘 활짝 피어나
꽃 그림자가 깊다
옛 것들에 기대어
무량하게 핀 산수유꽃을 바라보며
온갖 작은 것들도
접을 붙이는지
아지랑이 속에서 나부대는
봄날이다

—「산수유꽃 피는 마을」 전문

주인은 온데간데없고
감나무에 까치만 요란하다
마루에 앉아 차를 우리는 동안
왕왕,
오토바이와 경운기가 툴툴거리며
뽀로통 돌담을 돌아가고
이웃집 처마 끝에 해가 걸렸다
찔끔찔끔 이 감, 저 감
콕콕 쪼아대던 까치가
배를 불려 날아가고

입술을 뜯긴 감의 얼굴이 붉어졌다
오촉짜리 전구 어남 개
마당이 촉촉하다

—「감나무 전구」전문

「산수유꽃 피는」의 공간적 배경인 지리산은 거대한 자연이 아니며 자연의 광폭함은 더더욱 아니다. 지리산이라는 공간은 인간의 삶과 밀착된 공간으로 느껴진다. 상춘객이 오르는 지리산은 인간의 손길을 거부하는 공간이 아니라 인간과 하나가 되는 공간이다. "마을 전체가 몸을 떨더니/망울 하나 둘 활짝 피어나"는 곳이며 "아지랑이 속에서 나부대는/봄날"의 어느 순간인 것이다.

「감나무 전구」의 경우도 인간의 삶과 밀착된 자연이 돋보인다. 이 시에는 감나무를 중심으로 우리 삶의 풍경이 은근하게 나타나 있다. "주인은 온데간데없고/감나무에 까치만 요란"한 텅 빈 공간은 결핍이 아니라 충만임과 동시에 비어있음의 아름다움이다. 쓸쓸함의 정서가 돋보이는 「감나무 전구」는 "오촉짜리 전구"처럼 촉촉하게 우리의 정서를 적신다. 황형철의 시는 주체할 수 없는 슬픔을 보여주기보다는 이와 같은 쓸쓸함의 정서를 들려준다. 때문에 그의 발성은 언제나 격한 감정을 드러내지 않고 내면으로 침잠한다.

꽃은 나무의 열(熱)이다
가지의 탄력을 받아 훌쩍 날갯짓을 하고 싶었으나
묵묵한 소요만 자서처럼 붉게 남았다
꽃들아, 꽃들아 네 심연에 나를 묻는다
동박새 한 줌 열을 물은 채 날아가 앉은 자리에서

꽃이 온다

—「꽃이 온다」 부분

심장 부위의 살을 십자 모양으로 벗길 것
거기에 뿌리가 튼실한 어린 이팝나무를 심을 것
뜨거운 피가 뿌리로 몰리는 것을 확인할 것
다시 살을 덮고 단단하게 다질 것
적당량의 물과 햇볕을 쬐어줄 것
건강하게 뛰는 맥박과 피를 흡수할 수 있도록
항상 따뜻한 마음을 가질 것
무엇보다 오래오래 인내할 것
갈라진 수피 사이로 더운 입김도 불어넣을 것
말라 가는 자신의 육체를 받아들일 것

—「식목」 전문

황형철의 시에서 꽃과 나무는 필연이자 숙명이다. 시인이 주목한 것은 단순한 꽃과 나무의 세계라기보다 꽃과 나무로 환원된 우리의 삶이다. 그리하여 "꽃들아, 꽃들아 네 심연에 나를 묻는다"는 구절은 절박함을 가지고 삶의 의미를 호명한다. 또한 그러한 삶에 대한 절박함의 지점으로 시인은 "꽃이 온다"라며 꽃을 불러들이기도 한다.

나무 역시 우리의 삶 자체라고 볼 수 있다. 심장을 벗기고 그곳에 나무를 심을 것이라고 말하는 구절에서 인간의 삶과 하나가 되는 나무의 모습은 극대화된다. 그리고 이처럼 절박하게 인간과 하나가 되는 나무는 자연 전반을 상징하는 것이기도 하다. 시인은 이와 같이 자연과 인간의 삶을 절실하게 결합시킴으로써 자연이 곧 인간의 삶이고, 인간의 삶이 곧 자연임을 드러낸다. 그리고 "뜨거운 피가 뿌리로 몰리는 것을" 확인하는 부분을 통해 나무로 대표되는, 자연의 근원으로 나아가고자 하는 시인의 의지를 전달한다. 그가 도달하고자 하는 것은 단순히 겉으로 드러난 자연의 모습만이 아니다. 그의 시는 자연과 삶의 근원이자 원천인 뿌리를 지향한다. 그리고 그것은 "살을 덮고 단단"해지며 "건강하게 뛰는 맥박과 피를 흡수할 수 있"는 "따뜻한 마음"이 된다. 또한 시인의 시선은 싱싱한 자연뿐만 아니라 "갈라진 수피"와 "말라가는 자신의 육체"를 바라보기도 한다. 이때에도 시인의 따뜻한 시선은 변함이 없다. "갈라진 수피 사이로 더운 입김"을 불어넣자고 하는 시인은 말라가는 육체이지만 그것을 받아들이자고 말한다. 갈라진 수피처럼 말라가는 육체는 불모의 지점인데, 불모의 지점을 수긍한다는 것은 곧 자연과 삶과 세계의 모든 것들을 수용할 수 있음을 말하는 것이다.

식물성의 사유들

자연물이 단순한 소재로 차용된 자연 서정의 경우, 상식 수준의 인식을 보여주는 경우가 많다. 또한 깊이를 확보하지 못한 채 자연물을 피상적으로 표현하는 경우가 많다. 그런 점에서 자연을 통해 깊이 있는 시적 인식을 보여주는 황형철의 능력은 단연 돋보인다. 더욱이 그의 사유는 내부를 향해 침잠하는 시적 태도와 결합하여 더욱 깊고 넓은 인식을 확보하게 된다.

　　감이 뚝, 떨어질 때 생기는 나뭇가지와의 사이를 무엇이라 불러
　야 하나

사유(死有)의 어름을 막 넘어선다고 해야 하나

감격스러운 내생의 직전이라고 해야 하나

잎이 나고 꽃이 피었다 지는 수많은 갈피들이

알알이 응집되었다가 찰나에 허공으로 사라지는 것

어쩌면 감과 나무의 내밀한 관계를 보여주는 가장 첫 모습일 텐데

그것을 바라보는 누군가의 심경에 어린 새의 눈 같은 씨앗을 뿌
리는 것일 텐데

무거운 감의 꽁무니를 악물고 한 시절을 살아온 배꼽의 끈기를
닮을 것인가

기꺼이 이 한 몸 도사리 되어 벌레의 다디단 밥이라도 될 것인가
—「감과 나무의 사이」 전문

감이 나무로부터 분리되어 떨어지는 순간을 포착한 시인은 그 사이의
공간을 통해 시적 인식을 드러낸다. 분리된 짧은 순간을 통해 시인은 무
한히 확대된 영역을 제시한다. 땅으로 떨어지는 순간은 짧지만, 마치 정
지된 듯한 순간을 통해 시인은 수많은 시간과 세월을 그 안에 부여한다.
그리고 그 순간을 통해 발견한 것은 "내생의 직전"이다. 땅에 떨어지기
직전의 순간은 어느 순간 내생으로 환원되어 삶의 모든 영역을 아우른
다. 순간은 영원으로 바뀌며, 무의미한 찰나는 유의미한 내생으로 확대
된다.

이때 시인이 발견한 수직의 추락은 수평으로 무한히 확대되며 긍정할 수 있는 삶의 순간으로 치환된다. 수직에서 수평으로 전이되는 순간을 만들어내는 시인의 시선은 세계를 긍정하는 시인의 관점을 단적으로 보여주는 것이다. 수직이 추락과도 같은 비극이자 종말인데 반해 수평은 연속성을 지니는 연대의 세계이다. 황형철이 바라보는 시적 세계는 기본적으로 바로 이와 같은 연대와 긍정의 지점을 지향한다.

우리 생이 서로 달라
시차를 두고 살 수밖에 없는 것일까

잎이 지고
꽃이 피는 사이

바람만이 내면을 헐어
길을 내줄 뿐

너에게
절반쯤 왔다는 것은
무엇으로부터
절반쯤 멀어졌다는 것

호시절도 갸륵할 것도 없는
지난 시간들을 분향하면
분분 타오르는 것은
잔뜩 솔기가 헤진 발바닥뿐

조금씩 밝아오는 창을 향해
웅크린 몸을 편다

수만의 갈래는 너를 향한 한 길이었으니

—「상사화」 전문

시인은 「상사화」에서도 두 개의 지점과 그 사이의 간극에 주목한다. 그것은 나와 당신이라는 우리의 간극이며, 두 삶의 간극이 주는 시차이다. 또한 잎이 지고 피는 순간의 차이이기도 하고, 너에게 오고 멀어지는 순간의 차이이기도 하다. 시인은 이러한 간극으로부터 비극을 인식하는 것이 아니라 두 개의 다른 지점을 통해, 다채로운 삶의 국면을 바라본다. 여기에서 다르다는 것은 차이가 주는 불협화의 세계가 아니다. 그리고 그러한 다름의 세계는 두 개의 지점을 통해 우리에게 시적 세계의 깊이와 다양성을 전달하게 된다.

황형철은 이처럼 자연의 모습을 재현하며 그 안에 담겨 있는 사유의 공간을 발견하려고 노력한다. 그러나 사실 이러한 사유의 발견은 진부함과 결합되어 상투성으로 전락할 여지가 많은 것이기도 하다. 특히 자연이라는 소재를 다루는 서정의 경우에 더욱 그러하다. 이와 같은 상투성은 또한 아포리즘적 진술의 형태로 발현되어 상식적인 수준의 세계 인식을 늘어놓은 위험성이 커지기도 한다. 그러나 황형철의 시는 객관화된 시선을 통해 그러한 위험을 극복하는데, 이러한 객관적 태도는 그의 시에 개인사가 드러나지 않는다는 점과 연관되어 있기도 하다.

시적 국면과 삶의 국면의 깊이

황형철의 시가 보여주는 시적 국면은 개인사가 배제되어 있다. 서정시의 경우에 시인의 개인사가 드러나는 경우가 적지 않은데 황형철의 시는 개인사를 제거하여 세계를 바라봄으로써 대상에 대한 객관적 태도를 끈기 있게 유지한다.

그의 시에 나타나는 시적 화자는 시인 자신이기도 하지만 화자의 위치는 언제나 시적 대상의 외부에 놓인다. 시인은 대상을 객관화시킨 후에 그것을 응시하는 화자를 설정한다. 이때 화자는 객관화된 대상을 응시하기 때문에 시인의 감정은 절제된 상태를 견지할 수 있게 된다. 그리고 이러한 객관화의 과정은 시적 화자가 '나'인 경우에도 유지된다.

> 이제 내가 가진 몇 마리의 새를 놓아주기로 한다
> 새는 제 힘을 다해 격렬한 바람의 눈물을 날개에 새길 것이다
> 그리고 먹먹한 암벽의 혈을 짚으며 걸어야지
> 아무 곳에도 귀속하지 않는 바람의 시제가 궁금한 때가 있다
> 이 세상 가장 은밀한 내륙에 묻혀 있을 화석이 된 바람의 연대기
> 를 찾아
> 긴긴 세로(世路)의 파문에 대해 들을 테다
> ──「바람의 몸」 부분

> 나는 그림자처럼 적요하거나 누군가를 온전히 품은 적 없다 다만
> 바라는 일이라곤
> 바람의 유해를 수혈하며 홀로 눈물 훔치던 밤들과 그 밤을 다하
> 여 맞은 새벽에게 튼실한 현을 이어주는 것 그림자를 떠난 자유와
> 여전한 방황을 호명하며 우주의 모든 계절을 건너는 문(門)을 만드
> 는 것 격렬한 세상의 관계들을 궤도에 두는 것
> ──「산 그림자를 탐하다」 부분

시적 화자가 1인칭 '나'일 경우에 시적 대상과 화자의 관계는 밀착될 수밖에 없다. 그리고 이때 감정의 과잉 상태가 드러나게 된다. 황형철의

시는 시적 화자가 '나'인 경우에도 감정을 쉽게 노출시키지 않는다. 그는 그저 담담히 세계를 읽고 느낄 뿐이다. 또한 단순히 감정을 절제하는 것에 그치지 않고 확대된 원형을 제시함으로써 시적 외연을 확대시키기도 한다. 위의 두 작품의 경우에도 '나'인 시인이 바라보고 인식하는 것이 단순한 자연에 그치는 것이 아니라, 바람과 내륙과 우주와 계절과 문을 통해 확대된 세계의 지평을 보여준다.

식물성의 언어를 통해 사유의 깊이를 보여주는 황형철의 시는 서정의 지향점이 어떠해야 하는 지를 잘 보여준다. 더욱이 자신의 개인사를 통해 삶을 보여주지 않고 객관화된 대상을 파악하고 있다는 점은, 그가 얼마나 미적 인식에 힘을 기울이고 있는가를 잘 보여주는 부분이다. 바로 이러한 미적 인식으로부터 황형철 시의 사유와 감동은 발생한다. 그의 식물성은 외부에 놓인 자연물로부터 비롯된 것이지만, 바로 그와 같은 사유의 깊이로 인해 시인의 내적 통찰이 주는 울림의 세계를 만나게 된다.

두 개의 층위와
단 하나의 감각
―김지명 시집, 『쇼펜하우어 필경사』

두 개의 서로 다른 층위가 하나의 감각 안으로 수렴되며 만날 때, 그것은 어떻게 조화로운 하나의 세계를 만들어내는가. 또한 시인들은 두 개의 다른 층위를 소환하여 매혹적인 하나의 감각을 빚어내기를 얼마나 갈망하는가. 그러나 서로 다른 두 세계가 만나 하나의 감각으로 결합한다는 것은 결코 쉬운 일이 아니다. 두 개의 감각이 물과 기름처럼 결합할 수 없을 때, 그것은 당연히 미적 인식을 유발하지 못한 채 동의할 수 없는 시적 세계로 전락할 수밖에 없는 것이기도 하다. 그러나 이러한 어려움에도 불구하고, 시는 언제나 두 개의 낯선 국면을 하나의 세계로 수용하고자 하며, 완성도 높은 시적 세계를 만들어내기 위한 사투에 기꺼이 동참한다. 이처럼 시가 낯선 감각을 환기하게 될 때 보다 높은 층위의 의미구조가 만들어지는 것은 자명하다. 그리하여 시인들은 언제나, 이토록 낯설고 아름다운 언어와 감각의 세계로 진입하기를 희망하게 된다.

김지명 시집 『쇼펜하우어 필경사』는 이와 같은 두 개의 낯선 층위를 결합하여 하나의 감각 안으로 끌어들이려는 사투의 기록이다. 그는 시가 다루고자 하는 상처와 서정의 영역을 기존의 방식으로 드러내지 않음으로써 끊임없이 독자들의 기대와 예측을 배반하려고 한다. 그리고 이러한 배반을 통해 그의 시는 불온하고 음험한 세계로 진입하게 되는데, 바로 여기에 김지명의 시가 보여주는 낯선 매혹의 지점이 나타난다. 그의 시가 파악하는 시적 공간과 대상은 비가시적 세계 안에 놓이지 않는다. 그의 시가 응시하는 시적 대상은 자연물을 비롯하여, 우리의 일반적인 시적 사유 체제 안에서 보편적 정서로 기능하는 것들이 많다. 그것은 대체적으로 가시적 세계 안에 놓이는 것들이다. 그러나 김지명의 시는 끊임없이 가시적 세계의 상투성을 벗어나려는 시도를 통해 새로운 시적 지평을 펼쳐보이고자 한다.

> 가능한 이성을 다해 착해지려 한다
> 배수진을 친 곳에 젊음은 야생 골짜기라고 쓴다
> 가시덤블 속에 붉은 볕이 흩어져 있다
> 산양이 혀를 거두어 절벽을 오른다
> 숨을 모은 안개가 물방울 탄환을 쏜다
> 적막을 디딘 새들만이 소음을 경청한다
> 함부로 과녁을 팔지 않는
> 숲이 방언을 흘려보낸다
> 무릎 꿇은 개가 마른 뼈를 깨물어 댄다
> 절벽 한쪽이 절개되고
> 창자 같은 도랑이 넓어진다
> 사마귀 날개가 짙어진다
> 산봉우리 몇 개가 북쪽으로 옮겨 간다

초록에서 트림 냄새가 난다

　　　　　　　　　　　—「쇼펜하우어 필경사」 부분

　시인이 포착하는 자연은 우리의 보편적인 정서를 벗어나는 지점을 향해 나아가고자 한다. 그것은 "야생 골짜기"이거나 "산양이 혀를 거두며 절벽을 오르"는 순간이거나 "소음을 경청"하는 새들의 이야기이다. 그리고 시인 앞에 펼쳐진 세계는 아름다운 숲이 아닌 "방언을 흘려보"내는 숲이며, "무릎 꿇은 개가 마른 뼈를 깨물어" 대거나 "절벽 한쪽이 절개되"는 곳으로 등장한다. 시인은 자연이라는 서정성의 세계를 흡사 야성을 넘어서는 참혹한 폐허로 인식하고 있으며, 이와 같은 세계를 자신의 시 안에서 적극적으로 소환하고자 한다. 그리하여 김지명의 시는 자연이나 서정의 세계를 통해 상처받거나 유약한 세계의 보편적 비애를 제시하고자 하지 않는다. 그의 시는 패배자로서의 상처나 비애가 아닌, 폐허에 이른 참혹함이다. 아울러 그의 시는 단편적인 비극의 세계가 아닌, 불온하고 음험한 세계의 감각을 드러내려고 한다. 그렇기 때문에 그의 시에 등장하는 "초록"은 우리의 기대를 무너뜨리며 "트림 냄새"를 자신의 영역 안으로 소환하는 것이다. 그것은 마치 야성의 음성과 같이 서늘한 감각을 환기하며 들려오는데, 그곳에 아름다운 자연이나 감수성 넘치는 감각 따위가 끼어들 여지는 존재하지 않는다.

　　　새들이 물고 다니는 고독의 높이에 닿으면
　　　부드러운 공기의 근육이 만져집니다

　　　(중략)

발끝으로 세상의 끝까지 걸어간 키다리 그이가
태양의 감전사라고 나대지의 바람이 들려주는 오후
　　　　　　　　　　　　　　　—「그림에도 기린」부분

북쪽 추위를 모르면서
점령군처럼 밀려왔나
창도 없이
방패도 없이

문을 열고 들어섰을 때
기적 하나 없던 봉쇄수도원 같아
깨진 종소리가 묵상하는 정원을 깨울
잘난 초록은 어디에도 없네
적막이 시계추처럼 태양을 굴리고
남쪽으로 길어지는 그림자가 먼저 수화를 건네는
흑안과 흑발의 나무들 사이
　　　　　　　　　　　　　—「말할 수 없는 종려나무」부분

　우리들의 폐허는 어느 곳에 있는가. 시인이 응시하는 곳이 참혹함의
폐허인 것처럼, 시인이 만지거나 들어서는 곳 역시 그러한 것들이다. 그
리하여 그것은 언제나 홀로 외롭게 그곳에 있을 뿐이다. 폐허는 우리의
주변을 배회하며, 언제나 우리 앞에 나설 준비를 하고 있다. 시인은 그와
같이 우리 앞에 펼쳐진, 모든 폐허와 무너져내리는 것들을 기억하고 가
까이 다가서려고 한다. "고독의 높이"에 도달하여 "부드러운 공기의 근
육"을 만짐으로써 시인은 폐허의 참혹함을 끌어안으려고 하는 지도 모
른다. 또한 봉쇄수도원과도 같은, "잘난 초록"이 어디에도 없는 세계의
비애를 적극적으로 수용함으로써 난민과도 같은 삶의 세계는 비로소 김

지명의 시 안에서 구체화되기에 이른다. 다음의 시에 등장하는 꽃은 김지명 시인이 세계를 바라보는 폐허의 감각을 적극적으로 제시하는 작품이다.

> 근처 어디에도 내가 없어
> 들판에서 혼자 그려 낸 만큼 피우고 섰다
> 그의 눈에 띄기 위해 그를 눈에 담기 위해
> 먼 길 통증도 분홍의 의지로 편입시켰다
>
> (중략)
>
> 매음굴이라는 말로
> 공작소라는 말로
> 누군가 내 목을 따 갔다
> 그건 내 아름다움을 진술한 방식
> 어느 꽃씨 부족을 발성하는
> 그가 사는 거울
>
> —「꽃의 사서함」 부분

김지명 시인이 마련한 꽃의 영역에 우리가 일반적으로 인식하는 꽃의 이야기와 이미지는 존재하지 않는다. 바로 이러한 시선을 통해 김지명의 시는 낯선 국면과 감각이 전달하는 세계의 경이로운 비극 안으로 잠입하게 된다. 일반적으로 꽃이 드러내는 의미가 긍정의 지점을 제시하는 경우가 많기는 하지만 꽃의 비극성 역시 그다지 낯선 것만은 아니다. 그러나 김지명 시인이 파악하는 꽃의 비극성은 평균적인 그것을 넘어선다. 그럼으로써 그의 시는 독자들의 예측을 벗어나며 극한의 비극을 꽃에 대입하게 된다. 그리하여 바로 여기에 두 개의 층위가 낯설게 충돌하는 김지명 시의 시적 국면이 탄생하게 되는 것이다. 김지명이 파악하는 시적 대상은 불온한 감각을 드리운다. 그러나 그것은 불온함의 정서만을 전면에 적극적으로 내세우지 않는다. 그것은 전혀 다른 감각과 결합하여 은밀하고 고요하게 우리 앞에 모습을 드러내게 된다.

> 지구가 둥글다는 것을 미심쩍어 한
> 설원에 눈이 먼 아이
> 흰 눈과 흰 연기에서 이탈한
> 극광의 빛을 만날 수 있지
> 장작 패는 오로라의 리듬 아래
> 만지면 사라질 기체 같은 얼굴
> 바람으로 촘촘 그어진 날개
> 노래할 때마다 씨눈바위취 향이 퍼지는
> 잡힐 듯 말 듯 한 맨발
> 얼음 벌판에서 공중제비돌기 춤을 출 거다
> 날짜선이라고 외줄을 잡고
> 간헐천처럼 솟아올라
> 콩콩 춤추다 녹아 버릴 거다
> 날고 싶은 자작나무가 붉게 물든 저녁
> 벼락 맞은 어느 영혼을 염하고 있는
> 북극제비갈매기
> 극과 극을 날아
> 화이트 아웃 속에서도
> 별을 짓는 염려가
>
> —「영매」 전문

이번에는 다른 측면으로 발현되는 김지명 시의 낯선 층위를 살펴보도록 하자. 앞에서도 언급한 것처럼 김지명의 시는 두 개의 낯선 층위를 충돌시킴으로써 새로운 감각을 만들어낸다. 그런데 이때 나타나는 두 개의 층위는 긍정과 부정이나 아름다움 속에 내재한 폐허 등으로 제한되지 않는다. 김지명의 시는 정서의 차원뿐만 아니라 국면과 공간에서조차 서로 다른 세계를 하나의 영역 안으로 수용하려는 노력을 기울인다. 김지명의 시는 서로 다른 이곳과 저곳의 공간을 자유롭게 넘나들며 상상력의 자유로운 진폭을 보여준다.

「영매」를 통해 시인이 수용하는 두 개의 층위는 정서의 부분도 적용되는 것이지만, 이국의 공간이 우리에게 익숙한 시적 대상과 결합하여 하나의 시적 세계 안에 수용되는 것을 의미하기도 한다. 우리에게 익숙한 정서와 이국의 풍경은, 서로 상충된 감각의 층위를 이루는 것이지만 그것은 하나의 시적 영역 안으로 자연스럽게 잠입하며 시적 세계와 감각을 정교하게 제시한다. 이것은 앞에서도 언급한, 김지명의 서정과 자연이 드러냈던 이중의 층위와도 같은 기능을 한다. 두 개의 세계가 충돌하는 낯선 감각을 통해 시인은 자신만의 개성적인 세계를 제시하고자 한다.

「영매」에 나타난 두 개의 서로 다른 층위가 앞서의 층위와 다른 점은 또 있다. 앞서 언급한 두 개의 층위의 경우, 그것은 하나의 세계를 배반하고 벗어남으로써 완성되는 세계인데 반해, 「영매」에서 나타난 두 개의 층위는 낯선 것들끼리 결합하여 새롭게 재탄생한 하나의 세계를 향해 수렴된다는 점이다. 「영매」는 동양적 감각의 층위와 이국적 감각의 층위를 매끄럽게 결합하여 김지명 시인만의 개성적인 세계를 만들어낸다. 그것은 낯선 듯 익숙하고, 익숙한 듯 낯선 세계를 제시함으로써, 기존의 세계와는 전혀 다른 시적 정서를 만들어내게 된다. "씨눈바위취 향"의 세계가 "오로라의 리듬"이나 "북극제비갈매기"와 결합할 때, 우리가 인식하게 되는 것은 그것들과 다른, 제3의 감각인 것이다.

　김지명의 감각은 이처럼 하나의 지점만을 응시하려고 하지 않는다. 그의 시선은 끊임없이 낯선 두 개의 지점을 파악하고자 한다. 그럼으로써 김지명의 시는 낯선 세계를 관찰하고 그려내야 하는 시인의 책무를 다하고자 한다. 두 개의 세계와 단 하나의 감각! 그것은 낯선 세계로 나아가고자 하는 시인의 처절한 미적 사투의 결과물이다. 그러한 사투의 장 위에 마련된 시인의 시적 여정은 고단한 것이 분명하겠지만, 그것이 매혹임은 누구도 부인할 수 없는 사실이다.

문득 아픈 일상의 고요

— 오성일 시집, 『문득, 아픈 고요』

1. 일상성의 세계와 시의 세계

현대에 이르러 등장하게 된 일상은 무의미한 순간들로 이루어진 삶의 조각들이다. 그것은 파편화된 것인데, 그것들이 모여 우리 삶의 영역을 이루게 된다. 일상은 근대 이전에는 존재하지 않았던 개념이다. 현대 이전의 삶은 모든 것들이 확고한 의미를 지니는, 유의미한 것들이었다. 현대 이후에 이르러 일상은 탄생하게 되었다. 이와 같은 일상은 삶의 단편적인 조각이라는 의미에 그치지 않고, 현대의 삶을 포괄하는 것이 되어 버렸다.

현대 사회 속에서 시는 이러한 무의미한 순간들을 포착하여 하나의 의미를 이루고자 한다. 그것은 의미 없는 순간들의 모음일 수 있지만, 의미 없는 세계가 곧 우리의 삶이므로 이러한 일상의 포착은 시의 중요한 지점이 될 수밖에 없는 것이다. 대체적으로 많은 시인들은 이와 같은 일상을 통해 시적 세계를 마련하고자 한다. 시 속의 사건들은 특별한 사건을 상정하지 않아도 삶의 본질을 포착하는 중요한 순간들로 기능하게 된다.

불 다 꺼졌다. 한 작은 젊음에게 맡겨두고 세상 잠들었다. 밤새 편의점에서 젊음이 팔린다. 겉이 말끔한 비싼 가게에서 겉이 말끔한 값싼 젊음이 팔린다. 있을 건 다 있는 가게에서 있는 건 젊음뿐인 젊음이 하루를 판다. 폐쇄회로 카메라가 스물네 시간 젊음을 팔고, 스물네 살 젊음이 스물네 시간 내내 팔린다. 까만 밤, 어항처럼 투명한 방에 갇힌 젊음이 뜬눈으로 꿈을 꾼다. 도저히 깨지지 않을 것 같은, 단단한 저 유리벽 속에서 갈 곳 없는 꿈이 뻣뻣한 지느러미를 꿈틀 댄다. 이력서 한 줄 채우지 못할 스물네 살의 고단한 밤, 패밀리마트.
—「패밀리마트」 전문

"패밀리마트"는 현대의 삶을 표상하는 대표적인 장소이다. 그곳의 조명은 꺼지지 않고 언제나 찬란하다. 그러나 현대의 삶이 그런 것처럼 "패밀리마트"는 화려함의 이면에 비극을 함의하고 있는 곳이다. 시인의 육신은 바로 이와 같은 도시의 공간에 자리 잡고 있는데, 그렇기 때문에 시인이 느끼는 삶의 참혹함은 자연스러운 것이기도 하다. 물론 이 시가 오성일 시의 전반적인 특성을 대표하는 것은 아니다. 오히려 오성일의 시는 "패밀리마트"라고 하는 도시적 정서와는 일정한 거리를 두고 있기까지 하다. 그럼에도 불구하고 이 글의 앞에 「패밀리마트」를 언급한 것은, 시인이 감지한 일상의 모습들이 결국 이러한 현대적 삶의 국면과 밀접한 연관을 맺고 있기 때문이다. 우리가 살고 있는 현실 세계의 비극성 속에 일상은 탄생한 것이다. 그러한 일상성은 이 시집의 중요한 테마로 기능하게 된다. 그런 점에서 "패밀리마트"는 이 시집의 중요한 시적 출발점이자 공간이 된다. 다만 오성일은 이러한 테마를 통해 도시적 삶의 한 극단을 표현하기보다는 일상적 국면이 주는 '사소한 발견'에 더 많은 공력을 기울인다.

이러한 도시적 공간 속에 존재하는 오성일의 시는 일상의 평범한 순간을 포착하여 시인의 정서를 드러내고자 한다. 일반적으로 이러한 경우에 나타나는 시인의 삶은 누구나 경험할 수 있는 것이지만, 누구나 그러한 지점을 포착할 수는 없다는 점에서 독자들에게 특별한 정서와 감흥을 제공하게 된다. 오성일의 시는 일상에 대한 시인의 예리한 해석에 다름 아니다. 삶의 주변부에서 흔히 볼 수 있는 정황을 통해 시인은 특별한 시적 세계를 펼쳐 보이기를 언제나 희망한다. 또한 오성일의 시는 일상적인 시적 정황뿐만 아니라 보편적 정서를 기반으로 하는 서정의 지점까지 아우르려는 노력을 기울인다.

서정은 시인과 시적 화자가 느끼는 감정의 드러냄이다. 서정은 시인의 내면과 밀착될 수밖에 없다는 점에서 시인이 바라보는 세계에 대한 시적 해석이 된다. 다만 서정의 영역을 진술로만, 그리고 진술을 해석적 진술로만 이해하게 된다면 그것은 일차적 감정의 표출이 될 여지가 많다. 아울러 이렇게 드러난 시인의 감정은 주관화된 상태에 머물게 됨으로써 객관적 정서를 보여주지 못할 여지가 생기기도 한다. 서정적 자아가 갖는 내적 발화는 그것의 주관화된 감정 상태에도 불구하고 언제나 객관적 양상을 확보해야만 한다. 오성일의 시는 이러한 객관적 양상을 확보하기 위해 독자들에게 끊임없이 동의를 구하고자 한다. 그리하여 독자들은 그의 시를 통해 보편적 정서와 사유를 공유할 수 있게 된다.

2. 일상적 삶의 발견과 깊이의 시학

오성일이 발견한 일상적 삶은 사소한 사건들을 통해 펼쳐 보이는 특별한 시적 해석이다. 이때 시인과 시적 화자의 시선은 삶의 주변부를 맴돌 수밖에 없는 것이다. 오성일은 일상이 주는 시적 사유의 세계를 포착하기 위해 생활의 순간들에 시선을 집중한다. 그의 시선은 생활을 벗어나기를 희망하지 않는다. 그러나 그의 시가 생활의 테두리를 벗어나지 않는다고 해서 사소함의 국면에만 몰두하는 것은 아니다. 오히려 그는 폐허로서의 시적 자아의 심정과, 그러한 시적 자아가 몸담고 있는 현실의 고통을 드러내고자 하는 경우가 많다. 또한 고통의 현실적 조망이 아닌 경우에도 화자의 시적 정서는 차분한 어조로 삶을 관조한다. 그런 점에서 오성일의 시는 대체적으로 변두리의 삶을 조망하는 경우가 많다.

복개되지 않은 개천은
하루 치의 악다구니를 내다버리기에 안성맞춤이었다
송전선에선 바람이 불 때마다 웅웅 울음소리가 났다
얼음 속에 말라 굳은 비둘기의 주검
썩지 못하고 얼어붙은 지난가을의 낙엽
세탁소 창 너머엔 다리미가 세워져 있고
부부는 묵은 김치로 때 지난 점심을 먹고 있었다
라디오에선 오늘도 어제와 똑같은 노래

(중략)

막차를 타고 온 사람들의 손에서는
검정 비닐봉지들이 파륵파륵 달빛 갉는 소리를 냈다

의정부행 전동차에 맞고 튄 돌멩이 하나가
비탈진 골목의 밤하늘을 가로지르고
처마가 낮은 집에 잠시 불이 켜졌다가 꺼졌다
지금은 겨울이라고 했고
다들 아무 시비도 없이 겨울은 추운 거라 했다
낡은 타이어가 얹힌 슬레이트 지붕 위로
축 재개발조합 설립 현수막이
환영처럼 나부끼는 밤이 있었다

―「겨울, 변두리」 전문

재개발이 진행 중인 곳에서의 삶은 오늘날을 살아가는 우리들의 슬픈 자화상이기도 하다. 우리의 일상은 풍요로움으로의 모습이 아니라 고단한 삶의 모습으로 현현한다. 이러한 일상의 비극성은 사실 새삼스러운 것은 아니다. 일상의 탄생이 비극을 전제로 하고 있음을 감안한다면 우리 삶의 보편적 일상은 이러한 비극적 삶의 국면 위에 펼쳐지는 것이다. 문학 작품 속에 등장하는 변두리의 삶의 국면은 그리하여 낯익은 감각을 통해 우리에게 익숙하게 다가온다. 우리의 삶은 "하루 치의 악다구니를 내다버리기에 안성맞춤"이며 "얼음 속의 말라 굳은 비둘기의 주검"과도 같은 것이다. 그리고 일상은 반복되는 것을 전제로 한다. 일회적 사건은 특별한 의미를 지닌 '사건'이지만 일상은 무의미한 것들의 반복적 양상을 통해 나타나기 때문이다. 「겨울, 변두리」에서 시인은 "라디오에선 오늘도 어제와 똑같은 노래"가 흘러나오고 있다고 말한다. '똑같은' 것들의 의미 없는 반복은 일상의 다른 이름이기도 하다. 시인은 이처럼 반복되는 변두리의 일상을 포착함으로써 비극적 일상의 국면을 드러내고자 한다.

시인은 변두리의 겨울을 통해 "재개발조합 설립 현수막"처럼 뿌리 뽑힌 삶을 조망한다. 그리고 이러한 삶은 "환영처럼 나부끼는 밤"일 수밖에 없다. 변두리 재개발 지역의 삶의 고단함은 새롭지 않은 것일 지도 모른다. 재개발 지역의 삶의 국면은 문학 작품 안에 익숙하게 등장한 것이기 때문이다. 그러나 오성일은 절제된 감정을 통해 담담하게 재개발 지역의 풍경을 재현함으로써 절제된 감정 상태가 전달하는 감동과 울림을 만들어낸다. 고단한 삶과 세계의 단면을 바라보려고 애쓰는 시인은, 때로는 사소한 장면에 주목하기도 하지만 아무래도 그의 시가 빛나는 지점은 이러한 고단한 삶을 조망하는 순간이다. 아래의 「영동선」 역시 "집창촌의 불빛"과 밤기차의 고단한 여정을 결합하여 고단한 여정으로서의 삶의 의미를 되짚어본다.

밤기차를 배웅하는 건
언제나 집창촌의 불빛이었다
기차는 녹슨 궤도를 더듬어
차가운 고장의 도계(道界)를 건너고
주먹눈은 어둠보다 무거운 두께로
달려온 길을 지우고 있었다
강릉,
종착역은 있어도
목적지는 없었던 시절
철길 끝에 바다가 있다는,
더러는 거기서 해를 보았다는 소문을
떠난 사랑의 주소가 적힌
구겨진 쪽지처럼 주머니에 감추고
등대 모퉁이처럼 쓸쓸한 젊음은

해진 운동화 틈새로 스며드는
한 줌의 모래를 발가락으로 씹으며
어석어석 절망 아닌 것들의
감촉을 더듬곤 했다
영동선,
돌아온 길은 언제나
떠났던 기억 너머로 흐려진
떠나간 자들의 이정
항시 돌아다 뵈는 쪽으로만 멀어진
고단한 청춘의 행선 위에는
어긋난 결심 같은 겨울눈이
동으로 동으로 날리고 있었다

―「영동선」 전문

　"집창촌의 불빛"은 우리 삶의 실체와 다르지 않은 것이다. 아울러 우리의 삶은 "밤기차"와 같은 것이며, 그러한 우리 삶을 배웅하는 것 역시 "집창촌의 불빛"과 같은 폐허의 순간들일지도 모른다. 시인은 "목적지 없었던 시절"을 향해 가는 삶의 모습을 기차의 모습을 통해 막막하고 처연하게 재현한다. 그리고 그렇게 달려가는 기차의 궤적은 "길을 지우고" 있다고 말한다. 결국 오성일이 파악한 현실은 이처럼 막막한 폐허로서의 지점이다. 그렇기 때문에 그의 시에 등장하는 일상은 언뜻 보아 느껴지는, 사소한 삶의 편린들이라기보다는 소멸되고 유폐되는 것들을 통해 파악하고자 하는 삶에 대한 사투이다. 떠나온 곳은 어느덧 멀고, 기억은 이제 지나온 저편으로 서서히 소멸에 이른다. 그리하여 그것은 "떠나간 자들의 이정"이 되기도 한다. 시인은 영동선의 철길 위에서 "고단한 청춘"인 우리의 삶을 더듬고, 그 삶의 "어긋난 결심 같은 겨울눈"을 오래도록 바라본다. 겨울눈은 "동으로 동으로 날리고" 있다. 눈발이 영동선의 종착지를 향해 끝이 없이 날리고 있는 것처럼 삶의 고통 역시 끝나지 않을지도 모른다. 시인은 바로 그런 끝나지 않는 삶의 고통을 응시하며 '해의 소문'과 "떠난 사랑의 주소"를 천천히 더듬고 애써 부여잡으려 하는 것이다.

오성일이 시를 통해 드러내려고 하는 것들의 중심에는 이와 같은 삶의 고단함이 깔려있다. 그리고 그의 이러한 시적 태도는 시를 통해 흔히 느낄 수 있는 감각과 감정이기도 하다. 그러나 오성일이 추구하는 일상의 고단함은 흔히 볼 수 있는 것이지만, 그것을 객관적인 시적 시선으로 바라본다는 점은 보편적 인식의 한계를 극복하게 만든다. 위에서 언급한 작품에서처럼 그의 시는 '패밀리마트'나 집창촌을 통해 감지할 수 있는 비극으로서의 도시적 삶에 주목한다. 그러나 언뜻 보기에 그의 시는 우리 삶의 근간을 이루고 있는 도시적 풍광으로부터 벗어나 있다고 느낄 수도 있을 것이다. 하지만 그것은 차분하게 가라앉은 오성일 시의 시적 발성과 함께 그의 시에 빈번하게 등장하는 자연물 때문이다. 그러나 오히려 그의 시는 현장감 넘치는 삶의 국면과 밀착되어 있다고 볼 수 있다. 그리고 그런 삶의 국면에 언제나 등장하는 것은 일상으로서의 인간의 삶이다.

3. 서정적 태도와 삶의 국면

오성일의 시는 인간의 삶을 적극적으로 수용함으로써 일상적 비극을 끌어안기도 하지만, 그의 시가 주는 또 다른 매력은 서정적 태도에 있다. 그의 시는 인간이 느끼는 고유의 정서에 기대어 시적 감흥을 극대화시키곤 한다. 이때의 정서는 강함보다는 차분함을, 가학적 비극보다는 피학적 비극을, 유머보다는 회한의 감각을 통해 전달된다. 그리고 사실 이러한 부분으로 인하여, 오성일 시의 서정적 특성이 주요하게 인지되는 것이다. 그러나 그의 시가 서정적 특성이 강하게 드러난다고 하더라도 서정의 중심에는 언제나 인간의 삶이 등장한다. 이것은 오성일 시의 중요한 개성 중의 하나이다. 보편적으로 서정은 자연 서정을 가리키는 경우가 많다. 오성일의 시에도 자연물이 빈번하게 등장하기는 하지만 자연물 자체가 시의 목적이 되는 것은 아니다. 오히려 그의 시는 자연물이 빈번하게 등장함에도 불구하고 인간의 삶이 그 중심부를 차지하고 있다. 서정의 경우, 자연 서정만을 지칭하는 것이 아니라는 점 역시 자명하다. 그런 점에서 오성일의 시가 전달하는 서정의 측면은 자연 서정보다는 인간의 삶과 맞닿아 있는 삶의 서정적 양상이라고 할 수 있다. 다음에 제시한 작품의 경우에도 인간의 삶 속에 내재해 있는 서정적 양상을 주조로 한 것이라고 볼 수 있다.

고운 빛이라곤
뒤란 언덕바지 장독 틈에
진달래 분홍 꽃이 전부인 집
불 식은 아궁이엔 유산처럼
어미의 울음소리가 살았습니다
먼 신작로 포플러나무 사이로
완행버스가 뽀얗게 멀어지는 대낮은
괜히 먼 산에서 뻐꾸기도 울었습니다

(중략)

멀리 있는 어머니를 부르며
촛농 같은 하얀 눈물에
온몸이 젖은 날이 있습니다
사랑은 반 뼘 마음속을 맴돌고
기다림은 꿈속에도 멀기만 해서
물새처럼 젖은 눈을
노을에 씻은 젊은 날 있습니다
차라리 외로움이면 견뎌도 보겠지만
차마 끊을 수도 없는 인연이 고달파
기운 봄날의 목련처럼 툭툭
눈물 위에 떨어져 누운 날 있습니다
어느덧 눈물은 흉이 되는 나이
지금도 시시때때로
마음의 하구로 깊은 강이 흐르고
바다로 떠내려간 눈물이
달 없는 강기슭을 거슬러와
모래톱에 스며드는 밤이 있습니다
감춰둔 눈물방울을 꺼내 만지작거리는
천식 앓는 듯한 새벽이 가끔 있습니다

— 「눈물의 이력」 전문

시인은 눈물과 울음이라는 감정을 포착하여 서정적 감정을 시의 전면에 배치한다. 눈물과 울음은 인간의 감정을 가장 절실하게 드러내는 표현 방식이다. 시인은 어느덧 눈물이 "흉이 되는 나이"에 이르러 먼 과거의 아스라한 추억을 떠올린다. 아련한 아픔과 슬픔을 떠올리며 시인은 "촛농 같은 하얀 눈물"을 떨어뜨리며 "온몸이 젖"는다. 「눈물의 이력」에서 시인은 과거의 기억을 소환하여, 과거의 아픔을 현재의 것으로 환원시킨다. 물론 이때 환원된 과거의 아픔은 현재진행형인 아픔이라기보다

는 과거를 통해 환기되는 현재의 애상이다. 그렇기 때문에 과거의 기억
은 "지금도 시시때때로/마음의 하구로 깊은 강"이 되어 흐르는 것이다.
자, 이곳에 "바다로 떠내려간 눈물이/달 없는 강기슭을 거슬러와/모래톱
에 스며드는 밤"이 있다. 시인은 바로 이 밤의 한가운데 서서 먼 과거의
기억을 소환하고, 그것을 통해 현재의 쓸쓸함과 그리움의 정서를 극대화
시킨다.

독한 맘만으론 못 버티지
이 집서 새끼들 자랄 적 생각에
웃음 나서 사는 거지

밥그릇보다 약봉지가 많은 집
밥보다 약을 많이 먹은 여자 혼자 누워
천장에 누운 육남매 자장자장 다 재우고
오늘도 마지막 밤을, 잠드는 집

―「낡은 집」 전문

가을에 와 닿는 일은
저녁 포구에 빈 배를 묶고
담배 하나 피워 무는 일
비바람의 한철 빠져나간 자리
찢어진 그물을 그러매는 일
부두에 흩어진 비늘
그 눈물의 무늬들을 헹구며
무릎 일으켜 사는 게 어쩌면
해국(海菊) 떨기 피었다 지는 일과 같다고
밤바다를 따라 입을 닫는 일
태풍 지나간 바닷가 언덕에

칠십 먹은 가을이 오는 일은

―「저녁 포구」 전문

「낡은 집」은 앞서의 「눈물의 이력」과 유사한 구조를 지니고 있다. 이 시에 과거의 장면이 직접 등장하는 것은 아니지만, 과거를 기반으로 하여 현재의 아픔과 상처를 어루만지고 있다는 점이 그것이다. 시인은 이처럼 과거의 기억을 통해 그립고 쓸쓸한 순간들을 소환한다. 「저녁 포구」의 경우, 과거의 기억을 직접 소환하고 있는 것은 아니지만, 시적 화자가 포구에서 바라보는 저녁 역시 지나간 것들에 대한 기억을 기반으로 존재한다. 그것은 "저녁 포구에 빈 배를 묶고/담배 하나 피워 무는 일"과 같은 모습을 통해 나타나는데, 이때 담배를 피워 문 순간은 과거의 순간들인 "눈물의 무늬들"을 헹구는 시간이 된다. 그리고 이러한 회한에 빠진 자가 맞이하는 순간은 "칠십 먹은 가을이 오는" 시간이라고 시인은 말한다.

오성일의 시는 이처럼 회한으로서의 삶의 순간을 통해 지나간 것들을 호명하고 추억한다. 그리고 이렇게 추억의 대상이 된 것들은 오성일 시의 중요한 서정으로 기능하게 되는 것이다. 오성일 시의 서정은 이처럼 지나간 인간의 삶과 밀착되어 있다는 점에서 바로 우리들의 생생한 삶의 현장이 된다. 아울러 그의 시는 서정의 경우가 아니더라도, 앞서 말한 바와 같이 구체적 사건과 국면의 정서를 통해 삶의 실체와 의미를 파악하려고 한다. 그렇게 함으로써 오성일은 서정으로부터 비롯될 수 있는 피상적 인식의 한계를 넘어서려고 한다.

어긋남의 세계

―채수옥 시집, 『비대칭의 오후』

1.

어긋남은 어디로부터 비롯되는가. 하나의 사물과 하나의 사물이 서로 다를 때. 그리고 하나의 정황과 하나의 정황이 서로 다를 때. 그것들의 관계가 주는 이질감은 어떻게 다른 감각을 소환하는가. 다른 감각이 하나의 세계 안에 배치될 때, 그것은 또 얼마나 같은 의미구조의 자장 안으로 들어서는가. 채수옥의 시는 다른 감각과 대상을 탐문함으로써 시의 낯선 영토로 들어서고자 한다. 그가 하나의 시적 대상을 발음할 때, 그것은 어느새 다른 대상을 통해 낯선 감각을 보여주게 된다. 그러나 그와 같은 낯선 감각은 받아들이기 힘든 이물감을 유발하지 않고 우리의 시적 정서 안으로 잠입한다.

끊임없이 낯선 관계와 구조를 지향하면서도 그것들의 절묘한 접점을 찾아내는 것. 채수옥의 시가 지니는 개성은 바로 이와 같은 한 마디 말로 정의될 수 있을 것이다. 낯선 국면과 정황을 탐문하는 것은 언제나 시의 본질과 긴밀한 관계에 놓이는 것이다. 그러나 그러한 지점을 포착하는 것은 지난한 과정의 연속이며 쉽게 도달할 수 없는 세계이기도 하다. 시인은 언제나 낯선 세계를 제시하려고 하지만 그곳은 쉽게 닿을 수 없는 지점에 있다. 바로 이곳으로부터 시인의 고민과 시적 의지는 좌절을 경험하며, 낯선 세계에 도달하고자 하는 강렬한 생각에 사로잡히게 된다.

시인이라는 존재는 언제나 낯선 국면과 마주하고자 하는 노력을 기울이는데, 시는 그곳에 이르고자 하는 시인의 결과물일 때 생명력을 부여받게 된다. 하지만 우리가 살고 있는 세계는 익숙함으로 가득하며, 그것을 벗어나게 되었을 때 사람들은 당혹감을 감출 수 없게 된다. 낯설다는 것은 현실 속에서 쉽게 용인받을 수 있는 것이 아니다. 정주하는 자들은 자신이 놓인 하나의 세계 안에서 안온하고 평화로운 상태에 놓이길 원하며 변혁을 꿈꾸지 않는 경우가 많다. 그러나 시인의 운명은 정주자의 그것이 아니다. 시인은 떠도는 자이며, 따라서 시의 운명은 떠도는 자가 펼쳐 놓는 낯선 세계의 재현에 주목할 수밖에 없는 것이다. 채수옥의 시는 바로 이와 같은, 정주하는 자들의 영역 안에서 끊임없이 그것을 배반하려는 태도를 강하게 나타내며 우리 앞에 모습을 드러낸다.

2.

채수옥의 시는 두 개의 대응구조가 낯선 듯 자연스럽고, 유사한 듯 낯설다. 그의 시가 드러내는 두 개의 지점은 서로 다른 꼭짓점을 형성하고 있는 것들이지만, 그것은 어느새 하나의 접점을 이루며 날카로운 예각을 우리 앞에 펼쳐놓는다. 그러나 그것들은 유사성을 지니고 있는 것이기도 하다. 당연히 의미의 유추와 상상은 일반적인 의미구조망을 따라 형성되기 마련이다. 하지만 채수옥의 시에 그것만이 존재한다고 생각하게 되면 곤란하다. 그의 시는 곳곳에 낯선 정황을 배치하고 구조화함으로써 낯익음을 낯설음의 세계로 전이시킨다.

> 이 징그러운 뱀의 아가리를
> 닫을 수 없다
>
> 전봇대 밑 토사물 묻은 이빨들
> 어둠을 뜯어먹고,
>
> 뱀은 날마다 자라서
> 지하와 옥탑의 그림자를 섞어 몸을 완성해간다
>
> 두 개의 혓바닥 끝에서 갈림길은 자꾸 생겨나고
> 모퉁이에서 발목을 잃는다
>
> 끝없이 구불거리는 몸속을 지나
> 떠나고 도착하는 얼굴들 뱀을 닮아가고
>
> 열린 무덤 같은 아가리 속으로
> 피를 토하며 줄장미 빨려들어 간다
>
> ─「골목」 전문

「골목」에서 제시한 '뱀'과 '골목'은 형태적 측면에서 유사성을 쉽게 파악할 수 있다. 뱀의 모습에서 골목의 모습을 떠올리는 것이든, 골목의 모습에서 뱀의 모습을 떠올리는 것이든, 그것들이 하나의 세계 안에 놓여 있을 때 유사성을 파악하는 것은 어렵지 않은 일이다. 그런 점에서 채수옥의 시적 상상력은 언뜻 평이한 지점에 머물고 있는 것은 아닌가라는 착각을 불러일으킬 수도 있다. 그러나 '골목'을 시적 대상으로 삼았을 때, '뱀'의 상상력이 언제나 그곳에 부여되는 것은 아니다. 그것은 '뱀'을 시적 대상으로 삼았을 때에도 마찬가지이다. '골목'과 '뱀'은 하나의 작품 안에서 쉽게 동화되는 이미지를 지니고 있지만 이처럼 쉽게 연상되거나 섞일 수 있는 것들이 아님은 자명하다.

'골목'을 '뱀'이라고 호명할 때, 골목의 폭력성은 선명하게 드러난다. 그리고 그것은 '골목'에서 유추할 수 있는 일반적인 폭력이나 음험함보다 강렬하고 나타난다. '골목'과 '뱀'은 그 형태의 유사성에도 불구하고 끊임없이 서로의 감각을 배신하고자 하는 관계에 놓인 것들이다. 그럼으로써 '골목'의 폭력성은 더욱 낯설게 환기되며 섬뜩함을 제시하게 된다. 골목의 토사물은 "어둠을 뜯어먹"는 이빨로 치환되며, 골목의 갈림길은 뱀의 "두 개의 헛바닥"이라는 불길함으로 전이된다. 바로 이런 모습으로 일상적 대상을 바꿈으로써 채수옥의 시는 일상적 대상이 제시하는 의미를 배반하며 낯설게 어긋나는 지점을 만들어내는 것이다. 이와 같은 낯선 어긋남의 세계는 다음의 작품에서도 살펴볼 수 있다.

> 불쑥! 허공을 찢고 나온 팔이 허리를 감긴다.
> 온몸의 세포들을 튕기며 터럭들을 긁으며
> 음표들은 자라났다
>
> —「포옹」 부분

> 빨갛고 쬐끄만 입술이
> 그녀를 천천히 파먹는다

헝클어진 시간들과 늘어뜨린 팔을 베고
그녀가 빨려들어 가는 소리

―「수유」 부분

두개골을 자르듯
수직으로 잘라놓은 조개무덤

―「껍질의 바깥」 부분

　'팔'이 허공을 가르는 것이 아니라 "불쑥! 허공을 찢고" 나올 때, 그녀
가 입술을 물어뜯는 것이 아니라 "빨갛고 쬐끄만 입술이/그녀를 천천히
파먹"을 때에도 위에서 언급한 어긋남의 세계는 펼쳐진다. 채수옥은 이
처럼 정상적인 시선으로 세계를 바라보고 해석하지 않는다. 그럼으로써
그의 시는 평범할 수 있는 시적 배경을 처음 본 것처럼 재배치하고 재해
석하게 만든다. 채수옥의 이러한 시적 태도는 우리가 살고 있는 세계의
기이함을 적확하게 표현하게 만든다. 우리가 살고 있는 세계는 정상인
것처럼 보이지만, 실제로는 비정상적이고 기이한 세계이다. 이와 같은
점을 감안한다면 시인의 이러한 시적 인식과 태도는 매우 효과적이며 적
절한 것이 아닐 수 없다.

　또한 채수옥은 「껍질의 바깥」에서처럼 어울리지 않는 사물의 대응구
조를 통해서 어긋남의 세계를 보여주기도 한다. 「껍질의 바깥」은 두개
골과 조개무덤을 연이어 배치함으로써 조개무덤이 전달하는 국면의 암
울함을 강조한다. 이러한 태도는 다음에 제시한 작품을 통해 더욱 적극
적인 방법론으로 사용된다.

　초록이 뿌리 내리고

바람과 새소리가 벌레들이 드나드는
저 가방 속으로 들어간 아버지는
질긴 소가죽과 악어가죽으로부터 자유로웠을까
평생을 끌고 다닌 허름한 가방을 내려놓으니
어깨가 뻐근했을까

―「가방」 부분

이 나이가 돋보기로
재잘거리는 꽃씨들을 확대시켰어
탱탱하게 부푼 햇빛
감당할 수 없었어
이 나이가 칸나꽃 같은 햇빛을 피워 올렸어
꽃잎이 혓바닥처럼 자랐지
이 나이가 혓바닥 속으로 척척 감겨들었어

―「칸나」 부분

채수옥 시의 가장 큰 특징인 어긋남의 세계는 대응구조를 통해 구체화
되는데, 「가방」을 통해 드러나는 시적 대상의 대응구조 역시 그러하다.
가방의 가죽과 그 안으로 걸어들어간 아버지에 대한 이야기는 새로울 것
없는 것이기도 하지만 채수옥이 만들어낸 가방이라는 대상은 우리가 유
추해낸 영역에 머물지 않고 새로운 감각으로 전이되기에 이른다. 그것은
채수옥의 시적 발상이 지니고 있는 근본적인 태도로부터 기인한 것으로
보인다. 주지하듯 그가 대상을 바라보는 방법은 두 개의 사물 또는 정황
인데, 그것을 끊임없이 어긋나게 하려는 노력을 기울임으로써 그것을 자
신만의 확고한 개성으로 확보하기에 이르렀다.

그것은 「칸나」를 통해서도 살펴볼 수 있다. 칸나와 대응을 이루는 노
인의 삶은 그것들의 거리감만큼이나 이질적인 감각을 자아내며 양립한

다. 칸나와 노인의 삶은 하나의 영역 안에 쉽게 놓일 수 없는 사물이며 의미이다. 그리하여 그것들이 만들어내는 의미의 구조망은 중첩되지 않음으로써 보다 치밀한 의미망을 형성하게 된다. 칸나와 노인의 대립구조는 오히려 노인의 삶이 전달하는 늙음의 비애를 극대화하게 되는 것이다. 채수옥은 바로 이와 같은 어긋남의 관계를 공고히함으로써 시적 의미와 긴장감을 드러내고자 한다.

3.

채수옥의 시가 출발하는 곳은 다름 아닌 우리의 일상이며 생활이 이루어지는 공간이다. 그러나 그의 시는 일상과 생활로서의 영역을 끝없이 배반하려는 노력을 통해 낯설음의 세계를 창조해내고자 한다. 그가 보여준 시적 언어와 정황은 우리의 지극히 현실적인 지점에 있는데도 불구하고, 그것을 따라간 감각과 상상력은 어느새 낯익음이 아닌 새로운 지평과 감각을 선보이며, 우리를 낯설음의 세계로 안내한다.

> 낯선 셔츠를 벗듯 지하를 벗어던지고
> 수취인불명인 말들을 네온 속으로 놓아주었지
> 다른 시간을 향해 물고기처럼 헤엄쳐갔어
> 새로운 껍데기를 입고 거북이가 될 거야
> 딱딱한 손등을 쓰다듬으며 우리는 녹슬기 시작했어
> ─「소문의 숙주」 부분

그것은 마치 "다른 시간을 향해 물고기처럼 헤엄쳐"가는 것과 같은 것이며, "새로운 껍데기를 입고" 낯선 국면을 탐문하는 일이다. 그리하여

"낡은 셔츠를 벗"은 "수취인불명의 말들"은 정해진 길이 아닌, 새로운 길을 개척하여 그곳을 모험한다. 이 시집의 제목이 "비대칭의 오후"인 것처럼, 시인은 비대칭의 언어와 국면을 통해 하나의 완성된 세계를 이루고자 한다. 부조리한 세계는 비대칭의 세계일 수밖에 없다. 그렇기 때문에 이와 같은 비대칭의 세계를 드러내기 위해 시인이 선택한 비대칭의 언어와 구조는 매우 효과적인 방법일 수밖에 없다.

우리가 살고 있는 세계는 언제나 그렇듯 완전한 세계가 아니며 이성적 판단이 지배할 수 있는 곳 역시 아니다. 하나의 태양이 떠오르면 하나의 달이 지거나, 밤이 지난 이후에 아침이 밝아오는 그런 곳이 아니다. 봄, 여름, 가을, 겨울이 순차적으로 펼쳐지는 순리적인 세계는 이제 그 힘을 잃고 생명을 다했다. 이제 이곳에 남은 것은 비대칭의 세계뿐이며, 그곳의 사물들은 더 이상 정상을 담보하지 못한다. 그런 점에서 채수옥의 『비대칭의 오후』는 절실한 하나의 울림이자 선언일 수밖에 없는 것이다.

3부

내 안에 숨은
무수히 많은 자폐들

— 김혜순의 시

내 안에 살고 있는 무수히 많은 것들을 응시한다는 것은 슬픔이다. '나'이면서 동시에 '내'가 아니기도 하고, '내'가 아니면서 동시에 '나'이기도 한 무수한 슬픔들. 슬픔을 곁에 두고 가는 것이 우리의 삶이라면, 슬픔은 영원한 나인 동시에 내 삶의 모든 원천일 것이리라. 그것은 마치 빈집의 거울 속에서 마주하는 나의 모습처럼, 낯설고 낯익은 모습 모두를 내 앞에 소환해낸다. 오래된 빈집에 들어서는 순간 느끼는 두려움과 적막들. 그러나 빈집의 텅 빈 공간이 자아내는 비밀과 어쩔 수 없는 호기심들. 그것은 우리가 마주하게 되는 내 안의 모든 것들이자 존재이다.

김혜순의 이번 신작들은 이처럼 비어 있는, 그러나 그곳에 존재하는 무수한 이야기에 대한 음성을 풀어놓는다. 시인은 비어 있는 곳들을 호명하며, 자신 안에 숨어 있는 모든 비밀과 슬픔의 근원을 펼쳐 보이고 싶어 한다. 그런 면에서 시인의 이번 신작들은 시인의 더욱 깊은 곳에 자리한 내면을 자세히 보여주고 싶어 한다.

> 빈 집이 있었다
> 오래도록 빈 집이었으나
> 언제부터인지는 알 수 없었다
>
> ─「화장실 영원」 부분

우리 안에 존재하는 무수히 많은 세계들. 그러나 그것은 나조차도 알 수 없는 것들이며, 어떤 것들로 환원될 수 있는지 예측할 수 없는 불확정성의 그 무엇이다. 그리고 그러한 것들을 지니고 사는 것은 삶이 지니고 있는 본연의 모습이기도 하다. 시인은 우리 안에 숨어 있는 모든 비애와, 슬픔과, 다름을 응시하고 싶어진다. 그리하여 그곳으로부터 '나'라는 실체의 모든 진실에 대해 알고 싶어진다. 하지만 우리 안에 내재해 있는 진실이 파악할 수 있는 것인지 우리는 알지 못한다. 어쩌면 우리 안에 숨어 있는 모든 '나'들은 끊임없이 자신의 모습을 변주하는, 그리하여 그 실체를 영원히 알 수 없는 것들인지도 모른다. 그리고 그것이 바로 '나'라는 실체의 본질인지도 모른다.

비어 있는 하나의 공간을 생각한다. 비어 있으므로 존재하는 공간. 그곳에 자리 잡고 있는 것은 아무것도 없지만 텅 빈 공간은 무수한 상상력을 동반하며 우리 앞에 수많은 세계를 펼쳐놓는다. 오래도록 빈 집이었던 나. 그 안에 존재했거나 존재하고 있는 것은 과연 무엇인가? 자 이제, 그 빈 집을, 비어 있는 우리의 내면을 응시해보기로 하자.

> 화장실엔 숙녀용과 신사용이 있었다

여자 아이는 천천히 그보다 더 천천히 숙녀용으로
남자 아이는 천천히 그보다 더 천천히 신사용으로
문틈으로 보이는 대리석 바닥

(중략)

그렇게 천천히 화면이 흘러서
꿈에서 흐르는 강처럼 천천히 흘러서
물결치는 실크처럼 천천히 흘러서
그 실크에 슬픈 물고기가 눈물을 닦는 것처럼 천천히 흘러서
— 「화장실 영원」 부분

여기에 여자 아이와 남자 아이가 있다. 그러나 그 아이들의 내면에 더이상 여자 아이와 남자 아이는 존재하지 않을 지도 모른다. 그들은 여자아이와 남자 아이에서 어느새 숙녀와 신사로 탈바꿈하며 자신의 몸과 내면을 바꾸려 한다. 반대로 이야기하자면 숙녀와 신사가 된 이들에게 더이상 여자 아이와 남자 아이는 존재하지 않는 것일지도 모른다. 과연 이때 여자 아이와 숙녀를, 남자 아이와 신사를 같은 존재라고 말할 수 있을까? 당연히 이들은 같은 존재이면서 서로 다른 존재이기도 하다. 따라서이들은 하나이면서 동시에 분리된 주체이며, 분리된 세계 속에 놓인 단하나의 존재이기도 하다.

이렇게 하나인 듯 분리된, 분리된 듯 하나인 여자 아이와 숙녀, 남자아이와 신사. 시인은 분리된 세계를 끊임없이 탐문하며 하나의 세계 속에 감춰진 또 다른 지점을 파악하려고 한다. 그러나 확연히 분리된 세계와 주체는 결국 하나의 세계로 수렴되며, 다르지 않은 우리 삶의 실체를제시하기에 이른다. 시인은 "우리가 흘러서 가닿는 곳은 어디인가?"라는

질문을 던진다. 그리고 우리의 세계가 결국 "흑백으로 재생되는 추억" 속으로 수렴되어 하나의 기억으로 각인될 것임을 이야기한다. 그리고 우리 안에 내재한 무수히 많은 주체와 세계는 결국 하나의 지점에서 만나 "이토록 추운 추억"(이상 「화장실 영원」)만을 만들어내게 된다. 결국 우리 안에 자리 잡은 모든 삶의 풍경은 무수히 많은 가능성과 모습에도 불구하고, 흑백과 추위로 현현하는 불우한 삶의 본질에 도달할 수밖에 없다. 시인은 우리 안에 자리 잡은 불행에 관해 이야기하고자 한다. 내 안의 수많은 불행과 슬픔들. 그래, 이곳에는 이처럼 수없이 많은 불행과 슬픔의 얼굴들이 있다.

> 강이 마르자 드러난 매끈한 얼굴
> 마른하늘에서 단 하나의 빗방울 떨어지자
> 온갖 불행을 다 맞이하고 나서도 한 번 더 불행해지는 얼굴
> 머리칼 다 떨어지고도 따끈한 얼굴
> 주사 바늘도 꽂을 수 없이 딱딱해진 얼굴
> 뺨 맞고 정신 아득해질 때 오른손에 꽉 움켜쥔 얼굴
> 보도블럭 깨트려 치마에 담아들고 가서 우르르 쏟아준 얼굴
> ―「마취되지 않는 얼굴」 부분

　여기 무수히 많은 얼굴들이 있다. 얼굴들의 모습은 제각각이며, 제각각인 모습만큼이나 얼굴들이 보여주는 삶의 양상 역시 모두 다르다. 그것은 때로는 마른 강처럼 매끈한 모습이거나, 한없는 불행으로 추락하는 모습이거나, 따끈하거나 딱딱해진 모습으로 우리 앞에 모습을 드러낸다. 그러나 이토록 많은, 다양한 얼굴의 모습은 단 하나의 얼굴이기도 하다. 하나의 얼굴 안에 숨어 있는 다양한 세계는 어느 순간 우리 앞에 실체를

드러내게 된다. 그 얼굴들은 우리가 그동안 인지하지 못했던 세계의 이면이며, 내 안에 감춰진 또 다른 나의 실체이기도 하다.

김혜순은 이번 신작시편을 통해 우리의 내면에 감춰진 것들의 실체를 드러내려고 노력한다. 그러나 우리 안에 감춰진 또 다른 '나'들을 파악하기는 결코 쉽지 않은 일이다. 그것은 마치 깊숙이 감춰진 자폐의 세계처럼 우리가 쉽게 알아차릴 수 없는 것들이기 때문이다. 우리 스스로 가둬 버린 세계를 스스로 길어 올리는 것은 언제나 쉽지 않은 일이다. 그것은 때로 우리 스스로 부정하고 싶은 것이면서 동시에 쉽게 발견할 수 없는 것들이기 때문이다. 그런 점에서 김혜순의 신작시편은 이와 같은, 보이지 않는 것들과의 악전고투이다. 그런데 이러한 악전고투가 더 힘겨운 이유는 싸우고 견디고 인내해야 하는 대상이 외부의 그 어떤 존재가 아니라는 점 때문이다. 시인의 고통은 실체를 지닌 외부의 대상으로부터 시작되지 않고 내부의 세계로부터 비롯된다.

앞 못 보는 심해아귀를 몸속에서 내놓고 자두밭에서 놀고 있었는데 망태기를 든 아저씨가 나타나 심해아귀를 때렸어요. 그러자 내 정수리에 혹이 나고 이마에서 피가 흘렀어요.
심해아귀 때문에 그랬어요. 내가 말하자 담임은 상담을 받아야 한다고 하고, 주임은 입원해야 한다고 하고, 체육은 머리채를 잡았어요. 담임이 커튼 봉으로 심해아귀를 쑤시자 내 입에서 피가 흘렀어요.

(중략)

불쌍한 심해아귀
커다란 제 입속에 들어가 제 손으로 머리 뚜껑을 덮는 걸 좋아하는 심해아귀.

　앞 못 보는 심해아귀를 내놓고 자두밭에 있었는데 덜 익은 자두
는 시고 푸르고, 까마귀는 깜 깜 깜 하고, 자두밭엔 왜 갔냐고 왜 자
꾸 침을 흘리냐고 엄마가 목이 메어 울었어요. 자두라는 말만 들어
도 우리는 아이 시어 침 흘리고 있었는데 망태를 든 아저씨가 심해
아귀를 망태에 던졌어요. 물컹거리는 핏덩이가 까르르 까르르 웃었
어요. 아저씨가 아귀를 집으로 데려가서 방문을 잠갔어요.
―「자폐, 1」 부분

　내 몸속의 심해아귀를 내놓자 "망태기를 든 아저씨가 나타나 심해아
귀를 때"리고, 나의 정수리에는 "혹이 나고 이마에서 피가 흘"러 내린다.
내 안에 존재하는 것은 정체를 알 수 없는 "심해아귀"이다. 그리고 심해
아귀 몇 마리쯤 몸속에 숨기고 살고 있는 우리의 삶은 불확실성 위에 놓
인 두려움의 연속이다. 우리 안에 유폐된 세계는 실체를 알 수 없는 심해
아귀처럼 불분명한 세계이자 고통의 근원이 된다. 그리고 그곳으로부터
자꾸만 안으로 숨고, 가두고, 고통받는 세계는 펼쳐지기 시작한다. 시인
은 이러한 고통 속에 놓인 것이 우리의 삶이자 세계라고 끊임없이 항변
한다. 그리하여 그것은 어느덧 스스로 "불쌍한 심해아귀"가 되어 스스로
를 가두어버리게 된다. 결국 우리 안에 존재하는 무수히 많은 존재와 세
계는 이렇게 유폐된 채 사라져버리게 되는 것이다. 어쩌면 그곳으로부터
모든 불행이 시작되는지도 모를 일이다.

　이 사람은 피 흘리는 속치마를 입은
　그 위에 겉옷을 걸친 여자입니다

　우리가 치유해 주겠도다

우리가 위로해 주겠도다
그러니 고백하라
그러니 고백하라

사방에서 들려오는 더러운 말씀

—「자폐, 1000」 부분

자, 이제 우리의 상처를 이야기해보도록 하자. "피 흘리는 속치마를 입은", "그 위에 겉옷을 걸친 여자"는 과연 누구인가? 그리고 '여자'를 "치유해 주겠"다는 '우리'는 또 과연 누구인가? '우리'로 지칭된 무리가 '여자'를 치유해 주겠다며 '고백'을 강요하는 것은 과연 옳은 것인가? 이 모든 물음 속에 내재되어 있는 상처와 치유의 세계는 처음부터 불가능한 것을 전제하고 있다. 우리 안에 존재하는 모든 상처는 어쩌면 그 누구도 (자신조차도!) 치유할 수 없는 것인지도 모른다. 상처를 스스로 부정하는 것이든, 아니면 알지 못하는 것이든, 그것을 온전히 어루만질 수 있는 자는 존재하지 않을지도 모른다. 상처는 자신의 모습을 온전히 드러내지 않은 채 우리 안에 내재화되는 존재이다. 따라서 상처를 끌어안고 어루만질 수 있는 자는 그 어느 곳에도 존재할 수 없다. "천명의 인부가 포크레인으로 내 입속의 혀를 파헤치지만", "내 입속에서 끝없이 입을 벌린 아기가 출토되지만"(「자폐, 1000」) 우리는 그 무엇도 알지 못하므로 그 무엇도 고백할 수 없다. 결국 우리 안의 모든 존재와 상처는 그 실체를 알 수 없을 뿐만 아니라 그것을 치유할 수 없게 된다. 그리하여 시인은 우리 안에 내재한, 잡을 수 없는 상처와 고통이 우리의 모습 그 자체임을 알고 온 힘을 다해 흐느끼기 시작하는 것이다.

당신의 고백이 나를 죽이네 엄마를 죽이네 언니를 죽이네 운동장
엔 희디흰 새떼의 열병식 아무한테도 말 못할 과거라더니 정말 알고
싶어? 듣고 싶어? 윽박지르고 날개로 뺨을 갈기더니 그만 날개를 벗
고 팬티를 내리네

(중략)

순결한 그대여! 노래하며 박수를 치더니, 똥강아지처럼 박수를
치더니 왜요? 왜요? 물었으니 모두 내 책임이라네. 말 못할 비밀이라
더니, 영원히 간직할 거야 하더니 천지에 가득히 흰 새떼들이, 나는
죽고 없는 한밤중에 찾아오는 눈사태처럼 설인의 그 발자국들이 ㅆ
ㅆㅆ

— 「폭설주의보」 부분

이제 모든 것은 죽음으로 마무리되려고 한다. '내' 안에 감춰졌던, 실
체를 알 수 없던 모든 세계는 상처와 고통을 끌어안은 채 죽음을 향해 나
아가려 한다. "편지를 열면 새들이 차곡차곡 든 상자가 열리"는 것처럼,
우리 안에 담긴 모든 '자폐'를 파악하려는 순간 모든 상처는 우리 앞에 모
습을 드러내고 고통이 되려 한다. 모든 '자폐'의 고백은 마치 "엄마를 죽
이"는 것처럼 끝없는 고통 속으로 우리를 몰아넣는다.

그리고 내 안에 살고 있는 것들을 탐문하고자 하는 시인의 의지는 '자
폐'에 이르러 고통의 극한을 흐느낀다. 내 안에 어떤 존재가 살고 있는지
알지 못하는 우리는 그것의 실체를 알지 못하기에 세계의 진실과 '나'라
는 존재를 파악할 수 없다. 수많은 가면과 유폐된 자아는 불확실한 삶과
세계를 표상하며, 그것이 이 세계의 진짜 모습이라고 말하고 있다. 네 안
에는 과연 누가 살고 있는가? 그것은 나인가? 아니면 나라는 유령인가?

그리고 수많은 '나'들의 세계는 발견할 수 있는 것인가? 시인은 자신도 알 수 없는, '내' 안에 감춰진 세계를 응시하며 그 어떤 절박함을 호소하려고 한다. 그렇다면 이것은 삶과 세계에 대한 시인의 통찰인가? 아니면 고통스러운 흐느낌인가? 그리하여 시인은 벼랑 끝에 서서, 끝없는 낭떠러지로 추락하는 수많은 '나'들을 바라보며 비명조차 지르지 못한 채 고개를 하염없이 떨구고만 있을 뿐이다.

수요일과 수증기를 호명하는
대체 불가능한 음성

― 박상순의 시

우리의 삶은 공중에 뜬 신기루처럼 무너지며 사라진다. 우리가 의미 있다고 여기는 삶의 매순간은 그러나 의미 없는 것들일 뿐이다. 현대사회는 '사건'을 잃어버린 채 무의미한 순간으로 전락해버렸다. 우리가 살고 있는 세계는 무의미하고 무가치한 순간들이 모여 삶이라는 하나의 세계를 구축한다. 그리하여 우리 앞에 펼쳐진 '오늘'은 단 한 번 경험하는, 두 번 다시 올 수 없는 순간이지만 그것이 '사건'이 되는 경우는 극히 드물다. 우리 앞에 펼쳐지는 무수히 많은 '오늘'은 유의미한 세계를 드러내는 '사건'이 아니라 아무런 의미가 없는 날들의 연속일 뿐이다. 심지어 드물게 벌어지는 어느 날의 '사건' 역시 무의미한 날들의 한가운데에서 의미를 잃어버리는 경우가 많다.

박상순의 신작시와 근작시를 읽으며 나의 눈길을 끈 것은 무수히 많은 날들에 대한 언급이었다. 시인은 특별한 '사건'을 언급하기도 하고 '사건'

이 드러나지 않는 날들을 열거하기도 한다. 그리고 그런 '날들'을 펼쳐놓음으로써 우리 앞에 펼쳐진 삶의 허무와 무용함을 보여주려고 한다. 특히 수요일과 수증기에 주목한 시편이 눈길을 끌었다. 「하루」를 제외한 모든 시편에 빈번하게 등장하는 것은 수요일과 수증기이다. 수요일과 수증기는 특별한 '사건'이 일어난 날들이나 무의미한 날들과 결합하여 시인이 드러내고자 하는 시적 의미를 보여준다.

이번 시편에서 가장 빈번하게 등장하는 시어 중 하나인 '수요일'은 과연 무엇인가? 월요일까지 존재하던 것이 화요일에 갑자기 사라지기도 하고 수요일에 완전히 다른 모습으로 전이되기도 한다. 그리고 수요일은 여러 시 속에 다양한 모습으로 우리 앞에 모습을 드러낸다. 무엇이 진짜 수요일인가? 수요일이라는 세계는 무수히 많은 것들로 이루어져 있지만 그것은 중요한 것일 수도 중요하지 않은 것일 수도 있다. 과연 우리에게 수요일은 무엇인가? 시인이 파악하는 수요일은 아무 것도 아닌 날의 어느 순간이다. 그리하여 수요일은 월요일이거나 화요일이어도 상관없고 목요일이거나 금요일이어도 상관없으며 토요일이나 일요일이어도 상관없다. 수요일은 그저 우리 앞에 무수히 펼쳐진 어느 날의 하루일 뿐이다.

수요일은 특별한 수요일일 수도 있고 그저 평범한 수요일일 수도 있다. 따라서 어떤 사건이 발생하느냐에 따라 수요일이라는 하나의 순간은 다양한 양상으로 자신의 모습을 바꾸게 된다. 우리의 삶이 관통하는 순간은 과연 어떤 의미를 지니고 있는가? 그것은 유의미한 순간인가? 아니면 무의미한 날의 어느 순간인가? 그러나 수요일은 그것이 특별하든 아니든 중요하지 않다. 수요일에 어떤 일이 일어나든 그것은 그저 무수히 많은 날들 가운데 일어난 그렇고 그런 일들 중 하나일 뿐이다.

이처럼 시인은 수요일을 통해 아무 것도 아닌 어느 날을 드러냄으로써 우리 삶을 이루고 있는 순간의 무의미함을 보여주고자 한다. 무수히 많은 수요일로 이루어진 세계는 무수히 많은 일들이 벌어지지만 그것은 아무 일이 아니기도 하다. 그리고 수요일이 아닌 날들에 일어나는 일 역시 수요일과 마찬가지로 의미 없는 세계임은 매한가지이다. 수요일이 아무 것도 아니었던 것처럼 모든 날들 역시 아무 것도 아니며 비극으로서의 '사건'들은 그저 무심하게 도처에서 펼쳐질 뿐이다. 시인은 이렇게 아무렇지도 않게 펼쳐지는 모든 비극과 슬픔의 세계를 응시하고자 한다. 수요일은 무궁무진하다. 그리하여 무궁무진한 수요일처럼 무수히 많은 삶의 순간은 아무렇지도 않게 펼쳐진 무궁무진한 하루에 불과한 것이다.

　그리고 무의미하게 펼쳐진 수요일과 유사한 감각으로 등장하는 것은 수증기이다. 수증기는 우리 앞에 모습을 드러내는 실체이지만 잡을 수 없으며 그것은 모습을 수시로 바꾸고 이내 사라진다는 점에서 실재하지 않는 것처럼 느껴지기도 한다. 그리고 수증기가 우리 앞에 모습을 드러내는 순간 사라지기 시작하는 것처럼, 우리 삶의 모든 것들은 희미하게 사라지고 결국에는 잊힌다. 그 모든 무의미한 순간 속으로 세계의 모든 것들이 사라지는 것처럼 수증기는 도처에서 피어오르며 사라지려 한다. 수증기는 실재인가? 아니면 신기루와 같은 허상인가?

　위에서 언급했듯이 수증기는 분명 실재하는 것이지만 그것은 매 순간 자신의 모습을 바꾸며 피어오르고 어느덧 자신의 몸을 지우며 실체로서의 지위를 잃어버리게 되는 존재이다. 우리의 삶은 수증기와 같은 것이다. 우리의 삶은 구체적 양상을 통해 자신의 모습을 드러내고 존재하는 것이지만 아무도 삶의 실체를 확정지을 수는 없다. 그런 점에서 삶이라는 실체는 파악할 수 없는 신기루와 같은 것이다. 그리하여 우리의 삶은 수증기와 같은, 아무 것도 말하지 않는 침묵이며 허무이다. "무궁무진" (「무궁무진한 떨림, 무궁무진한 포옹」)하게 펼쳐진 삶이지만 무궁무진한 삶의 순간들은 결국 아무 것도 아닌 것이리라. 시인이 호명한 "무궁무진한 봄"이나 '밤, 고양이, 개구리, 안개, 설렘, 울렁임, 노을, 여백, 눈빛, 달빛, 파도, 입술, 떨림, 포옹' 등의 것들은 우리 앞에 존재하는 실재지만, 그것은 그저 삶을 이루는 무수히 많은 것들 가운데 하나일 뿐이다. 그런 점에서 그것들은 아무 것도 아닐 수 있는 존재들이다. 시인은 이처럼 아무 것도 아닌 것들을 통해 아무 것도 아닌 세계의 슬픔과 비애를 드러내려 한다.

물론 이번 시편에는 특별한 '사건'들이 등장하기도 한다. "1969년 4월, 퀴논의 한국군 맹호부대"(「네 번째 바다의 두 번째 연인의 서른세 번째 파도」)나 "1982년 4월"의 "지하철 공사장"(「220볼트 커넥터 2」)의 폭발 사고 등이 그것이다. 시인은 베트남전에 참전한 1969년 4월의 한국군 맹호부대를 떠올리며 말을 하기 시작한다. 한국군 맹호부대는 우리나라 부대 중에서 처음으로 베트남전에 참전하여 베트남 퀴논에 상륙한 부대이다. 그러나 역사적 사실을 시의 처음에 호명하고 있는 「네 번째 바다의 두 번째 연인의 서른세 번째 파도」는 사실적 언술로 시를 끌고 가지 않는다. 오히려 이 시는 낯선 영역으로 전개됨으로써 현실과 비현실의 어우러짐 속에 낯선 의미구조를 만든다. 이것은 「220볼트 커넥터 2」 역시 마찬가지이다.

박상순의 시에서 낯선 의미구조와 상징을 파악하는 것은 더 이상 새로운 일이 아니다. 그러나 「네 번째 바다의 두 번째 연인의 서른세 번째 파도」를 비롯한 이번 시편은 우리에게 기존의 박상순 시의 독법에서 한걸음 비껴 설 것을 요구하는 것처럼 보인다. 시인이 시적 대상을 파악하고 드러내는 언어와 감각은 이전의 언어와 유사한 듯 다르다. 물론 그렇다고 해서 그의 시가 기존의 낯선 의미 구조와 상징을 버리거나 방향 전환을 했다는 것은 아니다. 그의 이번 시편 역시 낯선 상징과 의미 구조로 가득하고 그 앞에서 독자들은 충격에 휩싸이게 된다. 박상순의 시는 여전히 확정되지 않은 세계를 지향하며 난해함의 언어를 풀어놓는다. 그러나 그의 시는 과거의 작품보다 더욱 다채로워진 정황과 구조를 통해 새로운 영토를 개척하고자 한다.

박상순의 이번 시편이 제시하는 구조와 정황은 더욱 풍요롭고 다채로운 층위를 마련한다. 그리하여 그의 시는 보다 다양한 감각을 제시하며 한층 복잡한 의미의 연결망을 보여준다. 이전의 박상순 시의 상징이 비어있는 여백이 극대화된 것이었다면 이번 시편은 과거의 여백과 같은 비어 있는 공간이 한결 축소되었다. 물론 여전히 난해한 상징으로 이루어졌다는 점에서 여백을 중요하게 내장하고 있기는 하지만 여백의 거리는 좀 더 촘촘한 간극으로 좁혀졌다. 박상순의 초기시를 기억하고 있는 독자라면 그의 시가 드러내는 정황과 정황의 거리감을 잘 알고 있을 것이다. 그때의 정황과 정황 사이의 거리는 상당히 먼 곳에서 연결됨으로써 독자들은 그 사이의 여백을 통해 다양한 상상과 상징을 떠올릴 수 있었다. 하지만 초기 박상순의 시는 여백의 간극이 컸음에도 불구하고 절제된 정황과 구조로 이루어졌기 때문에 정제된 느낌과 함께 상징의 구조적 난해함은 소통 가능한 지점을 내장하고 있었다. 그런데 이번 시편은 줄어든 여백에도 불구하고 보다 풍요로운 정황과 정황의 중층 구조로 인하여 난해함을 향해 한걸음 더 나아간 듯 보인다. 그러나 그러한 난해함에도 불구하고 박상순 시의 매혹은 여전하다. 다만 매혹의 양상이 다소 달라졌을 뿐이다. 그의 음성은 지상의 언어가 아닌 듯한 발성을 통해 우리에게 당도한다. 그리고 그러한 발성은 거부하기 힘든 박상순의 매혹이 되어 우리의 마음을 사로잡는다. 그것을 단순히 개성이라는 말로 설명해서는 안 된다. 박상순의 언어는 세계에 존재하는 단 하나의 세계 그 자체이며, 바로 그곳에 박상순이라는 대체 불가능한 음성이 있기 때문이다.

'우리'들의
사랑과 포용의 방식

― 최백규의 시

여기 너와 내가 있다. '너'와 '나'는 '우리'라는 이름의 운명 공동체이고, '우리'의 운명은 슬픔으로 가득 차오른다. 시인은 끊임없이 '나'이기도 한 '너'를 호명하며 '우리'가 된 지점에 가닿으려 한다. 그러나 '우리'의 관계는 사랑과 슬픔의 어느 경계처럼 아픔과 연민으로 가득하지만 결코 합일에 이를 수 없다. 시인은 이러한 '나'와 '너'를 통해 하나의 세계 속에 수렴되면서도 결코 상대방의 세계에 완전히 이를 수 없는 비애를 제시하고자 한다. 시인은 일관되게 비애를 탐문하며 '나'와 '너'인 우리의 슬픈 운명을 드러내고자 한다.

시인은 이번에 발표한 신작 5편에서 '나'와 '너'가 만들어내는 '우리'의 이야기를 하고자 한다. 시인이 애정을 가시고 바라보고 있는 '우리'는 그러나 긍정의 세계가 아니다. 그것은 비극적이고 불온한 관계를 형성하며 비애의 감각을 전달한다. '나'와 '너'는 끊을 수 없는 애정과 연민을 가진 관계이지만 그들은 결코 완성된 아름다움의 세계를 구축하지 못한다. 그들이 맞닥뜨리는 것은 언제나 패배한 자들의 세계이다.

그러나 시인이 응시하는 비애의 세계는 폭발하듯 강렬하게 다가오지 않는다. 오히려 시인의 음성은 차분하게 가라앉은 채 고요하다. 이러한 고요함의 음성은 아마도 비애를 대하는 시인의 응전 방식 때문인 듯싶다. 시인은 비애의 세계가 괴롭고 힘들지만 그것과 불화의 관계에 놓이길 원하지 않는다. 시인은 비애의 세계를 노래하면서도 기본적으로 포용과 사랑의 세계 안에 그것을 놓고 싶어한다.

> 우리가 안고 있으면 낙서를 채색하는 것 같다 무릎 상처에 시퍼렇게 그늘이 자란다
>
> 캄캄한 욕실에서 더운물을 얹으면 붉은 꽃잎들이 흩어진다 등허리에 성호를 그으며 이것이 나의 해안이 될 거라 확신한다 그곳에서 너와 마주친다면 세상을 사랑해 볼 수도 있겠다 싶다
>
> 무덥도록 조용한 실내에 머무르면 죽은 이후가 기억나서
>
> 수의를 벗듯이 잔기침을 식힌다
>
> (중략)
>
> 너를 지옥에서 온 안부라고 믿었던 적이 있다
>
> ──「이상기후」 부분

'우리'의 관계는 무엇인가? 너와 내가 "안고 있으면 낙서를 채색하는 것 같다"는 시인의 말에서 느껴지는 것은 이유를 알 수 없는 절망이다.

그런데 절망을 이야기하는 시인의 음성은 외부를 향하지 않고 내부를 향하고 있다. 내부를 향해 수렴되는 절망의 언어와 시적 감수성은 스스로를 뒤돌아보며 물끄러미 자기 자신을 되짚어보려 한다. 따라서 이때 나타나는 절망은 분노로 표출되지 않는다. 시인의 언어와 감정은 안으로 침잠하며 상처를 어루만지려 한다. 시인의 언어는 그래서 우리에게 커다란 상처로 다가온다.

'너'는 어떤 상처와 아픔이고 그런 '너'를 안고 있는 '나'는 또한 어떤 상처와 아픔인가? 이들이 불화나 증오의 감정으로 서로를 대하는 것은 아니지만, 이들 사이에는 완전히 밀착 될 수 없는 슬픔이 존재한다. 그러나 이러한 슬픔은 서로를 연민의 감정으로 바라볼 때 가능한 것이다. '너'와 '나'는 섞일 수 없을 것만 같은 시간을 지나 서로에 대한 연민을 갖고 현재에 당도했다. "지옥에서 온 안부라고 믿"었던 '너'를 이야기하는 '나'의 음성이 간절한 슬픔을 담고 있는 것은 그런 이유 때문이다.

'너'는 아마도 '나'의 안에 존재하는 또 다른 나일지도 모른다. 그것은 '나'와는 다른 나이기에 쉽게 발견할 수 없는 모습이었으리라. "등허리에 성호를 그으며 이것이 나의 해안이 될 거라 확신"하는 '나'는 "그곳에서 너와 마주친다면 세상을 사랑해 볼 수도 있겠다"고 말한다. '너'는 "무릎 상처"에 난 시퍼런 그늘 같은 존재이지만 그런 상처마저 자신이 끌어안아야 할 존재임을 이미 알고 있다. 그리하여 비애의 애초에 있는 것은 앞서 이야기 한 것처럼 사랑과 포옹이다. 시인은 "우리가 안고 있"을 때를 이야기하고 "너와 마주친다면 세상을 사랑해 볼 수도 있겠다"고 말하며 사랑과 포옹이라는 시적 인식을 제시한다.

시뻘건 라면 국물에 즉석밥을 말아 먹으며

지나간 오늘의 운세를 읽으면
해롭고 불안해졌다

서서히 뜨거워진다는 발목에 찬 수건을 얹다가
단화 한 켤레를 선물할 수 있으면 좋겠다고 생각했다
여름이라 부르기엔 제법 이르지만
가 보지 않은 마음을 엎질러 어딘가 닿고 싶어져서

(중략)

오라는 것은 오지도 않고
열병이나 오려는지 침을 삼키기도 힘든 철이었다

또 흉측한 하루를 기다리며 땀을 말렸다

　　　　　　　　　　　　　　　　　　　─「치유」 부분

　　고통의 순간을 견디며 시인은 "흉측한 하루를 기다리"고 있다. '나'와
'너'가 몸담고 있는 세계는 언제나 "흉측한 하루"처럼 열리고 지나가고,
이곳은 "침을 삼키기도 힘든" 계절이다. 그런 고통 속에서 시인은 하루
하루를 버티며 '치유'의 순간에 이르고자 한다. 그러나 "오라는 것은 오
지 않"기에 시인에게 남은 것은 끝을 알 수 없는 기다림뿐이다. 이제 남
은 것은 "지나간 오늘의 운세"를 보아도 "해롭고 불안"해지는 감정뿐이
다. 우리의 삶은 불확실한 미래뿐만이 아니라 지나간 것들조차 불안정한
것들이다.

　　이렇게 불안정한 세계 속에서 시인은 불온한 것들을 응시하려고 한다.
"시뻘건 라면 국물에 즉석밥을 말아 먹으며" 견디는 일상은 그것 자체로
비애로운 현실을 반영한다. 그 어떤 의미도 없는 무의미한 일상 속에서

시인이 견뎌야 하는 삶은 아무 사건도 일어나지 않는 평온함 그 자체일 것이다. 하지만 그런 사건 없는 일상은 우리의 삶이 결코 그것을 벗어날 수 없다는 점에서 고통 그 자체이기도 하다. 어쩌면 싸워야 할 대상도 없는 일상이라는 괴물이 가장 두려운 존재인지도 모른다. 시인이 파악하는 일상으로서의 시적 정황은 특별한 '사건'을 다루지 않는다. 일상을 통해 시적 세계를 드런낸다는 것은 '사건' 없는 세계를 무덤덤하게 재현하려는 시인의 의지이다.

우리는 그저 혈관 아래 불을 지피는 개들이었다

지하상가 라디에이터 앞에서 피 묻은 손바닥을 덥히며
재미있었다고
그래도 다시는 못 하겠다 같은 말이나 흘리다가
웃을 날이 번질 테였지만

아직
불발인 폭죽에 계속해서 라이터만 당기는 기분이었다
　　　　　　　　　　　　　　　—「무허가건축」 부분

이 모든 고통 속에서 "우리는 그저 혈관 아래 불을 지피는 개들"이다. 그리하여 고통을 그저 견디고 감내해야 하는 우리의 삶은 얼마나 큰 비극인가? 시인의 세계 인식이 비극이라는 점은 자명하다. 그러나 비극을 대하는 시인의 태도는 담담하다. 이번에 발표한 5편의 시를 지배하는 정서는 대체적으로 비애이다. 그러나 비애를 앞에 두고 시인은 애써 자신의 감정을 드러내지 않으려 한다. 심지어 1인칭 화자인 '나'를 통해 전개될 때에도 시인은 평정심을 찾으려는 듯 무덤덤하게 시적 정황을 응시하고 전개한다.

시인은 철저하게 자신의 감정을 감춤으로써 비애의 감각을 극대화한다. 그러나 비애의 감정을 숨김으로써 오히려 비애는 더욱 강조된다. 시인이 비애의 감정을 적극적으로 드러내지 않는 이유는 바로 이러한 효과와 무관하지 않다. 그리고 그것은 최백규의 시가 특별한 '사건'이 아닌 일상적 소재를 다룬다는 이유 때문이기도 하다. 일상은 '사건'을 통해 의미가 발생하는 시간이 아니다. 일상은 오히려 무의미한 것을 통해 자신의 존재를 드러낸다. 따라서 '사건' 대신 일상적 세계를 선택한 최백규의 시가 비애의 감정을 비롯한 시인의 감수성을 적극적으로 재현하지 않는 것은 자연스러운 일이다.

> 언젠가 너는
> 아무것도 사라지지 않았는데 아무도 없는
> 낮 위에서
>
> (중략)
>
> 우리를 가린 나무도 그만 자라게 할 수 있다는 듯이
>
> 확신에 찬 눈빛으로
>
> 그림자만 바라보고 있었지
>
> ―「해열」 부분

그리하여 '너'는 사라지려 하는가? "아무것도 사라지지 않았는데 아무

도 없는 낮 위에서" 사라지고 텅 빈 "그림자만 바라보고" 있는가? 당신이 사라지는 것은 모든 뜨거움이 가라앉는 순간인가? '나'와 '너'는 하나가 될 수 있음에도 결국 사라지고 마는 존재들이다. '나'는 '너'가 될 수 없으며 '너'는 '나'가 될 수 없다. 이들은 결국 '우리'라는 하나의 세계로 합일에 이르지 못하고 사라지고 만다. 하나가 될 수 없는 이들이 바라보는 것은 결국 '나'도 '너'도 아닌 그림자이다. 그림자는 '나'와 '너'의 또 다른 세계이지만 그것은 결코 '나'와 '너'가 될 수 없다. 이렇게 모든 것이 사라지고 존재하지 않는 세계. 어쩌면 그런 세계야말로 모든 불덩이처럼 달아오른 신열의 고통이 사라지는 것일지도 모른다.

해변에서
깨끗한 하복이 마르고 있었다 하얗게 젖은 머리카락을 쓸어내리며
생각했다 우리는 칠이 벗겨져도
썩지 않는구나

손을 모아
죽지 않는 행성을 만들었다

(중략)

부스러진 날엔
잠든 너를 위해 휘파람을 불어 주었다
도저히 눈물이 잡히지 않아서
저 세계에서는 내가 죽은 역할이구나 이해했다

유성우를 기다렸다
—「안식」부분

시인이 파악하는 불안은 어느 곳으로부터 비롯된 것인가? 최백규의 시의 불안이 자리한 곳은 완전한 현실이나 환상을 제시하지 않는다. 그의 시가 드러내는 감각은 언뜻 지상의 것처럼 느껴지지만 완전하게 현실만을 구현하지 않는다. 그렇다고 환상적 세계의 심상화된 이미지를 보여주는 것도 아니다. 그의 시는 현실인 듯 환상을, 환상인 듯 현실을 담아낸다. 그리고 이런 불분명한 경계로부터 최백규만의 특별한 감각이 드러난다. 환상과 현실이 혼재된 듯한 그의 시는 '나'와 '너'라는 존재까지도 현실과 비현실 사이의 존재로 느끼게 한다. 그의 시 속에 등장하는 '나'와 '너'는 분명 현실에 있는 존재이지만 그들은 현실을 초월한 존재처럼 느껴진다.

죽음을 마지막으로 모든 것은 끝이 났는가? 썩을 수조차 없는 곳에서 '우리들'은 "손을 모아 죽지 않는 행성을 만들"고자 한다. 그리고 "부스러진 날"에는 "잠든 너를 위해 휘파람을 불어" 준다. 우리가 몸담은 세계에서 죽은 자는 누구인가? 시인은 죽음조차 담담하게 받아들이는 세계 속에서 모든 것들을 애도하며 받아들이고 싶은지도 모른다. 그리고 우리의 삶이 유성우처럼 사라진다고 해도 어쩔 수 없다고 생각한다. 그렇게 사라지는 것이 삶이며 그것이 진실이라고 생각한다. 그렇기 때문에 "유성우를 기다"린다는 시인의 말은 그 어떤 간절한 소망보다 더욱 절실하게 우리의 마음에 와 닿는다.

들끓는 내면과
외적 투쟁의 언어
— 이영광의 시

이영광의 시는 시적 대상과 세계에 대한 투쟁의 결과물이다. 시인은
열에 들 뜬 목소리로 이야기하지 않지만 그의 시는 언제나 단단하게 충
만하며 타오르는 뜨거움을 내장하고 있다. 그의 투쟁은 바깥을 향하기보
다 내면을 향하고 있는 것처럼 보인다. 내부로 침잠하는 듯한 그의 어조
는 그러나 잔잔한 수면과 같은 고요가 아니다. 고요한 수면 아래 빠르게
흐르는 물살처럼, 그의 시는 고요함 속에서도 역동적으로 움직이며 끓어
오른다. 그리고 이와 같은 시적 태도는 고요하게 압도하는 투쟁의 음성
으로 우리의 마음을 사로잡는다.

시적 사유를 전면에 내세운 시는 보편적으로 철학적 태도와 관조적 음
성을 전면에 내세움으로써 정적인 양상을 재현하는 경우가 많다. 하지만
이영광의 시는 단단한 힘이 느껴지는 음성을 통해 우리의 고정 관념을
일거에 무너뜨린다. 그의 시는 언뜻 삶과 자연에 대한 서정적 태도가 주

되게 나타난다고 오해할 수 있다. 그러나 이영광 시의 자연은 우리가 알고 있는 서정적 자연과 다른 양상을 지니고 있다. 그것은 "아름다운 나무가 아니라 불타는 나무"일 때 의미가 있다고 말한 바슐라르의 말을 떠올리게 한다.

이영광이 자연을 바라보는 방식은 인간 중심적인 시선으로서의 그것이 아니다. 그에게 자연은 언제나 인간과 동일한 존재이며, 나아가 인간의 삶을 수용하고 있는 거대한 존재이다. 일반적인 양상으로 재현되는 자연은 인간의 관점으로 파악됨으로써 우리의 사유체계 안에서 해석되고 수용된다. 이때 자연은 주체적 존재라기보다 인간의 삶 속에 수용되는 수동적 존재일 뿐이다. 그것은 마치 관리되어야 하는 대상처럼 인간의 삶 안에서만 인식되는 존재이다. 이영광은 자연에 대한 이와 같은 태도를 버림으로써 세계 인식을 새롭게 하고자 한다.

> 무언가를 통과시키기 위해
> 번뜩이며 뼈를 드러내는 개울들
> 눈발에 허옇게 깎인 바위절벽, 그리고
> 금욕처럼 단단한 저 고요,
> 협곡은 이미 협곡을 빠져 나가고 없다
> 여기 없는 것은
> 이 세상에 없는 거다
>
> ─ 「빙폭 3」
> (『직선 위에서 떨다』, 창비, 2003.) 부분

이영광의 시는 인간중심적인 생각을 벗어나 우리의 삶이 더 큰 세계의 일부분임을 인식하는 것으로부터 출발한다. 그럼으로써 그의 시는 더 큰 외연을 수용하며 확장된 세계의 지평을 펼쳐 보인다. 물론 이영광의 시 속에 나타나는 자연 인식은 자연이 주도한다고 볼 수 없다. 그의 시는 오히려 인간의 삶이 적극적으로 드러난다. 하지만 이때 제시되는 인간의 삶은 자연을 압도하거나 지배하는 것이 아니다. 이영광 시에 나타난 인간의 삶은 자연과 한 몸이 되어 세계의 일부분으로 제시될 뿐이다. 이때 자연과 인간은 주종 관계가 아닌, 대등한 양상으로 우리의 삶과 세계를 형성하는 존재이다.

이와 같은 대등한 관계를 통해 이영광의 시는 인간 중심적인 깨달음의 오류를 극복한다. 그 때문에 그의 시는 우리에게 깊이 있는 사유와 직관을 제시하면서도 시적 대상에 대한 섣부른 판단을 유보하게 한다. 따라서 그의 시 속에 등장하는 정황은 상투적 깨달음의 세계로 수렴되지 않는다. 시인은 인간 중심적인 깨달음을 설파하지 않고 삶과 세계의 이면에 감춰진 진실과 고통을 보여주기 위해 사투를 벌인다. 이러한 태도는 대체적으로 시인의 내부를 향해 발화하며 나타나기 마련이다. 그러나 시인의 내면을 향하는 투쟁은 삶에 대한 성찰을 관찰자의 시선으로 응시하는 방식으로 나타나지 않는다. 그는 끝없이 내부를 전복시킴으로써 삶의 모든 것들과 대결하려고 한다. 그럼으로써 이영광의 시는 외부로 눈길을 돌려 우리 삶을 둘러싼 세계와의 응전 의지를 보여준다.

> 커질 수만 있다면 문드러져도 좋아
> 살아남기 위해서라면 죽어도 좋아
> 반쯤 얼어터진 봄이 다 가도록
> 사람 죽어 원혼 만들고
> 전쟁과는 전쟁할 줄 모르는 공포의

대한민국이여, 함께는 사실에 도달하지 못하는 것,
그것이 절망이겠지

　　　　　　　　　　　　　　　　　　　　　　　—「대(大)」
　　　　　　　　　　　　　　　　　(『아픈 천국』, 창비, 2010.) 부분

　이영광의 시에 나타나는 사회적, 정치적 응전 양상이 그의 시 세계 전반에 표면화된다고 볼 수는 없을 것이다. 시인의 기본적인 세계 인식 자체는 첨예하지만 언제나 그러한 소재를 시적 언술로 표면화하는 것은 아니다. 그런 점에서 「대(大)」가 이영광의 표면화된 시 언어의 특징을 대표한다고 볼 수는 없다. 하지만 그의 시가 사회적, 정치적 사유를 내장하고 있다는 점에서 무관하다고 볼 수도 없다. 하지만 이러한 시적 태도가 전면에 부각되지 않는 것은 사회를 바라보는 그의 태도가 인간 중심적인 양상이 아니기 때문이다. 그는 사회적, 정치적 사유를 드러낼 때에도 인간 너머의 보다 큰 지점을 통해 세계를 파악하고자 한다.
　이찬은 이영광의 세 번째 시집 『아픈 천국』의 해설에서 "“몸보다 더 뜨거운 몸”('시인의 말, 『직선 위에서 떨다』)으로 일그러진 지상의 삶 끄트머리에서 끝내 시적인 것을 탈환해오려는 시인"이라고 말한 바 있다. 이영광의 시는 언뜻 서정적 정서가 지배하는 듯 보일 수도 있지만 그의 시는 일반적인 서정의 양상을 재현하지 않는다. 그의 시적 정서는 언제나 처절한 투쟁과 고통스런 사유의 과정을 동반한다.
　시의 서정성은 많은 이들이 오해하는 것 중 하나이다. 우리는 서정적 정서나 자아를 지나치게 자연 중심적이고 아름다운 그 무엇으로 인식하는 경우가 많다. 하지만 서정은 시적 정서일 뿐 자연만을 지향하거나 아름다운 시적 태도가 아니다. 이영광의 시 언어와 감각은 낯선 지점을 지향한다기보다 우리에게 익숙한 정서와 시적 경향을 통해 다가온다. 그런 점에서 그의 시는 언뜻 서정적 자아와 정황으로 이루어진 작품처럼 인식되기도 한다. 하지만 이영광의 시는 우리가 쉽게 떠올리는 서정의 세계와 일정한 거리를 유지한 채 첨예한 내면 의식과 세계 인식을 보여준다.

고운사 가는 길
산철쭉 만발한 벼랑 끝을
외나무다리 하나 건너간다
수정할 수 없는
직선이다

너무 단호하여 나를 꿰뚫었던 길
이 먼 곳까지
꼿꼿이 물러나와
물 불어 계곡 험한 날
더 먼 곳으로 사람을 건네주고 있다
잡목 숲에 긁힌 한 인생을
엎드려 받아주고 있다

문득, 발 밑의 격랑을 보면
두려움 없는 삶도
스스로 떨지 않는 직선도 없었던 것 같다
오늘 아침에도 누군가 이 길을
부들부들 떨면서 지나갔던 거다

ㅡ「직선 위에서 떨다」
(『직선 위에서 떨다』, 창비, 2003.) 전문

「직선 위에서 떨다」는 이영광의 초기시의 한 전형을 보여주는 대표작이다. 이 시는 사유와 고통의 서정성을 보여주고 있으며 시적 직관의 첨예함을 극명하게 드러낸다. 진술을 전반적인 시적 언술로 차용한 작품답게 시인이 드러내려고 하는 정서적, 의지적 의미는 비교적 쉽게 제시되어 있다. 하지만 그것은 결코 직설적이거나 상투적인 언술 양상으로 재현되지 않는다. 시인은 "잡목 숲에 긁힌 한 인생"과 "두려움 없는 삶"에 대해 이야기하지만 우리가 그러한 지점으로부터 떠올리는 것은 한 인간의 단편적인 인생과 삶이 아니다. 그것은 단순히 하나의 존재가 이어온 인생의 여정을 떠올리게 하지 않고 우리의 삶과 세계 모두를 포괄하는 지점을 사유하게 한다. 마치 우주의 애초와 세계의 마지막을 떠올리는 것처럼 원형적 세계관을 내장하고 있다고 볼 수 있다.

앞서 이야기한 이영광의 투쟁 의지는 바로 이러한 양상을 통해 극명하게 제시된다. 시인 내부로 침잠하는 듯 그러나 삶과 세계 모두를 끌어안으며 원형적 세계를 보여주는 그의 시는 우리가 투쟁해야 하는 것들이 무엇인지를 잘 보여준다. 그러나 내면과 외부 모두를 수렴하는 시인의 투쟁 의지는 불화의 양상을 통해 재현되지 않는다. 그는 세계와 불화함으로써 극복 의지를 보여주는 것이 아니라 세계를 수용하고 고통의 근원과 당당하게 맞서는 방법으로 시의 주체가 되고자 한다. 때문에 그의 시는 비극적 정서보다 고통과 투쟁하고자 하는 극복 의지가 더 강하게 드러난다. 그런 이유 때문에 이영광의 시는 애환과 환멸이 아닌, 투쟁과 관조의 정서가 지배한다.

첫 시집에서 보여주는 날카롭고 첨예한 시적 사유와 응시는 그런 전복의 투쟁 의지를 보여주는 것이라고 할 수 있다. 이러한 시적 응전 의지는 이후의 시집에서도 지속적으로 드러난다. 죽음이 주요하게 등장하는 두 번째 시집 『그늘과 사귀다』는 가족의 죽음을 다룰 때에도 우리가 흔하게 접하는 가족 서사와 일정한 거리를 둔다. 시인의 감정은 언제나 절제되어 있는데, 그런 절제된 감정은 가족의 죽음이라는, 다소 감상적이고 개인적일 수 있는 소재까지 원형적이고 공적인 차원으로 승화시킨다. 이 시집에서 그는 가족의 죽음을 통해 상처를 헤집기도 하지만, 시집에 등장하는 사적 상처는 내적 투쟁 의지를 통해 발화하고 수렴되며 보편적 양상으로 외연을 확장한다.

아버지 세상 뜨시고
몇 달 뒤에 형이 죽었다
천둥 벼락도 불안 우울도 없이
전화벨이 몇 번씩 울었다

아버지가, 캄캄한 형을 데려갔다고들 했다
깊고 맑은 늙은 마을의 까막눈들이
똑똑히 보았다는 듯이

(중략)

사람이 떠나자 죽음이 생명처럼 찾아왔다
뭍에 끌려나와서도 살아 파닥이는 銀빛 생선들,
바람 지나간 벚나무 아래 고요히 숨쉬는 흰 꽃잎들,
나의 죽음은 백주 대낮의 백주 대낮 같은
번뜩이는 그늘이었다

나는 그들이 검은 기억 속으로 파고 들어와
끝내 무너지지 않는 집을 짓고

떵떵거리며 살기 위해
아주 멀리 떠나버린 것이라 생각한다

　　　　　　　　　　　　　　　　　 —「떵떵거리는」
　　　　　　　　　　（『그늘과 사귀다』, 랜덤하우스코리아, 2007.) 부분

　「떵떵거리는」은 아버지와 형의 죽음이라는 가족 서사가 전면에 드러난 작품이다. 가족 서사를 다룰 때 시적 화자는 가족의 죽음과 동일성의 경험을 하는 경우가 많다. 그러나 이러한 동일성의 경험은 작품에 시적 정서를 부여하기도 하지만 감상적 인식을 만들기도 한다. 그리고 이러한 감상적 인식은 시를 사적인 영역 안에 머물게 함으로써 시적 외연을 제한하는 역할을 하기도 한다. 그러나 이영광의 시는 가족 서사를 다룰 때에도 철저하게 감정을 절제하고 객관화함으로써 동일성의 감각을 벗어나게 한다. "사람이 떠나자 죽음이 생명처럼 찾아왔다"거나, "뭍에 끌려 나와서도 살아 파닥이는 銀빛 생선"과 "고요히 숨쉬는 흰 꽃잎"을 바라보는 태도는 가족의 죽음을 사적 양상으로 파악하고자 하는 태도가 아니다. 「떵떵거리는」은 가족의 죽음이라는 사적 이야기로부터 비롯된 작품이지만 시인은 가족 너머의 지점을 바라보려 애쓴다. 그리고 가족 너머를 보려 애쓰는 것처럼, 그의 시는 세계의 본질을 포착하고 꿰뚫기 위해 사투를 벌이고 있다.

　『아픈 천국』,『나무는 간다』 등의 시집을 관통해 나타난 이영광 시의 내면은 외부로의 전이 과정을 겪으며 들끓는다. 그것이 폭발적인 것은 아니지만 내면의 고통과 번민에 머물지 않고 끊임없이 외부를 지향하기 위해 번민에 빠진다. 그리고 시인은 『끝없는 사람』에 이르러 세상의 한가운데로 나아가 자신의 목소리를 드러낸다. 이영광이 지금까지 출간한

7권의 시집 전반에는 이와 같은 시적 경향이 일관되게 나타난다. 그는 시적 소재에 갇히지 않고 외부로의 탈주를 꿈꾸는 자이다. 그렇기 때문에 '사람'의 사이인 세상에 스스로를 내놓으며 삶과 세계의 원형을 탐문하려고 하는 것이다.

> 분노는 내가 묻는 것이다
> 슬픔은 내가 먹는 것이다
> 사랑은 내가 비는 것이다
> 싸움은 내가 받는 것이다
> 해방은 내가 없는 것이다
>
> 나는 타오른다
> 나는 일어선다
> 나는 물결친다
> 나는 나아간다
>
> 나는 모든 죽음을
> 삼켜버린다
>
> ―「촛불」
> (『끝없는 사람』, 문학과지성사, 2018.)부분

시인은 분노와 슬픔, 사랑과 싸움 그리고 해방 등을 통해 세상과 대결하고자 한다. 그리하여 그는 타오르고 일어서며, 물결치고 나아가고자 한다. 들끓는 투쟁 의지와 불화의 사유를 통해 세상과 싸우고 화해하고자 한다. 그리고 세상의 한가운데에서 함께 아파하고 고통을 끌어안으려 한다. 그의 시에는 그러한 절박함이 강하게 묻어난다. 하지만 그런 절박함에도 불구하고 시인은 객관화된 어조와 감정을 통해 슬픔과 동일시 될 때의 함정으로부터 벗어나려고 한다. 이영광의 시가 주요하게 사용하고 있는 시적 언술은 진술이다. 시적 대상과 시인이 지나친 동일시의 감정에 휩싸일 때, 진술은 객관성을 잃어버리고 감정의 과잉 상태에 빠지고 만다. 하지만 이영광은 동일시의 오류에 빠지지 않음으로써 진술이 재현하는 사유의 깊이를 완성하기에 이른다. 그의 시는 진술을 통해 내적, 외적 투쟁 의지를 공고히 한다.

> 살고 싶어요……를 지나는 시간입니다
> 수학여행 큰일났어요 나 울 것 같아요를,
> 죽을 수 있을 것 같습니다를 지나갑니다
> 걱정돼요, 한 명도 빠짐없이, 아멘……을 기억하는 시간입니다
> 실제 상황이야 아기까지 있어 미치겠다가
> 가만히 있으세요 절대 이동하지 말고가, 기다리세요가 사라졌습니다
> 기울어지고 기울어지고 기울어지고가 지나갑니다
> 잠깁니다 잠기고 있습니다 잠깁니다
> 무섭습니다 무섭습니다 무섭습니다
> 이제 없어, 가자고가 가버립니다
> 오지 않았습니다 들어오지 않습니다 쳐다보며,
> 안 보였습니다 우리는 여기, 없습니다
> 마지막 기념을 엄마 보고 싶어요를, 사랑해
> 사랑해, 나가서 만나를 잃어버렸습니다
> 내 동생 어떡하지? 아직 못 본 애니가 많은데
> 난 꿈이 있는데,
> 내 구명조끼 네가 입어가 우릴 놓아버리고
> 끝났어 끝난 것 같아가 끝납니다 사라집니다
> 검은 물이 옵니다 물 샐 틈 없는 물이 왔습니다

끝났습니까 끝났습니까 끝났습니까······
—「수학여행 다녀올게요」
(『끝없는 사람』, 문학과지성사, 2018.) 부분

세계를 물끄러미 바라보고 있는 한 시인을 떠올린다. 그는 쓸쓸한 봄 밤을 견디며 홀로 술을 마시고 시를 쓰고 산책을 한다. 그의 삶은 한 번 도 열에 들뜬 적이 없는 것처럼 차분하고 고요하다. 그러나 나는 그가 누 구보다 강렬하게 들끓는 내면을 지니고 있음을 알고 있다. 이영광의 시 는 폭풍 전야와도 같은 고요함과 함께 그 어떤 강렬한 에너지를 담고 있 다. 폭풍 전야의 고요 다음에 얼마나 큰 폭풍이 몰려올지 알 수 없는 것 처럼 그의 시는 강한 힘을 내장하고 있다. 「수학여행 다녀올게요」의 시 언어는 쉽게 나올 수 있는 것이 아니다. 이영광은 고요함과 강렬함을 동 시에 어루만지며 쉽지 않은 시 언어를 조심스럽게 펼쳐보이고자 한다. 끊임없이 들끓으며 고통을 노래하는 언어. 그리고 반대로 아무 말도 하 지 않고 세계를 응시하기만 하는 언어. 이영광의 언어는 이 사이에서 내 적 투쟁과 외적 번민의 고통을 힘껏 끌어안으려 한다. 어쩌면 그는 날카 로운 예각을 가슴 속에 품고 사는지도 모르겠다. "날마다 지기 때문에 심 장에서 무럭무럭 자라온 한 뼘, 칼"(「칼」, 『아픈 천국』 창비, 2010.)을 품 고 세상의 모든 고통을 향해 성큼성큼 나아가려고 하는지도 모르겠다.

아름답고 슬픈
당신의 목소리

— 박상수의 시

아름답고 슬픈 세계를 생각한다. 밝고 명랑하게 말을 거는 여성들은 화사해보이지만 그들의 명랑 안에 내재해 있는 슬픔과 고통은 결코 가벼운 것이 아니다. 박상수라는 대리인을 통해 발화되는 여성 화자들의 음성은 묘하게도 그 어떤 이들의 음성보다 더욱 절실하게 우리에게 다가온다. 박상수는 시인 자신과 다른 모습을 지닌 이들의 음성을 재현하는 데 놀라울 정도로 탁월한 감각을 선보인다. 그것은 단지 남성 시인을 통해 발화되는 여성의 음성이기 때문만은 아니다. 오히려 남성 화자이냐 여성 화자이냐의 문제는 여기에서 중요하지 않을 수 있다. 박상수 시인을 통해 나타나는 여성의 음성은 시인의 성별과 상관없이 놀라울 정도로 정교하고 적확하다. 여성의 심리 상태와 세계관, 삶과 세계의 고통과 마주한 현실에 이르기까지 시인의 시선은 치밀하게 그들의 모습을 추적한다. 그럼으로써 박상수 시의 시적 화자의 음성은 우리의 마음을 사로잡고 놓아주지 않는다.

박상수는 첫 시집 『후르츠 캔디버스』에서 발랄한 매혹이 뿜어내는 아름다움을 선보인 바 있다. 그의 첫 시집을 기억하는 사람들은 그의 시 속에 등장하는 성장기의 이야기와 이국적 세계 그리고 환상적 세계가 전달하는 독특한 미적 감각을 기억할 것이다. 박상수의 시는 발랄하고 아름다운, 그러나 우울하고 슬픈 세계에 대한 관심으로부터 시작된다. 언뜻 발랄하게 보이는 그의 화법은 사실 부조리한 세계에 대한 냉소이자 조롱이다. 시인은 발랄함으로 위장된 비애의 정서를 통해 우리가 살고 있는 세계의 실체를 보여주려고 한다. 그런데 이러한 세계를 바라보는 것은 언제나 시인 자신의 눈을 통해서가 아니다. 박상수는 시인 자신의 눈으로 세계를 파악하려고 하지 않고 시 안에 존재하는 시적 화자라는 대리인을 통해 세계를 바라보려고 한다.

물론 시적 화자를 통해 시적 세계를 응시하려는 태도는 박상수만의 것이라고 할 수 없다. 화자가 시를 이루는 중요한 요소이고 대부분의 시에 화자가 등장한다는 점에서도 화자는 박상수 시만의 특성은 아닐 것이다. 하지만 박상수만큼 화자를 시의 전면에 배치한 시인이 흔하지 않다는 점에서 시적 화자는 박상수의 시를 대표하는 중요한 개성임에 분명하다. 그런 만큼 박상수의 시에서 목소리의 주인공인 화자는 언제나 중요한 위치를 차지한다. 그의 시는 다른 시인들의 작품과 달리 화자를 중심으로 시적 사유와 배경 등을 배치한다.

박상수 시의 화자는 첫 시집의 화자와 이후의 화자로 구분하여 설명할 수 있다. 첫 시집의 화자가 성장기 남성의 음성을 지니고 있는 것이라면, 두 번째 시집 이후 세 번째 시집에 이르기까지의 시적 화자는 여성이다. 여성의 음성은 성인의 세계에 접어들기는 했지만 여전히 젊은 존재가 지니고 있는 음성이다. 그런 점에서 박상수 시의 화자는 상대적으로 세계로부터 상처받기 쉬운 존재라고 볼 수 있다. 하지만 이들 화자는 결코 패배자의 음성을 지니고 있는 존재들이 아니다. 우리가 살고 있는 세계 속에서 그들의 존재는 약자의 위치에 있을지 모르지만 그들은 언제나 그러한 고통과 비애를 뚫고 나오려는 음성을 지니고 있다. 이처럼 박상수의 시적 화자는 성장기의 화자에서 어느덧 숙녀의 음성으로 우리에게 말을 건다. 그리고 그 음성은 발랄한 듯 처절하게 우리의 귓가를 맴돈다.

두 번째 시집 『숙녀의 기분』에 이르러 시인은 시적 화자의 변화를 추구하고 도입하기 시작한다. 이 시집의 시적 화자는 첫 시집의 화자와는 다른 존재로서 시적 개성을 드러낸다. 가장 큰 차이를 보이는 점은 앞서 언급한 것처럼 성장기 남성 화자에서 여성 화자로 모습이 바뀌었다는 점이다. 그리고 이와 같은 여성 화자의 모습은 이후의 작품에서 지속되며 박상수 시의 중요한 개성으로 자리를 잡는다. 세 번째 시집 『오늘 같이 있어』의 화자 역시 여성의 음성을 통해 시를 전개한다. 그런데 이때 세 번째 시집의 여성 화자의 음성은 두 번째 시집의 여성 화자에 비하여 상대적으로 더욱 강렬하게 세계라는 외부와 관계를 맺으며 나타나게 된다.

이때부터 박상수 시의 여성 화자는 본격적으로 내부에서 외부로 시선을 돌리며 세계의 실체를 인지하고 자신의 삶을 자각하기 시작한다. 그런 가운데 세계 속에서 겪게 되는 자아의 아픔과 불합리한 모든 관계에 대해 발언하기 시작한다. 그런 점에서 박상수의 시는 성장기의 화자로부터 성인의 화자로, 그리고 내부의 화자와 세계로부터 외부의 화자와 세계로 이동하며 시적 지평을 넓히고자 한다. 이것은 단순히 성장기의 화자에서 성인 화자로, 남성 화자에서 여성 화자로, 그리고 내적 지향성에서 외적 지향성으로 바뀐 것만을 의미하지 않는다. 박상수 시의 시적 화자의 변모는 단순하게 화자의 변화나 시의 변화만을 의미하는 것이 아니라 세계를 바라보는 시인의 근본적인 세계 인식의 변화이며 동시에 그런 변화된 세계를 꿈꾸는 시인의 강렬한 열망이기도 하다.

이번에 발표한 신작의 경우 역시 세 번째 시집의 연장선이라고 할 수 있다. 화자의 음성은 여전히 발랄하며, 일상이라는 세계 속에서 자신의 이야기를 들려주려 한다는 점에서 세 번째 시집의 세계를 이어간다. 신작시에 등장한 시적 화자는 세 번째 시집 속에 등장한 화자의 음성과 닮아 있다. 그리고 이러한 화자의 특성뿐만 아니라 다른 측면에서도 여전히 세 점째 시집의 세계가 나타난다. 일상이라는 측면에서 이전 작품들과 강한 친화력을 보이는 것이 바로 그것이다.

일상의 모습은 첫 시집에서도 중요한 요소로 드러나지만, 이때의 일상은 성장기라는 과거를 회고하거나 환상적인 세계를 발랄하게 응시하는 세계로서의 시공간이다. 그런 점에서 첫 시집에서의 시공간은 현실보다는 비현실을, 현재보다는 과거와 미래를 응시하고자 한다. 하지만 여성 화자로 변모한 이후의 일상은 첫 시집의 그것과는 다른 양상을 보인다. 특히 세 번째 시집에 나타난 일상은 우리의 현실적인 삶과 비극적 세계에 대한 언급이 중요한 위치를 차지한다. 특히 여성 화자를 통해 나타나는 일상의 비극은 여성의 삶에 대한 고민으로까지 나아간다.

하지만 박상수 시의 일상은 현실의 부조리와 비참함에도 불구하고 대체적으로 밝고 명랑한 것처럼 보이는 경우가 많다. 물론 그의 시에 등장하는 사건까지 그렇다는 것은 아니다. 다만 그러한 시적 정황에서도 박상수 시의 화자는 밝고 명랑한 태도를 버리지 않는 경우가 많다는 것이다. 그런데 어쩌면 이러한 태도야말로 우리 삶과 세계의 비극을 적나라하게 보여줄 수 있는, 그래서 비참과 참혹을 정확하게 보여줄 수 있는 것이 아닐까 싶기도 하다.

일상은 아무 것도 아닌 삶을 의도적으로 바라봄으로써 시인은 삶의 비애와 비참과 참혹을 드러내려고 한다. 그리고 이러한 일상은 언뜻 보기에 그저 우리 앞에 전시되어 있는 것처럼 보이지만 사실 전시된 일상은 전시됨으로써 진짜 모습을 보여줄 수 있는 것이다. 일상이란 그런 것이다. 무심하고 무가치하며 무의미하게 전시될 때야 비로소 가면을 벗어던지고 자신의 진짜 모습을 보여줄 수 있게 된다. 물론 박상수 시의 일상이 그 어떤 '사건'을 지니고 있지 않다는 것은 아니다. 그의 시는 첫 시집부터 세 번째 시집에 이르기까지 시인의 의지에 부합하는 '사건'들이 내내 존재해왔다.

첫 시집에서 보여주었던 성장기의 모습은 그 자체로 삶과 세계의 폭력과 부조리를 보여주는 것이었으며 이후의 세계는 여성 화자가 겪는 폭력과 부조리를 제시한다. 이때 화자가 자리한 위치에서 첫 시집과 이후의 시집은 차이를 드러낸다. 첫 시집에서 형과 여자애의 반대편에 있던 시적 화자는 어느새 언니의 옆자리로 자리를 옮겨 앉는다. 언니의 옆자리에 앉은 시적 화자의 반대편에 남성들의 세계가 있기는 하지만 이때 시적 화자와 더욱 긴밀한 관계를 맺는 것은 언니의 세계로 대표되는 여성들의 세계이다.

박상수 시의 또 다른 매력은 그의 시를 이루는 언어이다. 특히 첫 시집 『후르츠 캔디버스』는 언어의 매혹이 특별히 돋보인다. 성장기와 이국적 장면이 뒤섞인 이미지는 비현실적인 감각과 결합하여 특별한 분위기를 형성한다. 그리고 이러한 분위기를 이끌어가는 것은 그의 시어가 재현하는 수사의 아름다움이다. 박상수 시어의 매혹은 밝고 경쾌한 언어가 드러내는 풍요로운 시적 수사에 기인하는 바도 크다. 그의 시어가 제시하는 이미지는 개성적인 시적 감각을 환기하고 이러한 시적 특징은 박상수만의 특별한 개성을 만들어낸다.

그런데 이와 같은 언어적 특징은 두 번째 시집 이후에 다소 축소되는 경향을 보인다. 시인은 이때 언어적 수사의 화려함과 감각적 이미지 대신 시적 화자라는 주체에 집중하는 경향을 드러낸다. 시적 화자에 집중함으로써 시의 배경보다 시의 발화자가 시 전반을 주도적으로 이끌게 된다. 그럼으로써 박상수의 시는 배경이 시 전반을 이루며 드러내는 감각적 이미지의 세계에서 화자의 발화를 통해 시가 전개되는 이야기와 사건의 세계로 전이된다. 다만 이때 박상수 시의 이야기는 우리가 알고 있는 시적 서사와는 맥락을 달리 한다.

박상수 시의 이야기는 시적 화자의 내면을 드러내기 위한 주요한 장치로 기능한다. 따라서 박상수 시의 이야기는 화자가 만들거나 들려주는 사건으로서의 외적 이야기라기보다 화자의 내면을 탐문하는 내적 이야기의 성격을 지닌다. 그런 점에서 두 번째 시집과 세 번째 시집은 친화력을 보이는 세계라고 볼 수 있다.

박상수는 지속적으로 화자의 문제를 천착해 온 시인이다. 그리고 이러한 화자에 대한 시인의 태도가 우리 시단에 흔치 않았다는 점에서 특별한 개성임은 분명하다. 남성 시인을 통해 발화하는 여성 화자의 음성은 철저하게 재조직된 자의 음성일 것이다. 그런 면에서 박상수의 시는 첨예한 미적 구조 위의 구축된 세계이다. 박상수의 시가 앞으로 어느 세계를 만들어낼지는 알 수 없지만 그것이 치밀하게 조직된 구조물이라는 점에서 많은 기대를 갖게 한다. 다만 한 가지 바람이 있다면 첫 시집에서 보여준 수사의 매혹과 상상력의 낯선 국면을 이후의 세계에서 다시 한 번 마주하고 싶다는 점이다.

두 개의 영역을
탐문하는 자의 시선

― 최호일의 시

　시적 정서와 인식은 하나의 시적 대상에 집중하며 제시되기도 하지만 두 개의 서로 다른 세계의 충돌을 통해 우리 앞에 등장하기도 한다. 시가 시적 대상을 섬세하게 관찰하여 그것을 시적 정황으로 만든다는 점에서 하나의 시적 대상을 면밀하게 관찰하는 것은 매우 자연스러운 일이다. 하나의 시적 대상을 통해 시적 인식이 드러나고, 그러한 언어의 집합체를 통해 미적 인식이 제시된다. 그리고 하나의 시적 대상에 집중함으로써 시인이 제시하고자 하는 시의 국면은 구체적인 실체가 되어 우리 앞에 모습을 드러내기 마련이다.

　하지만 두 개의 시적 대상을 동시에 제시하는 경우 역시 시적 국면을 표현하는 데 매우 효과적이다. 그것은 서로 유사한 세계를 드러내며 제시되기도 하고 서로 다른, 대척점에 있는 두 개의 세계가 양립하여 제시되기도 한다. 두 개 이상의 세계가 하나의 작품 안에 동시에 등장하는 경우는 다수의 시적 국면 사이의 충돌을 통해 시적 의도를 보여주고자 하는 경우가 많다. 이때 서로 다른(혹은 같은) 시적 대상이 시인이 제시하고자 하는 하나의 시적 의도를 향해 구조화된다는 점은 자명하다.

시의 세계는 대립된 세계와 자아의 충돌을 통해 선보이게 되는 불화의 공간이다. 시는 끊임없이 불화의 세계를 찾아 자신의 여정을 떠나고자 한다. 그렇게 세계와 불화를 겪으며 시의 세계는 시적 자아가 몸담고 있는 세계의 진실을 파악하려고 한다. 그것은 두 개의 세계가 충돌할 때는 물론이고 하나의 시적 대상에 집중하여 작품을 전개할 때에도 마찬가지이다. 시인은 언제나 현실을 극복하려는 의지를 지니고 그것을 표현하려고 한다. 그런 점에서 시인은 현실과 시적 세계라는 두 개의 층위의 불화를 경험하는 자이다. 하나의 대상에 집중하는 경우에도 시인이 파악하여 언어화한 세계는 그가 제시하고자 하는 세계와 다른 지점에 자리하는 경우가 많다. 그런 점에서 최호일의 시는 두 개의 세계가 겪게 되는 불화가 명백하게 드러나는 장이다. 그리고 이러한 불화를 통해 그의 시는 시인의 의지를 드러내며 미적 인식으로서의 매혹적 세계를 재현해낸다.

최호일의 시는 두 개의 영역을 우리 앞에 선보이며 미적 인식을 전달한다. 시인의 상상력은 서로 다른 두 개의 세계를 동시에 응시하고 있는데, 그것들 사이에 제시되는 차이와 다름을 통해 시적 의도는 보다 명확하게 모습을 드러낸다. 그런데 최호일의 시는 두 개의 영역을 다루는 방식에 약간의 차이를 보이고 있다. 단순하게 서로 다른 정황을 배치하는 것이 아니라 현실과 환영, 일상과 비일상 등이 끊임없이 혼재되어 등장한다. 또한 이번에 선보인 시편에 드러나는 두 개의 영역은 삶의 공간과 미적 인식으로서의 공간이라는 측면과 먼 곳과 가까운 곳이라는 영역으로 나뉘기도 한다. 이중에서 삶의 공간과 미적 인식으로서의 공간 인식은 이미 시집『바나나의 웃음』에서도 제시된 바 있기도 하다.

> 숲속에서 뱀을 밟았다 뱀을 따라가니 착한 뱀과 나쁜 뱀이 있었
> 다 우산을 쓴 뱀과 아직 우산을 쓰지 않은 뱀 깊은 숲속이라서 숲속
> 의 요정 외에는 아무도 오지 않았다 검은 뱀이 복면을 쓰고 발바닥
> 을 뚫고 몸으로 들어왔다 어른들은 왜 갑자기 죽지 않는 걸까 짧은
> 여름방학이 끝나가고 있었다
>
> —「근시」부분

「근시」는 두 개의 세계가 충돌하며 재현하는 최호일의 시적 양상을 극명하게 보여주는 작품이다. 이 작품에서 시인이 보여주고자 하는 세계는 다채로운 층위에서 충돌하며 시인의 시적 의지를 명백히 한다. 뱀의 세계는 "착한 뱀"과 "나쁜 뱀"이나 "우산을 쓴 뱀"과 "아직 우산을 쓰지 않은 뱀" 등으로 나뉜다. 그러나 두 개의 세계가 충돌을 하는 경우, 이렇게 극단적으로 완전히 다른 대척점에서 대립의 양상으로 나타나기도 하지만 단순하게 다른 상황이나 지점을 제시하거나 두 세계의 차이를 드러내는 양상으로 나타나기도 한다. 아울러 이 부분에서 드러나는 숲의 감각은 신화의 감각을 떠오르게 한다. 하지만 다음의 2연에서 신화의 영역은 현실의 공간으로 바뀌게 된다. 그렇게 함으로써 두 세계는 충돌을 하게 되고, 바로 이 지점으로부터 낯선 감각은 탄생하게 된다.

> 서울로 갈까 뱀이 될까 부모님은 두 가지 다 허락해 주지 않았다
> 서울에 가서 나는 리어카를 끌고 4반의 창숙이는 리어카를 밀고 언
> 덕을 넘어가려던 꿈이 무산되었다 우리 또래 사이에는 연애편지가

유행하기 시작했는데 병현이의 또박또박 쓴 글씨를 모두 흉내 냈다
그런 날은 비가 내렸고 아무도 모르게 키가 보리처럼 자라났다 보리
는 불가능하다

―「근시」 부분

「근시」의 2연에서 시인은 "서울"과 "뱀"이라는, 어울리지 않는 세계
를 충돌시킨다. 이때 두 세계는 단순하게 결합이나 충돌을 통해 그것의
합을 보여주지 않는다. 그리고 그것은 1연의 '숲'의 세계와 충돌함으로써
현실과 신화라는 극적인 어울림을 만들어내기도 한다. 서로 어울리지 않
는 낯선 파편의 충돌은 기존의 시어가 지니고 있는 세계의 합과 불화가
아니라 전혀 다른 감각으로 소환되며 새로운 세계의 낯선 감각을 만들어
낸다. 여기에서의 "서울"과 "뱀"은 우리가 일반적으로 인식하는 시적 대
상이 아닌 새로운 감각을 제시하는데, 그럼으로써 「근시」의 시적 국면
은 낯선 세계를 현현하게 된다. 그리고 이렇게 제시된 낯선 세계는 새로
운 감각을 통해 개성적인 시적 세계를 획득하게 된다. 그런데 이와 같은
두 세계의 충돌은 단순하게 서로 다른 것들의 접점만을 의미하지 않는
다. 이 시의 제목이 드러내는 것처럼 「근시」에 나타난 두 세계의 충돌은
이편과 저편이라는, 보다 근원적이고 확대된 세계의 충돌을 의미하는 것
이다. 그리고 이러한 두 세계의 충돌은 시인이 바라보는 시야가 얼마나
넓은 지를 반증하는 것이기도 하다.

어느 땐 하늘에 뭉게구름이 떠가고 여학생들의 교복 속에 가득
들어 것이 무언지 궁금해지기 시작했다 담임 선생님은 우선 잘사는
나라를 만들자고 했다 바다는 먼 곳에 있고 배를 타고 먼바다로 가
기에는 시간이 모자랐다 대신 뱀의 도시락 뱀의 어깨 뱀의 골반....

이런 단어들이 평범한 담배 연기처럼 떠올랐다 어둠을 행주처럼 꽉
쥐어짰다

―「근시」부분

이 시의 제목이 "근시"라는 점은 두 세계의 충돌이 시 전반을 지배하
고 있다는 점에서 의미심장하다. 시인은 먼 곳을 바라보는 시선과 가까
운 곳을 바라볼 수 있는 시선을 하나의 영역 안에 배치함으로써 우리가
응시하는 세계의 지점을 파악하고자 한다. 담임 선생님이 만들자고 한
"잘 사는 나라"는 근시의 그것처럼 흐릿하게 제시되는 세계이다. 그것은
결코 쉽게 오지 않을, 신기루와 같은 세계인 것이다. 신기루인 먼 곳의
세계는 "먼바다"의 그것과 같은 것이어서 "먼바다로 가기에는 시간이 모
자"란다. 때문에 시인이 머물게 되는 것은 자연스럽고 선명하게 볼 수 있
는 근교의 세계일 수밖에 없다. 이 작품에서처럼 최호일은 이편을 통해
저편을 바라보고, 저편을 통해 이편의 세계를 바라보기를 희망한다. 그
리고 이렇게 등장하는 두 개의 세계는 서로 다른 대척점에서 충돌하며
그것이 만들어내는 고유한 시적 의미를 환기하게 된다. 그리하여 두 세
계를 배치하여 환기하게 되는 시적 정서는 꿈인 듯 현실인 듯 신기루와
도 같은 환영을 우리 앞에 펼쳐 보인다. 이와 같은 두 세계의 충돌과 합
일은 다른 작품에서도 찾아볼 수 있다.

옥수수를 따 강물에 던졌다 껍질을 벗겨 될 수 있는 대로 멀리 던
졌다 두통이 심한 여름의 오후여서 내가 나에게 해 줄 수 있는 유일
한 일이었다

(중략)

세계는 어디로 헤엄쳐 가고 있는지 강물은 어디까지 한없이 따라가
는지 알고 싶었다 무더운 여름이었지만 옥수수는 멀리 헤엄쳐 갔다

(중략)

삼백 년이 지난 후 어느 어부가 물고기를 잡았다
아빠 물고기에서 옥수수 냄새가 나요
그럴리가 있니 아기 냄새겠지
　　　　　　　　　　　　　　　—「매우 복잡하지 않은 옥수수」 부분

　시인은 "옥수수를 따서 강물에" 던진다.「매우 복잡하지 않은 옥수수」
에서 화자는 현실이라는 이편에 있는 존재이지만 그의 마음이 가닿은 곳
은 "옥수수를 따서" 던진 너머의 지점이다. 그리고 "옥수수를 따서" 던진
너머의 지점은 이편의 세계와 확연하게 구분되는 곳이며, 현재의 화자가
갈 수 없는 곳이지만 끊임없이 도달하고 싶은 곳이기도 하다. 이편의 옥
수수가 흘러간 어느 곳의 물고기에게서 옥수수 냄새가 난다는 것은 결국
이편과 저편으로 나뉘어 있는, 그래서 갈 수 없는 세계에 대한 강렬한 지
향 의지이다.

떨어진 나뭇잎과
떨어지지 않은 나뭇잎 사이에서
우리는 천천히 다른 사람이 되어갔다

(중략)

이 거리에는
신체의 다른 부위는 사라지고

붉은 입술만 걸어 다니는 사람이 생기기 시작했다
궁금한 다리가 보일 때까지

(중략)

그리고 이상한 계절이 지나가고 있었다
볼펜이 바닥에 떨어지고 나서야 열두 시가 되었다
이미 시간이 있던 곳에서

— 「볼펜이 떨어질 때」 부분

시인은 끊임없이 다름을 지향한다. 그러나 이때의 다름은 단순한 차이를 의미하는 것이 아니다. 하나의 세계와 지점에서 나타나는 다름은 단편적인 차이를 지칭하는 경우가 많다. 그러나 「볼펜이 떨어질 때」에서와 같은 다름은 이러한 단편적인 차이가 아니라 보다 근원적인 의미에서의 차이를 의미한다. 그것은 두 존재가 놓인 공간의 차이일 수도 있겠지만, 거기에서 나아가 이편의 세계와 근원적으로 다른 세계의 본질에 다다르고자 하는 시인의 의지이다. 그리하여 시인이 인식하는 이 세계는 "이상한 계절이 지나가는" 그런 곳이다. 시인이 있는 곳의 시간은 "볼펜이 바닥에 떨어지고 나서야 열두 시"라는 시간이 되는 기이한 곳이다. 하지만 "열두 시"가 된 그곳은 "이미 시간이 있던" 곳이기도 하다. 아마도 '시간이 이미 있던 곳'에 있었던 그동안의 시간은 무의미한 것이었을 것이다. 그런 시간 속에 있는 시인은 "볼펜이 바닥에 떨어지고 나서"라는 '사건' 뒤에서야 비로소 의미 있는 시간과 맞닥뜨리게 된 것이리라. 다른 세계를 지향하는 이와 같은 시인의 의지는 「해바라기」와 「아욱이 있는 곳」에 드러난 현실의 국면을 통해서도 살펴볼 수 있다.

오후 세 시에 쏟아지는 햇빛 10번 버스는 그냥 지나간다 101번
버스는 그냥 지나간다 작은 불편함과 큰 불편함 사이를
　여름과 아직 오지 않은 가을 사이를

　만일 헤어지는데 사용하는 노란 기구가 있다면
　친절하고
　둥글고 납작할 것이다
　문을 꽝 닫을 것이다
— 「해바라기」 부분

　가위가 닿지 않는 불가능한 곳에서

　러시아 여자는 허리를 굽혀 아욱을 산다

　눈은 녹색이고 고무줄로 머리를 묶었다

　러시아 여자와 아욱이 마트를 나간다

　노을이 지지않는 녹슨 못을 빠져나와

　개를 지나가는 플라스틱의 천재처럼
— 「아욱이 있는 곳」

　물론 「해바라기」와 「아욱이 있는 곳」에 나타난 세계는 다른 작품에서
처럼 명확하게 분리되어 재현되지 않는다. 하지만 이 작품에서 역시 세
계는 일상과 비일상의 국면으로 나뉘어 일상 너머의 세계를 지향한다.
그런 점에서 이들 시편 역시 두 개의 세계로 분리되어 있다고 볼 수 있다.
그리고 이 경우 역시 일상 너머의 세계에 이르고자 한다는 점에서 다른 작
품이 추구하는 지향성과 동일한 맥락이라고도 할 수 있다. 「해바라기」에

나타난, 버스가 지나가는 일상의 모습은 지극히 평범한 정황으로부터 출발한 것이지만 그것은 이내 버스와 무관한 시적 언술로 전이되며 비일상의 감각을 극대화하게 된다. 최호일이 「해바라기」에서 드러내는 두 개의 세계는 이처럼 일상의 순간을 비일상화함으로써 우리 앞에 모습을 드러낸다. 이러한 양상은 「아욱이 있는 곳」 역시 마찬가지이다. 아욱이 있는 마트의 풍경은 언뜻 낯익은 공간으로 다가오지만 시 전반을 지배하고 있는 분위기는 일상과 괴리된 감각과 양상이다. 그리고 그것은 마치 이물감이 느껴지는 세계처럼 낯선 감각을 동반하며 우리 앞에 모습을 드러낸다.

최호일의 시는 자신의 세계와 전혀 다른 세계를 응시하고자 함으로써 시적 의지를 추동하고자 한다. 그리고 이편의 세계를 끊임없이 극복하려는 자세를 통해 자신이 도달하고자 하는 지향성을 획득하고자 한다. 그러한 지향성은 우리의 삶과 세계에 대한 시인의 끊임없는 반성으로부터 비롯된 것이며, 그런 점에서 긍정적인 것이다. 아울러 최호일의 이번 시편에서 나타난 다른 세계로의 지향성이 시인이 가닿고자 하는 본질로서의 세계라는 시적 의지를 명확하게 했다는 점에서도 긍정적인 면모를 보여준다. 최호일의 이번 시편들은 지상에 있는 육체로부터 발화하는 환영의 언어와도 같은 감각으로 다가온다. 시인의 몸과, 그 몸을 따라가는 우리들의 시선과 감각은 분명 지상에 놓여 있지만, 그 길을 따라가다 보면 어느새 우리는 지상으로부터 멀리 떨어져 있는 낯선 신비를 경험하게 된다. 그런 점에서 최호일이 만들어놓은 신비와 환영은 우리의 감각을 사로잡고 놓아주지 않는 특별한 매혹이다.

교차하며 어긋나며
맞물리며 충돌하며

— 안은숙의 시

  안은숙의 작품은 두 개의 세계를 교차하며 하나의 장면을 완성한다. 두 개의 세계는 서로 어울리지 않는 듯 보이지만 끊임없이 맞물리며 하나의 지점을 향한다. 그런데 두 세계의 맞물림은 어우러지며 결합하는 방식이 아니라 서른 다른 층위의 감각과 언어가 충돌한다는 점에서 특별하다. 그리고 이러한 충돌은 단순한 대조나 대비의 구조로 이루어진 것 역시 아니다. 안은숙의 시는 하나의 세계로부터 낯선 지점으로 나아가며 두 세계를 연결시킨다는 점에서 한층 세련된 감각을 선보인다.

  시의 언어가 끊임없는 충돌을 통해 시적 세계를 만들어낸다는 점은 명백하다. 원관념과 보조관념의 거리가 그러하고 현대시의 중요한 창작 원리인 반어와 역설이 그리하다. 원관념을 위배하려는 보조관념의 언어가 바로 시이다. 또한 현대시에서 중요성이 더욱 강조되는 반어와 역설은 시적 의미의 이편과 저편을 넘나들며 서로 다른 지점을 교차시킨다. 그런 점에서 시의 언어는 어긋남과 충돌의 방식으로 작동하는 발화이다.

안은숙의 작품은 이러한 시적 언술의 방식을 더욱 첨예하게 구조화한다. 단순히 서로 다른 세계와 언어를 대립시키는 방식을 취하지 않는다. 시 전반의 구조와 미적 체계를 충돌시키는 안은숙의 창작 방법론은 거시적 관점을 통해 작품 전체를 조망하고자 하는 시인의 시적 의지이다. 이번에 발표한 다섯 편의 작품은 「부흥하는 회전문」, 「꽃샘추위 목도리」, 「물의 식자공」, 「과꽃 등기소」, 「가장 좁은 장례」이다. 제목에서도 느껴지는 것처럼 시의 소재는 우리 주변에서 흔하게 찾을 수 있는 사물이나 사건이다. 어떤 면에서는 익숙함이 느껴지기도 한다. 그러나 이러한 일상적 소재는 우리의 예측을 배반하며 다른 세계로 나아가고자 한다. 안은숙의 시는 예측 가능한 곳으로부터 시작하지만 그것을 극복하고자 하는 의지를 표명하며 완성된다.

> 분쇄기가 돌아가듯
> 돌고 있는 회전문 속으로
> 빨려 들어갔다 튕기듯 돌아 나오는 사람들
> —「부흥하는 회전문」 부분

「부흥하는 회전문」의 시작은 회전문을 관찰하고 있는 시인의 시선으로부터 시작된다. 이때 시인은 회전문을 "분쇄기"로 인식하며 우리 삶의 모습을 응시하고자 한다. 이러한 시선은 회전문을 통해 제시할 수 있는 적확한 삶의 양상이자 비유이다. 그러나 회전문을 응시하고 있는 시인의 시선은 "회전문"에 머물지 않고 지속적으로 다른 지점을 향해 나아가고자 한다. 만약 이 작품이 회전문이라는 사물에만 집중했다면 더 확장된 지점으로 나아가지 못했을지도 모른다. 그러나 시인은 회전문 너머의 지점을 포착하고 드러냄으로써 회전문의 상징과 사유의 영역을 넓힌다.

> 찬양과 반복되는 복음 말씀의 의자들
> 부흥을 갈망하고 있어요
> 오늘도 허탕인가요
> 힘없는 회전을 기다리는 저녁
> 하루라도 회전하는 입으로 폭식하지 않으면
> 못 견디는 회전문이 있죠
>
> 한 권으로 묶인 유구한 종속
> 별과 폭음의 구약 속으로
> 저녁의 자유 속으로 줄줄이 퇴근하는 행렬
> 신성한 휴식으로 잠기는 부흥하는 회전문.
>
> ─「부흥하는 회전문」 부분

앞에서도 언급한 것처럼 안은숙의 언어는 교차하며 엇갈리는 방식으로 시적 지평을 넓힌다. 회전문은 "찬양과 반복되는 복음 말씀의 의자들"로, "별과 폭음의 구약"으로, "신성한 휴식으로" 확대되며 다른 영역을 끌어들인다. 회전문의 세계에 안주하지 않으려는 시인은 끊임없이 어긋나고 충돌하고 싶은 의지를 통해 그것을 만들어 보인다. 이와 같은 어긋남과 충돌은 동의할 수 있는 영역 안에서 낯설지만 깊은 사유로 확대되기에 이른다. 동의할 수 있는 영역 안에서 이루어지는 어긋남이기에 안은숙의 시는 순행적 체계를 구축한다. 이러한 순행적 체계는 일견 시를 자연스럽게 만든다. 하지만 그 안에 미묘하게 어긋나는 구조를 장치함으로써 그것이 익숙함만으로 보이지 않게 한다. 그럼으로써 이러한 어굿남과 충돌은 새로운 시적 지평을 견인하며 시인의 개성을 구축한다.

> 중앙공원에 펼쳐져 있는
> 파문이 정렬되는 한 권의 물 가득한 책
> 공원 인부들이 탁한 책의 내용을 갈고 있다
>
> 물때처럼 일어나는 누런 낱장들
> 던져진 조약돌 하나가 글자로 식자되고 있다
>
> 딱 중간쯤으로 펼쳐진 페이지에는
> 구름이 접혔다 흘러간다
> 제목으로는 노간주나무 하나 세워두고
> 책의 내용들이 주름으로 휙휙 넘어간다
> 내용 사이로 가끔 비행기가 지나갔고
> 그럴 때면 밑줄을 긋거나
> 문장의 여백에 투명을 접어놓는다
> 행간에 몇 마리의 새는 보이지 않는다
>
> ―「물의 식자공」 부분

안은숙의 시는 언뜻 흔하게 볼 수 있는 주변의 사물과 사건을 시의 영역으로 수용한다.「물의 식자공」역시 공원과 책이라는 일상적 세계를 통해 시의 세계를 구축한다. 그러나 흔한 사물들은 확장된 세계를 구축하며 낯선 영역으로 잠입하기 시작한다. 이처럼 안은숙은 평이한 세계와 그 너머의 세계를 하나의 공간에 배치하는데, 이러한 충돌은 그러나 생경하고 어색한 지점으로 튀어 오르기보다 확장된 세계관이라는 깊이로 나아간다.

정확한 등기 날짜도 모른 채 살아가는 날들,
공증인이 없는 저 하늘도
구름접수장만 여럿 비치해 놓고 갔다
아무 날짜에 가도 다 받아주는 죽음이 있다고
전도(前導)의 말들마다 어깨띠가 둘러져 있다.
　　　　　　　　　　　　　　　─「과꽃 등기소」 부분

「과꽃 등기소」는 언뜻 낯익은 감수성을 앞세우며 다가오는 것처럼 보인다. "과꽃"과 "등기소"가 결합하며 만들어내는 감각은 새로움보다 익숙함에 가까운 것이다. 등기되거나 말소되거나 정정되는 것을 삶의 한 부분으로 인식하고 드러낸 시적 발상 역시 낯익음을 내세우며 전개된다. 그러나 이러한 익숙함의 끝에 죽음을 배치함으로써 익숙함은 오히려 낯선 감각으로 전이되기에 이른다. 시인은 익숙함 속에 무방비 상태로 놓인 독자들 앞에 갑자기 "죽음"을 펼쳐보이는데, 이점이 오히려 낯선 효과를 극대화하는 장치로 작동하게 된다. 이러한 효과는 「가장 좁은 장례」에서도 유사한 듯 다르게 나타난다.

　　며칠 동안 채널은 돌아가지 않았다 몇 번의 화면조정시간이 있었지만 사경은 끝내 조정되지 않았다 편성표 어디에도 끼워져 있지 않은 독거, 삼십 촉 조등은 계속 켜져 있고 창문 밝기의 차양이 달려 있었다

　　(중략)

　　가장 좁은 장례 아무도 발자국을 남기지 않았다 가장 가깝다는 건 같은 채널을 공유했다는 것, 작고 허름한 문의 바깥보다 문의 안쪽 화면이 더 가까웠다 남루한 관계보다 쉽게 켜고 끌 수 있는 관객

이 더 좋았다

저 좁은 방에 어쩜 저렇게 많은 사람들이 북적거릴까 노상의 쓰
디쓴 술 한 잔도 없이 조문하는 목소리들, 꼭 한 사람의 목소리가 빠
진 와자함엔 알아듣기 힘든 말들이 있다

　　　　　　　　　　　　　　　　　　　　—「가장 좁은 장례」 부분

「가장 좁은 장례」는 앞서의 작품과는 다르게 강렬한 시적 정황을 전
면에 배치하고 일상의 사소함을 그 아래 놓는다. 죽음의 풍경에서 쉽게
떠올릴 수 있는 것은 죽음을 둘러싼 커다란 비극과 정서이다. 이때 시인
의 음성은 자칫 강렬한 국면으로 치우칠 여지가 있다. 물론 죽음을 중심으
로 전개되는, 비애를 주조로 한 시적 전개 방식은 나름의 효과를 지닌다.
하지만 죽음과 같은 비극을 사소한 시적 정황과 연결 짓게 되면 시적 정황
과 언어의 낯선 국면은 더욱 강렬한 미적 효과를 구축할 수 있게 된다.

시인은 고독사의 모습을 장례로 바꾸어 호명함으로써 죽음의 비애를
극대화한다. 그러나 이 시에서 죽음의 비애는 격정적인 슬픔에 사로잡히
는 법 없이 담담하게 전개된다. 시인은 죽음이라는 비애를 사소함과 연
결하여 슬픔의 강도를 더욱 강렬하게 만든다. 시의 첫 부분은 채널이 돌
아가지 않는, 죽음에 이른 독거의 풍경으로 시작한다. 시인의 감정은 극
도로 절제되어 있으며 절제된 감정은 죽음과 대비되며 비극적 정서를 강
화한다.

죽음은 일상의 풍경 속에 아무렇게나 담겨 있다. 그리고 죽음을 둘러
싸고 죽음 외부의 삶은 아무 일도 없다는 듯 펼쳐진다. 죽음을 앞에 두고
"탁발"과 "축제행렬"이 지나가고 "두부 실은 트럭 행상이" 아무렇지도
않게 근처를 지나간다. 어느 누구도 방 안의 죽음을 눈치 채지 못한 채

고독사한 자의 시신은 방치된다. 시인은 죽음 이편과 저편을 분리하고 서로 다른 두 지점으로부터 생성되는 어긋남을 통해 비애와 비극을 극대화하고자 한다.

시인은 끊임없이 새로운 지점을 탐문하기 위해 주변을 해찰한다. 그것은 낯익은 일상이며 아무 것도 아닌 것들의 쓸모없음이다. 이렇듯 소박하게 건져 올린 시적 일상은 언뜻 담담하고 평범한 양상으로 전개된다. 하지만 시인의 시선은 그 가운데 언제나 우리의 사유가 가닿는 삶의 근원과 뿌리를 바라보고자 한다. 시인은 두 개의 시선과 사유를 씨실과 날실처럼 직조하여 하나의 장면을 만들어낸다. 교차하며 어긋나고, 맞물리며 충돌하는 언어. 안은숙의 언어는 이처럼 시적 국면의 이곳저곳을 종횡무진 가로지르며 쓸쓸한 삶의 국면을 섬세하게 응시하려고 한다.

그 어떤 원형에 대한 회고

— 김옥성의 시

김옥성의 시는 원형적 세계에 대한 탐구를 통해 삶의 본질을 보여주고자 노력한다. 그에게 삶이란 현실의 영역에 있는 것이면서 동시에 현실 너머에 존재하는 것이기도 하다. 이때 현실 너머의 영역은 현실을 부정하는 것을 의미하지 않는다. 몸은 이곳에 있지만 시인의 영혼은 그 어떤 삶의 원형을 떠올릴 수 있는 지점에 도달해 있다. 시인은 "그가 속세에서 본 것들은 대개 환각이거나/착시였다"(「사라센의 사랑」)며 속세를 원형성의 세계로부터 분리해낸다. 그럼으로써 그의 시는 보다 확대된 외연을 확보하게 된다.

> 피처럼 노을이 퍼진다 골목마다 집집마다
> 쌀 씻는 소리
> 밥 짓는 향기
> 화인(火印)처럼 이마가 불탄다
> 누군가의 육체로 연명하는

이 도시는 절대로 유령들에게 점령당하지 않는다

방금 전생에서 돌아온 사람처럼 창백한 얼굴들이 스쳐 지나간다
피 묻은 육체가
악몽이 열리는 나무처럼 펼쳐져 있다
저 죽은 육체는 왜
이승에 정박한 닻처럼 무거운 것일까
　　　　　　　　　　　　　　　　　　　—「도살된 황소를 위한 시간」 부분

　언뜻 보기에는 이 작품이 지니고 있는 시적 공간은 '노을이 퍼지는 골목'이라는, 현실의 영역인 것처럼 보인다. 그러나 시인이 드러내고자 하는 공간은 현실적 영역이 전달하는, 사실로서의 지점이 아니다. 그곳에 "쌀 씻는 소리"와 "밥 짓는 향기"가 있지만, 그러한 것들은 현실적 삶의 국면을 전달하기 위해 시 속에 장치된 정황이 아니다. 여기에서 우리가 주목해야 하는 것은 쌀을 씻고 밥을 짓는 행위가 아니라 "소리"와 "향기"이다. 김옥성의 시가 도달하고자 하는 것은 바로 이처럼 모든 대상과 행위의 본질이라고 할 수 있는 지점을 향하고 있는 것이다. 그렇기 때문에 우리의 이마는 "화인(火印)처럼" 불타며 삶이라는 본질을 호명하게 된다. 그리하여 우리의 몸은 원형성을 띠게 되는 "육체"로 환원되며, 우리의 현실적 삶의 영역 역시 원형적 의미를 내포한, "유령들에게 점령당하지 않는" 도시로 재탄생하게 된다.

　이와 같은 특성은 '전생, 이승, 죽은 육체' 등을 통해 분명해진다. 우리 삶의 "창백한 얼굴들"은 "전생에서 돌아온 사람처럼" 스쳐 지나가고, 우리의 육체는 "악몽이 열리는 나무"나 "이승에 정박한 닻"과 연결된다. 이처럼 김옥성이 호명하고자 하는 세계는 사적 영역이 아닌, 보다 확대된

세계인 것이다. 그럼으로써 그의 시가 전달하는 스케일은 무한히 확대되게 된다. 그런데 김옥성의 시가 드러내고자 하는 원형성은 앞에서도 언급한 바와 같이 현실의 삶을 폐기하거나 유기하지 않는다. 그의 시는 현실의 삶을 기점으로 하여 그것을 시적 원형성으로 환원하고 구축함으로써 특별한 분위기와 감각을 전달한다. 물론 이때의 현실은 구체적이고 사실적인, 리얼리티로서의 시적 정황을 의미하는 것은 아니다.

가장 깊은 바닥에 닿아본 적이 있는가
물에 파묻힌 바닥
거기에는 잠을 자본 자들만이 어족의 자격을 얻는다
어둠 속에서 물관을 더듬는 족속들
바닥. 흙. 자갈. 모래.
바닥이 두려운가

—「어족들」 부분

모래와 모래,
모래 사이에는 사랑이 없다
조각난 자에게
공허로 가는 길은 더 멀다
사람의 뼈무덤 같은 흰 사구를
넘어서자
나쁜 피처럼 붉은 모래 벌판이었다
당신도 모래 알갱이가 눈알을 후벼 파는
거기 서있었다
입안에서 자꾸 결별의 언어가
서걱거렸다
종루에 올라 하루 종일
죽은 사람들의 목소리로 외치고 싶었다

룹알할리 혹은 '공허의 1/4'을 향해,

—「사라센의 사랑」 부분

김옥성의 시는 확대된 외연을 지향하고 있으면서도 그 속에서 현실의 삶이 폐기되지 않는다. 그것은 그의 시가 말하고자 하는 것들이 삶의 본질에 대해 강한 애착을 보이고 있기 때문이다. 그것은 '바닥'에 이른 삶이거나, 모래로 표상될 수 있는 무기물과 같은 삶이다. 김옥성의 언어는 끊임없이 삶의 원형을 향해 거슬러 올라가고자 하지만 그것의 본질에 우리의 삶이 존재한다는 사실은 언제나 변함없다.

「어족들」은 바닥의 이야기로 시작한다. 그리고 이 시는 수없이 많은 최후에 관해 언급하면서 마지막에 "어족(語族)"으로 전이된다. 시인은 "어족(魚族)"이라는 하나의 시적 사물을 "어족(語族)"이라는 본질로 확대함으로써 보다 넓은 시적 세계로 나아가고자 하는 의지를 표명한다. 그것은 제한적 유형의 대상을 통해 무제한대의 세계로 확장해나가게 되는 무형의 정서이자 정신의 단면이다.

「사라센의 사랑」에서 시인은 치밀하게 구조화된 시적 세계를 선보인다. "모래"로 시작하는 「사라센의 사랑」은 모래의 원형성을 통해 삶의 본질을 전제한다. 김옥성 시인의 최근작에 빈번하게 등장하는 것은 다름아닌 '모래'인데, 그는 모래를 매개로 하여 세계의 시작과 마지막을 바라보고 싶어하는 것처럼 느껴진다. 그리하여 그의 시어는 삶의 깊은 폐부를 흔들며 우리 삶의 본질을 관통한다. 모래는 최초의 세계부터 존재해왔던 것이며, 그것으로부터 인류의 기원을 언급하는 경우도 있다. 그만큼 모래는 인류 이전의 순간부터 존재해 온, 삶의 그 어떤 최초의 지위를 부여받는 대상이다. 그러나 모래는 동시에 우리 삶의 최후를 상징하는 대상이기도 하다. 김옥성의 시 역시 모래의 이와 같은 의미를 충분히 수용하고 있다.

「사라센의 사랑」에서처럼 모래는 황폐한 우리의 삶을 보여주기도 한다. "모래 사이에는 사랑이 없다"는 구절의 "사이"는 모래의 관계에 주목한 시어이다. 결국 모래의 관계는 우리 삶의 관계이며, 모래는 우리 자신의 삶 그 자체가 된다. 그러나 보편적으로 무기물인 모래가 건조하고 황폐한 삶을 상징하는 것처럼, 모래 자체인 우리의 삶은 "조각난 자"로서의 삶이며, 그 삶은 다름 아닌 "공허로 가는 길"이 된다. 모래에 대한 이미지는 다음의 시에도 나타난다.

> 가벼운 사람일지라도
> 무거운 사람일지라도
> 사람의 사막에서
> 최후에는 모래 알갱이가 되거나
> 바위가 된다
> 그래서
> 바위의 심장에는 사막이 자란다
> 인간의 사막에는 바위는
> 탄생한다
> 깨부서져서 모래 알갱이가 될지라도
> ─「바위 인간에 대하여」 부분

우리 삶은 "모래 알갱이"나 "바위"로 환원된다고 시인은 말한다. 주지하듯 모래와 바위는 가열해도 타거나 변화가 없는 무기물이다. 그것은 외적 형태는 바뀔지라도 본질은 결코 변할 수 없다. 또한 모래와 바위는 인류 이전의 태초에 이미 존재하던 것들이기도 하다. 거기에 더해 그것은 인류의 기원과 연관되어 이해되는 것들이기도 하다. 특정 종교의 창조론이 아니더라도 모래와 바위라는 황폐함으로부터 생명의 단초를 찾는 경우는 이미 새로운 것이 아니기도 하다.

결국 김옥성이 모래를 통해 드러내고자 하는 것 역시 생명의 출발과 소멸에 이르는 우리 삶의 모든 것이라고 할 수 있다. 그런 점에서 모래와 바위의 이야기를 "인간"의 그것으로 곧바로 전이시키는 것은 자연스럽게 느껴진다. 모래와 바위는 인류 이전의 세계로부터 존재해 왔던 것이고, 인류의 시작과 끝을 표상하기 때문에 시적 원형과 깊은 관계를 맺는다. 김옥성의 시 역시 "인간의 사막"에서 탄생하는 바위를 언급하기도 하고, 최후의 순간이 "모래 알갱이"나 "바위"로 환원되는 삶의 세계를 드러내기도 한다. 그리고 이러한 세계는 보다 본질적인 시적 원형성을 확보하게 됨으로써, 김옥성 시의 외연과 지평을 확장하고 깊이를 확보하게 만드는 요인으로 작용하게 된다.

> 소금 모래, 사막 같은 사람,
> 내가 나를 찢는다, 방황하는 한
> 그는 모래 인간이다
> 그래서 나는 공허를 사랑한다
> 당신도 흩어진 세계 속에 유실될 것이다
>
> ─「사라센의 사랑」 부분

그가 모래의 세계에 천착하는 것도 바로 이와 같은 원형성과 연관을 맺는다. 최승호 시인의 시집 『모래인간』에는 '모래로 만들어진 인간'과 '모래가 된 인간'의 이야기가 나온다. 그리고 인류 이전의 오래된 '모래'가 등장하기도 한다. 이처럼 모래는 모든 것들의 '애초'이자 '최후'이다.

김옥성이 모래에 주목한 것도 이러한 의미와 무관하지만은 않다. 어쩌면 김옥성이 가닿고자 하는 것은 이러한 모래 이후의 세계가 아닐까 싶기도 하다. "그를 다시 만날 수 있을까"로 시작하는 「굴뚝새」는 바로 이와 같은 시인의 소망을 직접적으로 보여주는 지점이다. 시인은 원형적 세계의 진지한 고민을 통해 비극적 세계를 보여주고 있지만 결코 그곳에 머물고자 하지는 않는다.

> 뒤안에서 웅크린 아이를 찾아온 새
> 깨진 굴뚝의 내면으로 날아들어 파닥파닥
> 날개짓하던 그 새
>
> 간이역에서 만난 새까만 꼬마,
> 그 아이가 어른이 되었을까
>
> 왜 어둠을 찾아 떠돌았느냐고
> 물었을 때
> 무어라 대답할 수 있을까
>
> —「굴뚝새」 부분

「굴뚝새」는 지금까지 언급한 작품과는 그 어조나 세계관이 사뭇 다르다. 남성적 음성이 주조를 이루던 다른 작품과는 다르게 정적인 분위기를 자아낸다. 그리고 그것의 세계는 소박한 현실의 한 순간을 포착하고 있을 따름이다. 그러나 이것은 삶의 본질적 세계와 원형성을 탐구하는 시인의 의지가 어느 곳을 지향하고 소망하고 있는 지를 보여주는 것이라고 볼 수 있다. 김옥성이 원형적 세계를 통해 도달하고자 하는 것은 소박하지만 안온한, 삶의 본질인 것이다. 시인은 이미 삶이란 그 무엇도 아닌,

그저 스쳐지나가는 한순간의 회한에 불과하다는 것을 알고 있는지도 모른다. 그리하여 시인은 "왜 어둠을 찾아 떠돌았느냐"는 무심한, 그러나 의미 있는 질문을 던지는지도 모른다. 시인은 그러한 질문에 아무런 대답도 할 수 없음을 이미 알고 있다. 그리하여 "무어라 대답할 수" 없는 것. 그것이 바로 우리 삶의 원형임을 나지막하게 읊조리고 있는 것이다.

근대성의
언어와 자연

―오규원의 시

삶과 시

오규원의 시에 시인 자신의 사적인 삶에 대한 기록이 나타나는 경우는 많지 않다. 특히 많은 시인들이 첫 시집에 주로 드러내곤 하는 성장기 등에 대한 사연은 더욱 찾아보기 힘들다. 물론 시인의 삶이 작품 도처에 출몰하기는 하지만 그것은 현대성이나 자연 속에 자리한 성인 이후의 시인의 삶과 관련된 것이다. 그 이유는 작품을 치밀하게 구축된 구조물로 파악하는 그의 시적 경향과 관련이 있어 보이지만 개인적인 삶의 상처와 불우함도 영향을 미친 것으로 보인다. 어린 시절의 오규원은 어머니가 죽어가는 모습을 지켜보아야 했고, 중학 시절에는 학비를 내지 못해 정학을 당한 일까지 있었다. 그는 "자식을 바닥에 내려놓은 아버지를 좋아할 수 없었"(이광호, 「언어 탐구의 궤적」, 『오규원 깊이 읽기』, 문학과지성사, 2002.)다고 회고한다. 그는 고향을 떠난 이래 고향을 거의 찾아가지 않았을 정도로 성장기의 기억이 아픔 그 자체였다고 말한다. 그가 성인이 된 이후 고향을 찾은 것은 아버지의 장례식과 묘소 참배를 위해 한번 간 것이 전부였다. 그럴 정도로 그에게 아버지와 고향은 상처의 기억 그 자체였다. 그런 만큼 고향에 대한 기억은 잊고 싶은 것이었고, 작품 속에 드러내고 싶지 않은 고통이었다.

성장기의 고통을 표현하는 시인들은 무수히 많다. 그러나 오규원은 다른 시인들과는 달리 자신의 고통을 작품 속에서 지워버리고자 했다. 그것은 개인적인 체험도 하나의 이유가 되겠지만 작품을 창작하는 관점의 차이도 작용한 결과일 것이다. 사적인 삶의 기록이 배제된 오규원의 시는 철저하게 미적 갱신의 차원으로 전개되었다. 그에게 성장기의 삶은 "'내 집'이 아닌 '누나 집' '형 집' '숙부 집'과 같은 '남의 집'"에서의 기숙과 기식의 기억으로 점철된 것이었다. 그는 이와 같이 상처로 가득한 자신의 삶을 제거한 자리에 언어라는 세계를 구축하고 지적인 자세로 작품의 미적 세계를 탐구하고자 했다. 앞에서 언급한 것처럼 많은 경우 시인들은 자신의 삶의 상처와 아픔을 드러내는 경우가 많다. 시인들은 그러한 상처와 아픔을 통해 일반 대중들의 정서 속으로 침잠함으로써 우리 삶과 세계의 고통과 아픔을 재현하고자 한다. 그러나 오규원은 철저하게 사적인 삶을 지워버림으로써 지적 사유와 미학적 결과물로서의 미적 구조물을 우리 앞에 풀어놓는다.

그의 시가 이성적 태도와 지적인 사유의 결과물로 나타난 것은 시인을 둘러싼 여러 정황으로 미루어 지극히 자연스러운 것이라고 볼 수 있다. 물론 성장기 등의 개인적 삶의 국면이 나타나지 않은 것은 의식적일 수도 있고 무의식적일 수도 있다. 하지만 분명한 것은 오규원의 시에서 배제된 사적인 삶의 국면의 자리에 치밀한 언어 감각과 시적 자의식이 들어섰다는 점이다. 오규원은 철저하게 자신의 삶을 버림으로써 시 속에 미학적 구조와 사유의 세계를 더욱 강하게 부여할 수 있었다.

또한 널리 알려진 것처럼 오규원은 서울예술대학교 문예창작과 교수로 근무하며 시창작 교수로서도 탁월한 성과를 이루기도 했다. 당시 서울예술대학교는 명동 인근에 캠퍼스가 있었는데 오규원의 중기시에 나타난 현대성의 양상은 명동에서의 직장 생활이 적지 않은 영향을 미쳤으리라 짐작할 수 있다. 실제로 오규원의 중기시에는 명동을 비롯하여 충무로, 남대문시장, 남산 등 서울의 번화한 거리 풍경이 등장하는 경우가 많다. 이 시기 오규원의 시는 관념과 자연에 대한 관심으로부터 현대성의 언어에 대한 관심으로 급격한 변화를 맞게 된다. 또한 오규원은 후기시에서 응축된 언어인 '날이미지시'를 구현하는 데 집중한다. 이때 그가 관심을 기울인 것은 대상의 본질을 파악하고자 하는 '날이미지'이기도 했지만, 그것을 둘러싸고 있던 시적 배경은 자연이었다. 오규원은 중기시의 현대적 공간에서 장소를 이동하여 다시 자연의 공간을 호명한다. 그리고 이 시기는 그가 폐기종으로 무릉 등지에서 요양하던 시기와 겹친다.

자연

오규원 시인의 삶을 생각한다. 폐기종으로 무릉이라는 자연 속에 머물며 지냈던 세월의 고요함에 대해 생각한다. 오규원은 폐기종으로 대학에서 퇴직한 이후 시골에서 요양을 하며 삶의 후반부를 보냈다. 무릉 혹은 자연과 오규원이라는 조합이 조금은 낯선 느낌을 주기도 하지만 무릉과 자연은 오규원의 후기시를 관통하는 주요한 소재이자 배경이다. 하지만 그동안 오규원의 후기시는 '날이미지'를 중심으로 분석되었다. 오규원의 시에서 중요하게 차지하고 있는 자연에 대한 연구는 미비한 실정이다. 하지만 '날이미지'가 대상의 본질에 다가가기 위한 노력이라는 점을 생각한다면 오규원의 시를 둘러싸고 있는 자연 자체에 대한 연구는 매우 중요하다. '날이미지'는 오규원이 가닿고자 한 지점의 끝에 자연이라는 본질적 세계가 있기 때문이다.

흔히 오규원을 현대성과 도시적 감수성의 시인이라고 생각하지만 오규원 시의 근간은 자연에 있다. 오규원은 '자연'의 정서를 알고 시를 쓰는 것의 중요함에 대해 이야기한 바 있기도 하다. 이점과 관련하여 오규원은 이광호와의 대담에서 '자연'의 중요함을 강조하기도 했다. 이광호는 오규원에게 "'자연'의 문제에 대해 치열하게 사유한 시인으로 평가될 수 있다는 생각"이 든다는 질문을 던지는데, 이에 대해 오규원은 "'자연'은 고향과 유사한 존재"라고 밝히며, "자연의 언어와 인간의 언어 그 경계"(이광호, 「언어 탐구의 궤적」, 『오규원 깊이 읽기』, 문학과지성사, 2002.)에 자신이 서 있다고 말한다. 결국 오규원 시 언어의 본질은 자연과 인간의 삶 한가운데에서 발현된 것이다. 어쩌면 현대성에 대한 관심 역시 자연과 인간이라는 본질적 세계로 진입하고자 하는 시인의 의지인지도 모른다.

그러나 자연에 대한 오규원의 관심은 그동안 평자들의 관심 밖의 것이었다. 오규원의 시는 대부분 자연과 대척점에 있는 현대성의 문제로 파악되었다. 초기시와 후기시에 자연이 주요한 소재로 다루어졌음에도 불구하고 자연은 그의 시 변방에 있는 것으로 치부되었다. 하지만 오규원은 누구보다 자연에 천착한 시인이다. 후기시에서 뿐만 아니라 초기시에서도 자연에 대한 관심은 지대하다. 오규원이 초기시에서 관심을 기울인 자연은 동물이 아닌 식물성의 세계이다. 특히 뜰과 나무를 통해 자연 인식을 드러내는데, 이와 같은 자연 인식은 길과 들이라는 공간을 통해 외부로 확장되기에 이른다. 오규원의 초기시에도 시적 언술이라는 측면에서 현대성이 드러난다. 하지만 이것은 언어를 대하는 시인의 태도로부터 기인한 것이다. 이때의 현대성은 현대 세계의 사물과 공간을 기반으로 하지 않는다. 초기시의 현대적 언어 감각과 사유 체계를 통화 발화된 대상은 자연이다.

이후에 오규원은 중기시에 이르러 자연의 세계를 벗어난 듯 보인다. 실제로 이때의 시적 경향은 초기시의 그것과 완전히 다르다. 오규원의 중기시는 현대문명사회를 전면에 내세운다. 일반적으로 현대성은 부정의 대상이 되어온 개념이다. 그리고 현대문명사회 역시 부정적 인식을 내재한 것이다. 그렇다면 이러한 부정적 인식을 통해 시인들은 어느 곳에 도달하려고 하는가? 시인들이 부정의 상상력을 통해 도달하고자 하는 곳은 우리의 삶과 세계가 잃어버린, 그리하여 가닿고자 하는 본질적 세계이다. 자연은 현대사회가 잃어버린 본질적인 영역이다. 물론 인간이 자연을 버림으로써 자연은 신성을 잃어버리고 우리의 곁을 떠났지만, 자연이 우리가 가닿아야 하는 본질적 세계임은 변하지 않는다. 현대성을 통해 드러나는 부정적 세계관은 결국 본질적 세계로서의 자연에 대한 갈망이다. 하지만 본질적 세계로서의 자연은 자취를 감추어버렸다. 결국 자연에 가닿을 수 없는 세계 속에서 우리가 자연을 추구하는 방법은 현대성을 부정하는 것뿐이다. 그런 점에서 오규원의 중기시에 나타난 현대성에 대한 부정 정신 역시 자연이라는 본질적 세계에 가닿고자 하는 시인의 의지가 반영된 것이다.

언어

오규원 시인을 떠올린다. 아니 오규원이라는 언어를, 언어가 만들어내는 하나의 세계를 떠올린다. 오규원은 시의 언어와 구조 그리고 그것이 만들어내는 시적 세계에 대해 특별한 관심을 기울인 시인이다. 그의 시는 초기시부터 중기시 그리고 후기시에 이르기까지 일관된 시적 경향과 언어를 통해 개성적인 세계를 구축했다. 오규원에게 언어는 시라는 건축물을 만들기 위한 중요한 재료였다. 그러나 그에게 언어는 단순한 재료의 지위에 머무는 대상이 아니었다. 그에게 언어는 시적 세계 그 자체였다고 해도 과언이 아니다.

시인의 사유와 감각은 언어라는 기표를 통해 시인 안에 내장된 의식의 세계를 구축한다. 그런 점에서 기표인 언어는 곧 기의 그 자체이기도 하다. 따라서 시의 외장을 이루는 언어에 대한 고민은 매우 중요하다. 하지만 언어를 수사적 측면으로만 파악하여 폄하하는 경우가 적지 않다. 시의 본질을 의미와 사유를 중심으로 파악하며 언어를 부차적인 것으로 여기기도 한다. 그러나 결국 시인의 내면을 외부로 발현할 수 있게 하는 것은 언어이다. 따라서 언어에 대한 섬세한 조탁이나 테크닉이 없이는 시적 사유와 세계는 제시될 수 없다. 또한 시의 언어는 우리가 흔히 생각하는 수사적 측면에서의 아름다움 이외에도 다양한 접근 방식이 가능하다. 그것은 때로 이성적 감각을 앞세우기도 하고 언어를 파괴하거나 언어의 외부를 지향하기도 한다. 따라서 시인이 언어에 대한 공력을 기울인다는 것과 언어의 수사적 아름다움은 동의어가 될 수 없다.

오규원의 시는 수사적 아름다움으로 충만한 언어가 아니다. 오히려 그의 시는 건조하며 일반적인 아름다움으로서의 언어적 감수성을 벗어나 있다. 오규원의 시는 수사적 아름다움보다는 발상의 새로움을 드러내는 데 초점이 맞춰져 있는 경우가 많다. 그렇기 때문에 그의 시는 아름답다기보다 건조한 감각을 전달하는 경우가 많으며, 감동이 아닌 이성적 사유를 드러내기도 한다. 따라서 오규원의 언어는 아름다움에 대한 추구라기보다는 시인의 시적 의지를 향해 나아가는 이성적 성향을 강하게 띤다.

오규원은 초기시에서 '관념의 대상화'를 통해 관념적 언어가 지니고 있는 한계를 극복하고자 했다. 많은 이들이 저지르는 관념적 오류의 언어를 새롭게 해석했다. 그런데 이때 우리가 간과하는 오규원 시의 일면이 있는데, 그것은 앞에서도 언급한, 자연에 천착한 오규원의 모습이다. 오규원이 자연에 많은 관심을 기울였다는 것은 널리 알려지지 않은 사실이다. 그러나 오규원은 '관념의 대상화'에 집중한 초기시를 비롯하여 후기시에서도 자연을 주요한 시적 대상으로 삼았다.

중기시에서 오규원은 현대성에 대한 비판적 인식을 반어와 역설, 패러디의 언술 양상으로 제시한다. 이때 그의 시는 시인의 의도와 언어가 구조적으로 구축되는 것이어서 시의 언어와 감각이 제시하는 감수성과 수사적 아름다움과 일정한 거리를 둔다, 오규원에게 시란 자신의 의지에 따라 구축되는 하나의 구조물이었던 것이다. 그는 평생 이와 같은 창작 태도를 견지하며 시를 썼다.

후기시에 이르러 오규원은 자신의 시론인 '날이미지시론'을 내세워 시를 쓰기 시작한다. 오규원은 시론과 시가 부합하는 흔치 않은 사례이다.

시론이 있는 시인은 더러 있지만 시인 자신의 시론과 시가 부합하는 경우는 흔치 않다. 하지만 오규원은 '날이미지시론'에 부합하는 '날이미지시'를 발표함으로써 자신의 시와 시론을 통합시킨다. 물론 오규원의 '날이미지시'에 대하여 시적 감흥이 결여된 것이라는 비판이 있고, 그것은 일견 타당한 부분도 있다. 하지만 오규원의 시적 특성과 창작 방법론을 감안할 때 시적 감흥이나 수사적 아름다움의 측면으로 접근한 것이 아니기 때문에 이러한 비판이 전적으로 옳은 것은 아니다.

초기시부터 후기시에 이르기까지 오규원의 시는 시인의 의지에 따라 철저하게 조직된 세계의 결과물이다. 오규원의 시는 자연 발화된 감정으로부터 시작되지 않는 것처럼 보인다. 그런 만큼 그의 언어는 이성적 인식과 태도를 바탕으로 독자들의 미적 인식을 사로잡는다. 이때 미적 인식은 우리가 흔히 생각하는 단편적인 수사적 아름다움을 의미하지 않는다. 오규원이 생각하는 미적 인식은 우리의 미의식을 사로잡는 지배성을 의미한다. 오규원은 예술적 감각의 층위에서 드러나는 미적 상징과 치밀하게 구축한 사유의 감각을 제시하고자 했다. 오규원이 세계를 파악하는 시선과 언어는 감성보다는 이성이, 자연 발화보다는 조직화된 발화 방식을 중심으로 이루어져 있다. 오규원의 언어는 미적 감각의 첨예한 지점을 향해 나아가고자 했던 강렬한 미의식의 발로였던 것이다. 오규원은 과연 무엇 때문에 언어의 구조적 층위와 치밀하게 조직된 시적 세계를 탐문했는가? 오규원의 시 언어는 언어가 구축하는 지성적 미의식을 극명하게 보여주는 사례이다.

현대시작법과 시창작 방법론

이와 같은 언어에 대한 시인의 관심은 자연스럽게 시창작 이론서 집필로 이어졌다. 자신의 강의 노트를 책으로 옮긴 『현대시작법』은 기존의 시창작 이론서와는 상당히 다른 방식의 창작 이론을 내세웠는데, 단순한 이론 중심의 창작 이론서가 아니라 실제 창작 과정을 현장감 있게 다루었다. 『현대시작법』이 기존의 창작 방법론과 차별화된 내용을 담고 있는 만큼 실제 오규원의 창작 강의는 무척이나 개성적이었다. 그리고 이러한 방법의 시창작 교수법은 실제 교육 현장에서 상당한 성과를 거두었다. 그런 만큼 오규원은 시인뿐만 아니라 시창작 교수자로서도 탁월한 성취를 이루었다. 그의 시창작 교수법을 집대성한 『현대시작법』은 출간된 지 30년 가까이 되었지만 여전히 시창작 이론서의 전범으로 널리 읽히고 있다.

혹자는 오규원의 시창작 방법론을 기계적이며 지나치게 논리적이라고 비판하기도 한다. 하지만 이러한 비판이야말로 오규원의 창작 방법론을 지나치게 이론 중심으로 파악한 오류이다. 오규원은 강의실에서도 언어의 측면에서 학생들의 작품을 분석하는 경우가 많았지만 그것은 결코 언어라는 표피만을 다룬 것이 아니었다. 언어는 당연히 그 안에 글쓴이의 사유와 감정을 담게 된다. 그러한 사유와 감정을 적확한 언어로 담아낼 수 있도록 하는 것은 매우 중요하다. 오규원의 창작 방법론은 시인 내면을 외부로 표현하는 것에 대한 다루는 것이지 기술적 측면에서 언어를 파악하는 것이 아니다.

『현대시작법』의 본질은 시인의 사유를 오롯이 담아낼 수 있는 언어에 대한 이야기이다. 따라서 그것은 곧 시인의 내면을 탐문하는 것이기도 하다. 오규원은 이로한 언어적 특징의 중요한 사례로 묘사를 강조한다. 오규원은 묘사를 서경적 구조, 심상적 구조, 서사적 구조로 나누어 설명한다. 그리고 이것을 다시 서경적 고정시점, 회전시점, 이동시점, 영상조립시점과 심상적 고정시점, 회전시점, 이동시점으로 나눈다. 물론 이러한 묘사의 분류법만으로 묘사의 모든 것을 파악할 수 있는 것은 아니다. 하지만 이미지를 어떻게 다루어야 하는지 이만큼 명확하게 파악할 수 있게 하는 방법론도 드물다. 특히 이와 같은 묘사의 구분법은 단순히 이미지를 구현하는 방법론에 머물지 않고 시인의 내면과 시적 사유까지 포괄할 수 있다는 점에서 의미 있는 창작 방법론이다.

오규원의 삶과 시를 떠올려본다. 오규원은 미적 세계 속에서 언어와 미적 인식을 탐구한 시인이다. 어쩌면 그런 점에서 그는 더욱 치열하게 자신 스스로와 사투를 벌이지 않았는가 하는 생각이 들기도 한다. 또한 삶의 고통과 슬픔을 감춘 채 작품 자체의 미적 인식에 몰두하는 삶은 얼마나 큰 외로움에 놓인 것일까라는 생각도 든다. 그러나 그렇게 했기에 성취할 수 있었던 미적 인식의 사유와 이성적 감각은 얼마나 소중한 것이던가. 이러한 이유 때문에 오규원의 삶과 시는 우리에게 시사하는 바가 많다. 시인과 시는 분명 감정적 존재이지만, 『현대시작법』에서 오규원이 인용한 엘리엇의 말처럼 "시는 감정으로부터의 도피"이다. 그런 점에서 오규원의 창작 방법론은 우리가 어떻게 단편적인 미와 감정으로부터 벗어나야 하는 지를 온몸으로 알려주고 있다.

4부

기형도 시에 나타난 근대 도시 공간[*]

1. 들어가는 글

근대성은 도시의 탄생과 긴밀한 관계를 맺는다. 근대적 시공간은 산업화를 통해 근대 이후의 삶 전반을 지배하며 근대성을 드러낸다. 주지하듯 산업화는 인간의 욕망, 지배 구조, 빈부격차 등을 동반하며 진행된다. 대량 생산과 대량 소비를 통해 지배 구조를 공고히 하고, 이러한 지배 구조는 빈부격차로 이어진다. 대량 생산이 가능해진 근대적 산업화 사회는 대량 소비를 촉진시킴으로써 지배 계급의 부와 권력을 유지한다. 그리고 이러한 대량 생산과 대량 소비의 한가운데 인간의 욕망이 있다. 대량 생산과 소비는 인간의 욕망을 끊임없이 자극함으로써 산업화에 당위를 부여한다. 그리고 이와 같은 산업화를 기반으로 도시는 탄생한다. 그런 점

---

* 이 글은 일부를 발췌하여 『100년의 서울을 걷는 인문학』(조동범, 도마뱀, 2022) '광명, 기형도 시인을 따라 읽는 위성도시의 슬픔' 편에 수록한 바 있다. 논문의 일부를 에세이 형식으로 발췌 수록한 것이기에 온전한 형태의 논문 전체를 재수록한다.

에서 도시화는 산업화와 긴밀한 연관 관계를 지닌다.

산업화를 기반으로 하여 탄생하는 "도시는 인간의 열정에 의해 태어나고 성장하고 쇠락"[1]을 거듭한다. 산업화와 도시화는 인간의 삶과 사회를 중심으로 진행되며, 그것의 전반을 지배한다. 그리고 그 한가운데 인간의 욕망은 존재하게 된다. 대량 생산과 대량 소비를 전제로 한 산업화가 인간의 욕망을 기반으로 확대되었던 것처럼, "처음 도시가 태어난 이래 도시의 운명을 이끈 힘은 인간의 욕망"[2]이었다. 따라서 도시에서의 삶은 끊임없이 욕망하는, 즉물적 세계 속에 놓인 것일 수밖에 없다.[3]

한국 사회의 산업화는 1970년대 박정희 정권을 기점으로 확대되었다. 경제 개발과 함께 산업 기반 시설이 확충되었고, 1970−80년대 이후 이와 같은 산업화를 기반으로 하여 한국 사회의 산업화와 도시화는 체계를 잡게 된다. 그러나 한국 사회의 근대적 산업화는 국민의 희생을 전제로 한 것이었으며, 부의 편중으로 인하여 산업화의 양상은 기형적으로 전개될 수밖에 없었다. 그런 가운데 국민의 삶은 고통 속에 놓일 수밖에 없었다.

도시는 중요한 시적 공간이며 도시의 문제 역시 시의 중요한 소재로 사용되었다. 특히 1980년대의 한국 시단은 다양한 도시의 모습을 통해 현대문명사회의 양상을 제시했다. 강남을 공간적 배경으로 즉물적 세계의 욕망을 제시한 시가 있는가 하면 도시 변두리의 삶을 소재로 한 작품도 있다. 기형도 시에 나타난 도시의 양상은 도시 변두리의 삶 가운데에

---

1) 최재정, 『도시를 읽는 새로운 시선』, 홍시, 2015, 40쪽.
2) 위의 책, 같은 쪽.
3) 많은 도시들은 현재까지 부정적 도시 이미지의 오명으로 어려움을 겪고 있다. (중략) 20세기 전반에 걸쳐 산업은 도시에 긍정적 이미지를 심어주었다. 그러나 세계 경제의 흐름이 변하면서 산업은 부정적인 관점으로 바라볼 대상이 되었다. —팀 홀, 유환종 외 옮김, 『도시 연구』, 푸른길, 2011, 126−127쪽 요약정리.

서도 서울 인근에 위치한 위성도시에서의 삶을 근간으로 한다. 또한 그의 시는 위성도시를 직접적으로 언급하지 않은 경우에도 위성도시에서의 삶과 정서를 기반으로 한 경우가 많다. 위성도시는 산업화와 도시화가 급격하게 진행되었던 공간이다.

기형도의 시는 근대적 산업화가 진행된 도시를 공간적 배경으로 시적 주제 의식을 전개한다. 기형도의 생물학적인 연대기는 한국 사회의 산업화 시기와 맞물려 있다. 그는 1960년대 산업화 초기에 태어나 산업화가 본격화된 1970년대에 성장기를 보낸다. 특히 기형도가 삶의 대부분을 보낸 광명시는 서울 외곽의 위성도시로서 산업화의 그늘이 짙게 드리운 곳이었다. 광명시를 비롯한 서울의 인근 도시는 한국 사회의 산업화 속에 변두리로 내몰린 곳이었다. 그곳은 서울이라는 대도시로부터 내몰린 도시 빈민의 거처이기도 했으며, 농촌을 떠나 수도권으로 이주한 이들의 정착지이기도 했다. 위성 도시에서의 삶은 중심부로 진입하지 못한, 소외의 역사를 지닐 수밖에 없는 것이었다. 그것은 한국 사회의 산업화와 도시화가 지니고 있는 비극적 양상을 적나라하게 보여주는 것이기도 했다.4)

기형도는 이와 같은 산업화와 도시화의 비극적 공간을 중심으로 시적 세계를 펼쳐나간다. 이와 같은 시적 공간을 근간으로 삼은 기형도의 시는 당연히 비극적 양상을 시의 전면에 내세우게 된다. 기형도의 시는 이

---

4) 위성도시는 서울 등 대도시 주변에 발달되어 있다. 서울 주변에는 부천, 의정부, 동두천, 구리, 성남, 과천, 안양, 광명, 안산 등이 도시가 급격히 성장했다. 이것은 대도시가 거대해짐에 따라 중심도시에 비해 개발이 덜된 대도시 주변으로 중심도시 기능이 이집화되는 과정으로 인식된다. (중략) 수도권은 종래의 도시와 농촌을 따로따로 구분하는 이분법적 사고로는 해석될 수 없는 지역이다. ─권용우 외, 『수도권 연구』, 한울아카데미, 1997, 76─78쪽 요약정리.

러한 비극적 근대성을 전제하며 시적 정서와 개성을 드러낸다. 그동안 기형도 시의 비극적 양상을 다룬 평문이 다수 발표되었지만, 대부분 기형도의 개인적 생애와 가족사를 중심으로 논의를 전개하거나, 죽음을 중심으로 한 시인의 내면을 탐구한 사례가 많았다. 그러나 기형도가 광명시 인근의 공간적 배경과 삶의 양상을 시에 적극적으로 차용했다는 점에서, 산업화와 도시화를 중심으로 한 근대적 공간 연구는 매우 중요하다. 기형도 시의 중요한 지점을 차지하는 산업화, 도시화는 한국 사회의 전반적인 사회상을 보여줄 수 있을 뿐만 아니라 시인의 내면과 의식의 흐름에도 많은 영향을 끼칠 수밖에 없는 것이기 때문이다.

2. 근대성의 세계 속에 나타난 산업화와 도시화

산업화와 도시화는 언뜻 유사한 개념으로 오해하기 쉽다. 그러나 산업화와 도시화는 긴밀한 관계를 형성하면서도 서로 다른 개념을 지니고 있다. 산업혁명 이후에 나타난 근대적 세계 속에 산업화와 도시화가 자리하는데, 산업화와 도시화는 모두 근대성의 개념 안에 수렴된다는 점에서는 크게 다르지 않다. 하지만 산업화의 과정을 거쳐 도시화가 이루어진다는 점에서 두 개념은 다른 측면이 있다. 특히 산업화와 도시화는 공간에 대한 인식 면에서 큰 차이를 보인다. "산업화가 산업구조의 변화만을 나타내는 비공간적 개념이라면, 도시화는 농촌지역에서 도시지역으로의 전환을 의미하므로 도시화는 공간적 개념을 바탕으로"5) 한다.

산업화와 도시화는 "산업화로 전환되는 과정이 바로 도시를 중심으로

---

5) 여홍구, 『도시와 인간』, 나남출판, 2005, 160~162쪽 참조; 임영선, 「한국 현대 도시시 연구」, 중앙대 박사학위논문, 2008, 140쪽.

일어나기 때문"6)에 상호 간에 친연성을 보이는 듯하다. 그러나 근대 공간의 발전이 "사회제도나 체제의 발전과 맞물려 있"7)는 것처럼, 산업화를 거친 이후에 도시의 기반과 문화가 완성된다는 점에서 차이를 보인다. 그런 점에서 산업화는 산업 기반 시설을 확장하고 구축하는 기간 중심의 시간 개념이 강한 반면, 도시화는 산업화를 통해 구축된 공간 개념이 강하게 나타난다.

  기형도 시의 근대적 공간은 완벽하게 구축된 도시적 특성보다는 도시화를 향해 가는 산업화의 특성이 강하게 드러난다. 기형도 시의 공간적 배경인 위성도시 광명은 1960―70년대까지 근대적 도시의 면모를 완전히 갖추지 못했다. 도시의 기반 시설이 미흡했을 뿐만 아니라 도시가 지니고 있는 문화적 환경 역시 형성되지 못한 시기였다. 또한 당시 광명을 비롯한 수도권 위성도시는 농경 중심의 삶의 양상이 여전히 강하게 남아 있기도 했다. 기형도의 시 역시 이와 같은 광명의 모습을 고스란히 재현하고 있다. 도시는 단순히 산업 시설이 들어선다고 해서 만들어지는 공간이 아니다. 도시는 산업화를 통해 대량 생산과 소비, 문화, 근대적 도시 기반과 풍요로움을 획득한 이후에 탄생한다.

> 날이 어두워지면 안개는 샛강 위에
> 한 겹씩 그의 빠른 옷을 벗어놓는다. 순식간에 공기는
> 희고 딱딱한 액체로 가득 찬다. 그 속으로
> 식물들, 공장들이 빨려들어가고
> 서너 걸음 앞선 한 사내의 반쪽이 안개에 잘린다.

---

6) 위의 논문, 같은 쪽.
7) 조명래, 『공간으로 사회 읽기』, 한울, 2013, 98쪽.

몇 가지 사소한 사건도 있었다.
한밤중에 여직공 하나가 겁탈당했다.
기숙사와 가까운 곳이었으나 그녀의 입이 막히자
그것으로 끝이었다. 지난 겨울엔
방죽 위에서 취객 하나가 얼어 죽었다.
바로 곁을 지난 삼륜차는 그것이
쓰레기 더미인 줄 알았다고 했다. 그러나 그것은
개인적인 불행일 뿐, 안개의 탓은 아니다.

안개가 걷히고 정오 가까이
공장의 검은 굴뚝들은 일제히 하늘을 향해
젖은 총신을 겨눈다. 상처입은 몇몇 사내들은
험악한 욕설을 해대며 이 폐수의 고장을 떠나갔지만,
재빨리 사람들의 기억에서 밀려났다. 그 누구도
다시 읍으로 돌아온 사람은 없었기 때문이다.

아침저녁으로 샛강에 자욱이 안개가 낀다.
안개는 그 읍의 명물이다.
누구나 조금씩은 안개의 주식을 갖고 있다.
여공들의 얼굴은 희고 아름다우며
아이들은 무럭무럭 자라 모두들 공장으로 간다.

—「안개」 부분

　산업화는 필연적으로 다양한 사회 문제를 야기한다. 부의 재분배와 같은 사회 구조적인 문제부터 환경오염에 이르기까지 다양한 문제점을 드러낸다. 또한 산업화로 인하여 마을 공동체가 파괴되고 근대적 일상의 부조리함이 우리의 삶과 세계를 지배하기에 이른다. 「안개」에 나타난 삶의 양상 역시 다르지 않다. "한밤중에 여직공 하나가 겁탈"당하지만

"그녀의 입이 막히자" 그것으로 모든 것은 끝이 나고 만다. 취객의 죽음 역시 "개인적인 불행"으로 치부될 뿐이다. 산업화의 과정 중에 나타나는 공동체의 해체는 우리의 삶을 비극이라는 나락으로 떨어뜨리며 더욱 공고해진다. 그리고 "공장의 젖은 굴뚝"이 하늘을 향해 "총신을 겨"누는, 근대의 비극을 견디지 못한 자들은 사람들의 기억에서 쉽게 잊힌다. 그리하여 모든 불행이 되풀이되듯 "아이들은 무럭무럭 자라 모두들 공장으로 간다". 이처럼 기형도가 인식하고 있는 산업화의 양상은 구체적 실체를 지닌 비극으로 현현하며 우리 앞에 모습을 드러낸다.

1980년대 중반, 한국 시단에는 일군의 젊은 시인들의 작품을 중심으로 도시시가 등장했다. 농경 중심적인 삶의 양상과 사유를 주로 재현하던 1960−70년대의 시와 달리 이들의 작품은 도시를 근간으로 한 삶과 세계를 재현하고자 했다. 특히 1980년대 후반 이후 1990년대에 주로 발표된 함민복과 유하의 시편들이 도시시의 특성을 강하게 드러낸다. 그러나 1980년대 도시시가 도시적 특성과 양상을 일부 보여준 것은 분명하지만, 많은 경우 그것은 산업화의 양상에 더 가까운 것이었다. 물론 이때 산업화의 양상에 도시적 특성이 포함된다는, 산업화와 도시화가 다르지 않다는 문제제기가 있을 수 있다. 하지만 여기에서 언급하고자 하는 것은 1980년대 도시시의 상당수가 산업화를 포함한 총체적 양상으로서의 도시화를 보여주지 못했다는 점이다. 기형도의 시에서도 드러나듯, 위성도시를 비롯한 1980년대 대부분의 삶의 공간은 도시화의 기반이 완전히 형성되지 못했다. 여전히 농촌의 흔적이 다수 남아 있었으며, 산업 시설이 들어서는, 산업화가 진행되는 양상이었다. 그런 점에서 도시화와 산업화는 섬세하게 구분하여 이해할 필요가 있는 개념이다.

해방 이후 한국 사회는 산업화의 기틀을 다지고자 많은 노력을 기울였다. 노동자의 희생을 담보로 한 산업화는 1970년대를 전후로 한 시기에 집중적으로 나타났다. 그리고 이러한 근대적 산업화의 과정을 통해 도시화의 단계로 진입하게 되는 기틀을 만들었다. 한국 사회는 1970년대의 산업화를 기반으로 하여 1980년대 중반 이후 도시의 기반을 갖춰나가기 시작했다. 특히 1988년 서울올림픽을 기점으로 근대 도시의 면모를 확립했다. 이 시기의 도시의 모습은 이전의 도시의 모습과는 사뭇 다른 것이었다. 1980년대 중반 이전의 도시의 모습이 산업화의 과정 속에 진행 중이었던 것이라면 1980년대 중반 이후의 도시의 모습은 완성된 형태를 보여주는 것이다.

기형도의 시는 1960년대 산업화 초기의 모습부터 1970년대의 본격적인 산업화의 모습을 주된 시적 소재로 사용하고 있다. 아울러 이 시기의 정서는 기형도 시의 시적 정서에 많은 영향을 미치게 되고, 시집 역시 이 시기가 주된 시적 정서와 배경으로 작용한다. 따라서 기형도의 시는 공간 개념인 도시화보다는 비공간적인 산업화의 개념으로 파악하는 것이 적합하다. 기형도의 시는 완성된 공간으로서의 도시적 정서가 나타나기보다는, 산업화가 진행되는 과정 속에서 나타나는 부조리한 삶과 세계의 모습이 주된 양상이라고 볼 수 있는 것이다.

3. 교외의 탄생과 결핍의 정서

산업화와 도시화는 비극적 삶의 상징으로 인식되는 경우가 많다. 산업화를 거쳐 구축된 도시의 비극적 삶은 근대성이라는 개념으로 비극적 총체성을 드러낸다. 산업화와 도시화를 동반하는 근대성은 비극을 전제하며 시작되었다. 그리고 이러한 근대성의 비극은 근대적 일상의 비극이 무너지지 않는 것처럼 완강하다. 따라서 근대성의 비극은 결코 사라질 수 없는 견고함으로 다가오는데, 바로 여기에 도시의 비극성을 결코 벗어날 수 없는 우리 삶의 진정한 비극이 존재하게 되는 것이다. 이와 같은 "현대 도시 공간의 흉측한 팽창은 바로 인간관계의 단절, 즉 근접성 맥락의 위기"[8]로 나타나게 된다. "산업화 이전 사회는 도시 인구가 적었으며, 도시 경제가 농촌에 기생하는 농경 사회"[9]였다. 때문에 도시의 문제가 유발된다고 하더라도 농촌이 그러한 문제를 해소할 여력이 있었다. 그러나 산업화가 본격화되면서 "비위생적이고 위험한 주거, 주택의 절대 부족과 질의 저하, 집세 폭등과 주거 불안정, 슬럼이나 게토의 대규모화 등이 점점 심각"[10]해졌다. 그럼으로써 도시의 비극은 인간의 삶 전반을 장악하게 되었다.

너무 큰 등받이의자 깊숙이 오후, 가늘은 고드름 한 개 앉혀놓고 조그만 모빌처럼 흔들거리며, 아버지 또 어디로 도망치셨는지. 책상 위에 조용히 누워 눈뜨고 있는 커다란 물고기 가득 찬란한 햇빛의 손. 그 속의 나는 모든 것이 커 보이던 나이였다. 수수밭같이 침침한 마루 얇게 접히며, 학자풍 오후 나란히 짧은 세모잠. 가난한 아버지, 왜 항상 물그림만 그리셨을까? 낡은 커튼을 열면 양철 추녀 밑 저벅 저벅 걸어오다 불현 듯 멎는 눈의 발, 수염투성이 투명한 사십. 가난한 아버지, 왜 항상 물그림만 그리셨을까? 그림 밖으로 나올 때마다 나는 물 묻은 손을 들어 눈부신 겨울 햇살을 차마 만지지 못하였다. 창문 밑에는 발자국 하나 없고 나뭇가지는 손이 베일 듯 사나운 은

---

8) 김성도, 『도시 인간학』, 안그라픽스, 2014, 100쪽.
9) 김찬호, 『도시는 미디어다』, 책세상, 2002, 33쪽.
10) 위의 책, 33-34쪽.

빛이었다.

> 아버지, 불쌍한 내 장난감
> 내가 그린, 물그림 아버지
>
> —「너무 큰 등받이의자」 전문

산업화 이후에 서울의 외곽에 위성도시가 대거 형성되었다. 1970년대를 전후로 한 산업화 초기의 위성도시에는 지방 이주민, 수재민, 도시 빈민 등이 대거 유입되었다. 「너무 큰 등받이의자」에 등장하는 "가난한 아버지"는 이러한 이주민들의 모습을 상징하는 존재이기도 하다. 기형도 시의 가족사와 유년기의 모습은 바로 이러한, "가난한 아버지"와 같은 삶을 통해 변두리 삶의 슬픔을 보여준다. 서울을 중심으로 한 산업화의 일원으로 편입되어 자신의 삶을 영위하는 이들 이주민의 삶의 국면을 제시함으로써, 1960—70년대 산업화에 드리운 비극적 정서를 시의 전면에 배치한다. 산업화 시대의 한국 사회에서 대도시는 서울 한 곳이었는데, 경제, 외교, 문화 등이 거의 전적으로 서울을 중심으로 이루어졌다. 이와 같은 기형적인 사회 구조 속에서 위성도시는 자생적인 기능을 상실한 채, 서울에 예속된 변두리 지역으로 전락하고 말았다. 이러한 공간 속에서 살아가는 사람들의 삶은 "발자국 하나 없고 나뭇가지는 손이 베일 듯 사나운 은빛"일 수밖에 없는 것이다.

여기에서 우리는 '교외'의 개념을 검토할 필요가 있다. 기형도 시의 배경이 대도시 서울과 농촌의 중간 지역인 위성도시를 무대로 삼고 있기 때문이다. 대도시를 중심으로 교외는 탄생한다. 이때 교외는 우리가 흔히 할고 있는 '도심 외곽의 한적한 자연'이 아니다. 마크 고트디너와 레슬리 버드는 "교외(suburb)는 도시도 농촌도 아니며 그 중간에 있는 정주지의 물리적 형태를 의미"[11]한다고 주장한다. 그러나 그것은 도시와 농촌의 완충지로서, 도시의 주변부에 위치한 확장된 도시 개념이다. 그런 점에서 근대의 한국에서 교외의 위치를 차지하는 것은 광명, 안양, 성남, 부천, 군포, 의정부, 구리 등과 같은 위성도시이다. 기형도의 시 세계는 바로 이와 같은, 교외의 지위를 지니고 있는 위성도시 광명을 중심으로 전개된다.

> 가진 것 하나 없는 이 세상에서 애초부터
> 우리가 빼앗을 것은 무형의 바람뿐이었다.
> 불빛 가득 찬 황량한 도시에서 우리의 삶이
> 한결같이 주린 얼굴로 서로 만나는 세상
> 오, 서러운 모습으로 감히 누가 확연히 일어설 수 있는가.
> 나는 밤 깊어 얼어붙는 도시 앞에 서서
> 버릴 것 없어 부끄러웠다.
> 잠을 뿌리치며 일어선 빌딩의 환한 각에 꺾이며
> 몇 타래 눈발이 쏟아져 길을 막던 밤,
> 누구도 삶 가운데 이해의 불을 놓을 수는 없었다.
> ―「겨울, 우리들의 도시」 부분

교외인 위성도시에서의 삶은 대체적으로 가난하고 고단한 것이었다. 중심부인 대도시로 진입하지 못한 채, 산업화의 그늘 아래에서의 삶을 영위하는 이주민, 수재민, 노동자 등과 같은 계층이 위성도시의 주된 거주민이었다. 위성도시 거주민의 삶 전부를 이렇게 재단할 수는 없겠지

---

11) 마크 고트디너 · 레슬리 버드, 남영호·채윤하 옮김, 『도시 연구의 주요 개념』, 라움, 2013, 245쪽.

만, 고향을 떠나온 자들의 가난한 삶이 위성도시의 전반적인 삶의 양상이었다는 점은 분명하다. 그들은 "가진 것 하나 없는 이 세상"과 "한결같이 주린 얼굴로 서로 만나는 세상" 속에서의 삶을 살 수밖에 없었다. 이처럼 1960-70년대 위성도시에서의 삶은 결핍과 소외와 가난의 양상과 정서를 근간으로 한다. 그런데 위성도시는 도시의 외곽에 형성되는 불모의 삶을 상정하면서도 언제나 대도시를 중심으로 한 도시 구조와 긴밀하게 연결된다. 위성도시에서의 삶은 대도시의 삶과 같지 않지만 언제나 대도시와 연결되어, 대도시를 위해 복무한다.

"정주 공간의 형태로서 다중심 대도시권을 살펴보면, 대개 교외라고 하는 지역들은 사실 상당히 다양하고 다기능적이며 여러 방식으로 도시에 연결되어"[12] 있다. 이때 교외는 앞서 밝힌 것처럼 우리가 일반적으로 흔히 사용하는 전원의 의미를 지니지 않는다. 오히려 이때의 교외는 한국 사회의 위성도시의 의미를 지니고 있는 것이다. 그 이유는 교외가 농촌과 대도시의 완충 지역을 의미하는 것이기 때문이다. "많은 화이트칼라와 하이테크 산업이 선호하는 입지 장소는 중심 도시에 인접하면서도 그 외곽에 있는"[13] 교외이며, 제조업 역시 "교외에 입주한다"[14]. 한국의 위성도시의 경우, 서울과 멀지 않은 수도권 지역에 반도체 공단이 건설되었으며, 상당수의 산업체가 서울의 변두리 지역이나 서울 외곽의 위성도시에 들어섰다. 기형도의 시에 등장하는 산업화의 공간적 배경 역시 대도시와 인접한 위성도시 광명이다. 기형도의 시는 이러한 공간적 배경을 통해 당대의 부조리한 현실과 결핍의 정서를 호명하고자 했던 것이

---

12) 위의 책, 같은 쪽.
13) 위의 책, 같은 쪽.
14) 위의 책, 같은 쪽.

다. 그럼으로써 소외와 결핍으로서의 한국 사회에서의 교외의 지위는 명확하게 드러난다.

4. 이주의 양상과 시적 근대성

한국 사회의 근대화는 도시로의 이주를 동반하며 나타났다. 삶의 거처를 옮기는 이주의 특성은 근대화 과정에서 보편적으로 나타나는 현상이다. 이때 이주는 농촌에서 도시로, 저소득 지역에서 고소득 지역으로, 후진국에서 선진국으로 이루어진다. 그런데 이와 같은 이주의 문제는 가족 공동체의 문제 전체로 확대되는 것이 일반적이다. 따라서 "농촌에서 도시지역으로의 이주, 또 개발도상국에서 선진국으로의 이민을 연구하는 사람들에게, 분석의 기본 단위는 한 명의 개인이 아니라 가구나 가족"15)이다. 가구나 가족의 이주가 한 번에 이루어지지 않는 경우에도, 결국에는 이주는 가구와 가족의 단위로 완성되는 경우가 많다. "이민과 이주에서, 여성이든 남성이든 한 가구의 가장이 먼저 도착하더라도, 공간적 이동은 결국 가족의 문제가 되기 때문"16)이다.

물론 이와 같은 가구와 가족 단위의 이주 이외의 이주도 존재한다. 이주는 가구와 가족이 아니라 개인 단위로 이루어지기도 한다. 이 경우에도 이주의 방향성은 농촌에서 도시로, 후진국에서 선진국을 향한다. 개인 단위의 이주는 어리거나 젊은 세대가 도시나 선진국으로 이주하여 취업을 하는 경우가 많은데, 이때에도 가족의 부양이라는 문제는 동일하게 작용한다. 즉, 가구와 가족 전체의 이주는 아니지만 개인의 이주 역시 가

---

15) 위의 책, 113쪽.
16) 위의 책, 같은 쪽.

구와 가족의 생존과 밀접한 연관을 맺게 된다. 근대 사회에서 도시와 선진국으로 삶의 거처를 옮긴다는 것은 경제적 요인이 중요한 이유로 자리한다.

> 그해 늦봄 아버지는 유리병 속에서 알약이 쏟아지듯 힘없이 쓰러지셨다. 여름 내내 그는 죽만 먹었다. 올해엔 김장을 조금 덜해도 되겠구나. 어머니는 남폿불 아래에서 수건을 쓰시면서 말했다. 이젠 그 얘긴 그만하세요 어머니. 쌓아둔 이불에 등을 기댄 채 큰누이가 소리질렀다. 그런데 올해에는 무들마다 웬 바람이 이렇게 많이 들었을까. 나는 공책을 덮고 어머니를 바라보았다. 어머니. 잠바 하나 사주세요. 스펀지마다 숭숭 구멍이 났어요. 그래도 올 겨울은 넘길 수 있을 게다. 봄이 오면 아버지도 나으실 거구. 풍병에 좋다는 약은 다 써보았잖아요. 마늘을 까던 작은누이가 눈을 비비며 중얼거렸지만 어머니는 잠자코 이마 위로 흘러내리는 수건을 가만히 고쳐 매셨다.
>
> ―「위험한 가계·1969」부분

> 몇 가지 사소한 사건도 있었다.
> 한밤중에 여직공 하나가 겁탈당했다.
> 기숙사와 가까운 곳이었으나 그녀의 입이 막히자
> 그것으로 끝이었다.
>
> ―「안개」부분

기형도 시에 나타나는 이주의 양상 역시 근대 사회에서 나타나는 모습과 다르지 않다. 다만 이주라는 '사건'이 직접적으로 등장한다기보다는 이주 이후의 삶을 중심으로 시를 전개한다. 따라서 이주 자체가 기형도 시의 주요한 소재는 아니다. 하지만 기형도 시가 나타내는 정서가 이주 이후의 고단한 삶을 근간으로 한다는 점에서 이주의 경험은 기형도 시의 중요한 축을 담당한다. 기형도의 시가 바탕으로 하고 있는 이주의 양상은 크게 두 가지로 구분할 수 있는데, 그것은 보편적인 도시 이주의 형태와 일치한다. 첫 번째는 시인 자신이 포함된 가족의 이주 이후의 삶을 시적 배경으로 한다는 점이다. 기형도 시에 등장하는 주요한 서사는 가족의 이주 이후의 가난한 삶을 중심으로 한다. 두 번째는 시인이 거주하던 위성도시에서 마주했던 젊은 계층의 단독 이주의 양상이 시에 나타난다는 점이다.

「위험한 가계·1969」는 시인의 경험과 생애를 통해 시적 서사를 전개한다. 기형도의 가족은 시인의 아버지가 북한의 황해도에서 연평도로 이주한 이후 또 다시 광명으로 이주하여 정착한다. 첫 번째 이주가 한국전쟁이라는 불가항력적인 상황 때문이었다면, 광명으로의 두 번째 이주는 산업화, 도시화의 과정에 흔히 나타나는 도시로의 이주이다. 「위험한 가계·1969」 전반을 지배하고 있는 삶의 사연은 더 나은 삶을 위해 연평도에서 광명으로 이주한 이후의 모습이다. 또한 「안개」에서는 가족의 이주와는 다른 양상의 이주가 나타난다. 위에 제시한 여직공의 경우는 취업을 위해 도시로 상경한 개인 단위의 이주민으로 보인다. 이러한 가족 단위의 이주나 개인 단위의 이주는 모두 농촌에서 도시로 이동하는 이주의 공식에 부합한다. 이때 가족 전체가 삶의 거처를 옮기는 것이나, 가족을 고향에 둔 채 개인 단위로 이주를 하는 것이나 모두 가난 등의 결핍이 이유인 경우가 많다.

그러나 산업화, 도시화의 가운데 이주를 실행한다고 해도, 산업화 도시화 속에서 삶의 거처를 정하고 정주하는 것은 쉽지 않다. 근대 이후의 삶이 외적으로는 정주의 양상을 띠게 되었지만, 근대적 세계의 삶은 정주할 수 없는 디아스포라의 성격을 지니고 있기 때문이다. 그들은 고향을 떠나 산업화가 진행되는 위성도시로 흘러들었지만 그곳은 그들이 정주할 수 있는 공간이 아니었다. 근대적 도시로의 이주는 본질적으로 정주할 수 있는 것이 아니었기 때문이다. 근대성의 세계 속에서 마음의 거처인 '고향'은 상실된 지 오래이다. 그리고 이러한 정주할 수 없는 이주의 양상은 디아스포라의 비극성을 전제로 한다.

우리는 너무 어렸다. 그는 그해 가을 우리 마을에 잠시 머물다 떠난 떠돌이 사내였을 뿐이었다. 그러나 어른들은 그를 그냥 일꾼이라 불렀다.

그는 우리에게 자신의 손을 가리켜 신의 공장이라고 말했다. 그것을 움직이게 하는 것은 굶주림뿐이었다. 그러나 그는 항상 무엇엔가 굶주려 있었다. 그는 무엇이든지 만들었다. 그는 마법사였다. 어떤 아이는 실제로 그가 토마토를 가지고 둥근 금을 만드는 것을 보았다고 말했다. 그가 어디에서 흘러들어왔는지 어른들도 몰랐다. 우리는 그가 트럭의 고장 고등어의 고장 아니, 포도의 고장에서 왔을 거라고 서로 심하게 다툰 적도 있었다. 그는 모든 것을 알고 있었다. 저녁때마다 그는 농장의 검은 목책에 기대앉아 이상한 노래들을 불렀다.

(중략)

우리는 완전히 그를 잊었다. 그는 그해 가을 우리 마을에 잠시 머물다 떠난 떠돌이 사내였을 뿐이었다. 어쩌면 그는 우리가 꾸며낸 이야기였을지도 몰랐다. 그러나 나는 저녁마다 연필을 깎다가 잠드는 버릇을 지금까지 버리지 못했다.

—「집시의 시집」 부분

앞서 밝힌 바와 같이, 기형도 시의 배경이 된 위성도시는 도시 빈민, 지방 이주민, 수재민 등이 대거 이주하면서 도시가 급격하게 확장되었다. 그리하여 서울 외곽의 위성도시에는 이러한 계층이 집단적으로 거주하는 주거지가 광범위하게 형성되었다. 이처럼 많은 이들이 위성도시를 비롯한 도시 지역에 정착했지만 그들의 대부분은 도시에서의 삶을 정주의 대상으로 인식하지 않았다. 그런 점에서 「집시의 시집」에 등장하는 사내는 바로 이와 같은, 고향을 떠나온 이들의 디아스포라를 표상하는 것이다. 기형도의 시가 비극성을 드러내는 것은 여러 가지 이유가 있지만, 정주할 수 없는 자의 디아스포라로서의 비극적 삶이 바탕에 깔려 있음은 자명하다.

5. 나가는 글

근대성은 비극성을 전제하며 우리의 의식 속으로 잠입한다. 따라서 근대성 위에 구축된 근대 이후의 삶과 세계는 비극적 양상을 그 저변에 깔고 있는 것일 수밖에 없다. 19세기 이후에 탄생한 근대성은 우리의 삶에 끝나지 않는 욕망을 자리 잡게 함으로써 비극성을 내재하게 한다. 따라서 근대적 양상으로 진행되는 산업화와, 산업화의 결과로 나타난 도시화 역시 비극적 삶의 국면을 기본적으로 내재하는 것이다. 근대성은 일반적으로 산업화를 통해 진행된다. 산업화는 삶의 가치를 물질적 가치 중심으로 이동시킴으로써 물화된 세계관을 드러내게 된다.

기형도의 시는 산업화의 소용돌이 속에서 지난한 삶을 살아온 개인의 기록이자 한 가계의 서사이다. 그리고 이 이야기는 산업화를 거친 우리 모두의 이야기이기도 하다. 농촌에 살았든 서울에 살았든 산업화와 관련된 사회적 양상은 당대의 대부분의 사람들과 깊은 연관을 맺을 수밖에 없는 것이었다. 산업화와 도시화는 우리의 삶 전반을 지배하며 근대성의 비극을 드러냈다. 기형도의 시는 바로 이와 같은 근대성의 비극을 바탕으로 형성된 것이다. 그의 시에 등장하는 비극에는 여러 양상이 존재하지만, 모든 비극적 양상의 시작은 기형도의 성장기를 관통하는 근대성으로부터 시작된 것이다.

기형도 시의 근대성을 논할 때, 산업화와 도시화의 문제는 세심하게 분류해야 한다. 그런 점에서 1980년대 도시시에 대한 논의 역시 세심한 구분이 필요하다. 앞에서도 언급했지만 산업화는 산업화가 진행되는 시간 개념이 강하고, 도시화는 도시적 특성이 형성되는 공간 개념이 강하게 나타난다. 기형도의 시는 산업화의 과정에 드러나는 시간 개념과 시인의 삶이라는 시간이 함께 진행되며 사회적 근대성과 시적 근대성의 상관관계를 형성한다. 그리하여 근대성의 비극은 고스란히 기형도 시의 비극성으로 재현된다. 기형도의 시가 지니고 있는 비극의 근원과 애초는 이와 같은 근대성인 것이다.

산업화는 대량 생산과 소비를 통해 안락하고 풍요로운 세계의 단초를 마련했지만, 그 과정에서의 부조리함은 근대성의 비극을 만들며 우리의 삶을 비극성의 나락으로 떨어지게 만들었다. 산업화를 통해 완성되는 공간인 "도시는 결코 객관적 지표로서 환원될 수 없는 특별한 장소로서, 그곳에서 한 사람의 삶은 다른 사람과의 삶과 긴장과 갈등 관계 속에 놓이며 역동적 균형 속에서 다양한 모순이 상호 충돌"[17]한다. 산업화 이후의 도시 역시 산업화가 지니고 있는 불안, 공포, 부조리 등을 내재함으로써

---

17) 김성도, 『도시 인간학』, 안그라픽스, 2014, 703쪽.

비극으로부터 벗어날 수 없다. 산업화와 긴밀하게 연계된 "도시 공간에서는 '과거의 현존'뿐만 아니라, 미래의 위험과 불확실성이 지각"[18]되기 때문이다.

산업화와 도시화가 근대 사회의 심각한 문제로 인식되는 이유는, 그것이 산발적으로 나타나는 현상이거나 특별한 경우에 국한되는 것이 아니라는 점 때문이다. 산업화와 도시화가 일으키는 문제는 집단적이고 집중적으로 나타난다. 근대의 세계를 사는 사람들은 결코 이러한 문제로부터 벗어날 수 없다. 특히 "빈곤은 도시지역 뿐만 아니라 농촌지역에도 존재하지만, 특정 구역에 빈곤층이 공간적으로 집중되는 것은 대도시권의 문제로 나타난다".[19] 한국 사회의 위성도시가 대도시는 아니지만 서울과의 관계를 생각하면, 그곳은 대도시권에 포함된 외곽 지역이다. 대도시의 외곽에 자리 잡은 위성도시 지역은 산업화의 주된 공간을 형성하면서 삶의 고단함과 비극이 지배하게 된다. 따라서 기형도의 시적 배경을 이루고 있는, 위성도시로 대표되는 한국의 교외 지역은 빈곤 등의 문제가 집중적으로 나타날 수밖에 없다. 기형도의 시는 바로 이러한 지역적 특성을 배경으로 비극적 개인사를 펼쳐놓는다. 그리고 이와 같은 기형도의 시는 근대성이라는 보편적 경험과 맞물리면서 공적 담화로서의 설득력을 획득하게 된다.

---

18) 위의 책, 같은 쪽.
19) 마크 고트디너 · 레슬리 버드, 앞의 책, 120쪽.

참고문헌

〈기본서〉
기형도, 『입 속의 검은 잎』, 문학과지성사, 1989.
_____, 『기형도 전집』, 문학과지성사, 1999.

논문
김은석, 「기형도 문학 연구」, 중앙대 박사학위논문, 2013.
임영선, 「한국 현대 도시시 연구」, 중앙대 박사학위논문, 2008.

단행본—국내서
권용우 외, 『수도권 연구』, 한울, 1998.
금은돌, 『거울 밖으로 나온 기형도』, 국학자료원, 2013.
기형도, 『짧은 여행의 기록』, 살림, 1990.
_____, 『사랑을 잃고 나는 쓰네』, 솔, 2994
김성도, 『도시 인간학』, 안그라픽스, 2014.
김찬호, 『도시는 미디어다』, 책세상, 2002.
이광호 외, 『정거장에서의 충고』, 문학과지성사, 2009.
조명래, 『공간으로 사회 읽기』, 한울아카데미, 2014.
조성일, 『기형도 시 세계로 만나는 광명』, 광명문화원, 2012.
최재정, 『도시를 읽는 새로운 시선』, 홍시, 2015.

단행본—국외서
마크 고트디너 · 레슬리 버드, 남영호, 채윤하 옮김, 『도시연구의 주요개념』, 라움, 2013.
앙리 르페브르, 박정자 옮김, 『현대세계의 일상성』, 기파랑, 2005.
미셸 마페졸리 · 앙리 르페브르 외. 외, 박재환 외 옮김, 『일상생활의 사회학』, 한울아
　　　카데미, 2008.
팀 홀, 유환종 외 옮김, 『도시 연구』, 푸른길, 2011.

장순하 경시조의 장르인식과 효용론

1. 서론

장순하는 시조의 장르를 중시조와 경시조로 구분했다. 경시조를 중시조와 구분함으로써 경시조만의 특별한 시적 의미를 제시하고자 했다. 그는 중시조를 본격 문학의 범주로 파악했으며, 경시조의 경우는 대중문학의 차원으로 이해하고 창작하고자 했다.1) 언뜻 대중문학은 상업문학과 동일한 의미를 갖는 듯 보이지만 장순하가 언급한 대중문학은 상업문학과는 다른 것이다. 장순하는 쉽게 쓰고 읽고 이해할 수 있는 경시조를 통해 시조의 저변을 확산시키고자 했다. 그에게 경시조의 대중성은 독자와의 관계를 의미하는 것일 뿐, 상업적인 차원으로 접근한 것은 아니었다. 장순하의 경시조는 시조의 대중적 확산을 위한 노력이었다. 그런 점에서 장순하의 경시조가 어떤 양상으로 독자와의 소통을 추구했는지 파악하

---

1) 장순하는 중시조를 일반 시조로, 경시조를 생활 시조의 측면에서 분류했다. 본고에서는 장순하의 분류법에 따라 시조를 중시조와 경시조로 구분했다.

는 것은, 시조의 대중화가 지니고 있는 근거와 한계를 살펴볼 수 있다는 점에서 중요하다.

그런데 중시조와 경시조로 나눈 구분법은 명칭의 어감 때문에 중시조를 상위 개념으로, 경시조를 하위 개념으로 인식할 여지가 있다. 실제로 장순하는 자신의 일부 저작을 통해 경시조가 "비전문가인 아마추어를 위해서 고안된 것"[2]이라고 주장한 바 있다. 하지만 그의 여러 저작들을 검토해 보았을 때 경시조에 대한 장순하의 판단은 이처럼 간단한 것만이 아니다. 오히려 그는 중시조와 경시조를 개별적인 장르적 특성을 지니고 있는 세부 갈래로 인식하고 있다. 장순하는 중시조가 지니고 있는 대중적 한계를 경시조를 통해 극복하고자 했다. 장순하는 중시조를 문학적 상징과 비유를 통해 발현되는 양식으로, 경시조를 대중과 호흡할 수 있는 장르로 인식한다. 그리고 그것을 상하관계로 파악하지 않고 서로 다른 개성이자 가치로 판단한다. 이러한 점으로 볼 때 장순하는 중시조와 경시조를 각각의 고유한 영역으로 이해하고 있다고 보는 것이 더 합리적이다.

장순하는 경시조집으로 『백두산 가는 길』(1993년)과 『후일담』(1997년)을 출간 한 바 있다. 그러나 장순하의 경시조에 대한 관심은 "1959년 2월호「현대문학」지에 발표한 평론「현대 시조 문학 건설의 거점」"[3]이래 지속되어온 것이었다. 특히 그는 "1969년에 중앙일보사가「주간 중앙」지를 통하여 국민 시조 운동을 펼칠 때 <희로애락을 생활 시조로>라는 타이틀의 주제문에서 본격 시조와 대립되는 여기(餘技)의 문학으로서의 대중 시조를 활성화시킬 필요성"[4]을 역설했다. 그리고 장순하는

---

2) 장순하, 『시조짓기 교실』, 대한교육문화신문출판부, 2009, 39쪽.
3) 사봉장순하전집간행위원회, 『장순하문학전집』2, 대한교육문화신문출판부, 2010, 3쪽.

『백두산 가는 길』과『후일담』이전에도 지속적으로 경시조 창작에 힘을 쏟았을 뿐만 아니라, 시조집『백색부(白色賦)』를 출간한 이래 거의 모든 시조집에 경시조를 함께 수록했다. 장순하는 경시조에 적지 않은 문학적 역량을 투입하고 있다.

장순하는 경시조를 '단형 시조', '즉흥 시조', '경쾌한 시조' 등으로 정의한다.5) 그런 점에서 장순하는 경시조를 단형성, 즉흥성, 긍정적 특성 등으로 파악했다. 그것은 대중과의 소통을 염두에 둔 창작 방법론으로부터 비롯된 것이다. 장순하가 "국민시조, 생활시조, 경시조를 같은 개념의 용어로 보고 사용"6)하고 "본격시조, 중시조, 시조를 같은 개념의 용어"7)로 파악한 것도 같은 맥락이다. 그는 경시조가 대중들이 읽기에 부담이 없는 짧은 구조를 지녀야 한다고 생각했으며, 비극적 정서보다 긍정의 정서를 지향함으로써 편하게 읽을 수 있도록 배려하고자 했다. 아울러 즉흥성을 경시조의 주요한 특성으로 이해했는데, 이것은 갑작스러운 시적 발상을 통해 창작한다는 의미보다는 쉽게 소통할 수 있는 창작 방법론을

---

4) 위의 책, 같은 쪽.
5) 위의 책, 4쪽 참조.
　장순하는 경시조의 특징을 다음과 같이 정의한다.
　"첫째로 경시조는 단형 시조라, 사설시조 같은 장형도 아니고 연작도 하지 않는 단수 평시조인 것이 그 형태적 특징이다.
　둘째로 경시조는 즉흥 시조다. 본격 시조와 같은 천착이나 응집 과정을 거치지 않고 시흥을 즉석에서 표현한다. 따라서 서경(敍景)이나 우감(偶感) 등을 읊기에 적당하다는 것이 내용상 특징이다.
　셋째로 경시조는 경쾌한 시조다. 가벼운 터치, 번득이는 재치, 풍자적이고 해학적인 처리로 신선한 쾌감을 주면서, 평이해서 누구나 접근하기 쉽다는 것이 기법상 특징이다.
　경시조는 이웃 사촌같이 임의로우면서 봄미나리처럼 상큼하고 솜털처럼 간지럽고 장미 가시처럼 따끔하기도 한 그러한 시형인 것이다." ―위의 책, 4쪽.
6) 채천수, 「장순하 시조문학 연구」, 한국교원대학교 석사논문, 2001, 15쪽.
7) 위의 논문, 같은 쪽.

의미하는 것이다. 이러한 창작 방법론은 때로는 심미적 창작 태도로부터 벗어나는 것처럼 보이기도 한다.

장순하는 경시조를 생활의 모습을 가볍게 그린 것으로 설명하고 있다. 이때 경시조는 시적 사유 구조가 중요하지 않은 것처럼 보인다. 장순하 본인이 경시조를 "생활의 부스러기인 단순한 상념을 가벼운 터치로 표현"[8]한 것이라고 밝히고 있기 때문이다. 그러나 장순하의 경시조를 생활의 가벼움만으로 치부할 수는 없다. 장순하 경시조의 창작 배경과 의도가 치밀한 미적 구조 위에 놓인 것이 아니라고 하더라도, 결과물로서의 창작품 모두가 이러한 양상을 띠고 있는 것은 아니기 때문이다. 오히려 장순하의 경시조는 시인이 의도하지 않았던 곳에서 미적 구조와 사유를 제시하는 경우가 많다.

지금까지 장순하 시조를 연구한 학위 논문은 채천수의 「장순하 시조문학 연구」[9]가 있으며 학술 논문으로 권성훈의 「장순하 초기 시조 의식 고찰」[10], 류근조의 「사봉 장순하 시조문학의 총체적 특성 연구」[11], 민

---

8) 사봉장순하전집발간위원회, 앞의 책, 119쪽.
　　장순하는 『백두산 가는 길』 서문에서도 다음과 같이 경시조를 설명한다.
　　"경시조—그러니까 가벼운 시조, 생활의 부스러기인 단순한 상념을 가벼운 터치로 표현하는 시조라는 뜻입니다. 그것은 자체의 성격상 단수로 나타나며 평이하고 경쾌하게, 때로는 풍자적 해학적 작품을 띱니다. 그림에서의 데생과 같고 소설에서의 콩트와도 상통합니다만 이것이 곧 우리 시조의 본래 모습입니다.
　　수필에서 좀더 중후하고 지적인 에세이(essay)를 중수필이라 하고 좀더 가볍고 감성적이고 신변적인 미셀러니(miscellany)를 경수필이라 하는 예에 따라 본격적 전문적인 시조를 중시조라 한다면 이와 같은 즉 생활적인 시조는 경시조라 할 수 있으리라 생각한 것입니다." —위의 책, 같은 쪽.
9) 채천수, 「장순하 시조문학 연구」, 한국교원대학교 석사논문, 2001.
10) 권성훈, 「장순하 초시 시조 의식 고찰」, 『시조학논총』47호, 한국시조학회, 2017.
11) 류근조, 「사봉 장순하 시조문학의 총체적 특성 연구」, 『어문론집』제31집, 중앙어문학회, 2003.

병관의 「장순하 시조에 나타난 동학적 생명사상」12), 「현대시조의 기독교적 상상력 연구」13) 등이 있다. 장순하 시조를 중심으로 연구한 논문은 많지 않은 편이다. 하지만 현대시조를 논할 때 상당수 논문에서 장순하 시조가 중요하게 언급된다는 점에서 장순하 시조 연구는 가치를 지닌다. 장순하의 시조를 다룬 연구 중에서 경시조만을 다룬 논문은 전무하다. 다만 채천수의 석사학위 논문 「장순하 시조문학 연구」에서 경시조 형식에 대한 내용을 다룬 바 있을 뿐이다.

장순하는 경시조집 『백두산 가는 길』(1993년)과 『후일담』(1997년)을 출간한 바 있을 뿐만 아니라 지속적으로 경시조를 창작해왔다. 그리고 경시조를 통해 독자와의 소통을 추구했다. 이런 점으로 볼 때 장순하가 경시조에 대해 특별한 관심을 기울여 작품 세계를 개진해 왔음을 짐작할 수 있다. 아울러 그는 경시조론을 내세움으로써 이론적 토대를 마련하고자 했다. 따라서 장순하의 경시조를 분석하는 것은 중요한 의미와 가치를 지닌다고 할 수 있다. 또한 시조의 대중화라는 측면에서 경시조의 가치와 한계를 파악하는 것 역시 중요하다.

2. 일상성의 미적 양상과 경시조의 의미

무가치하고 무의미한 현대의 일상은 일상을 극복할 때 유의미한 지점과 맞닥뜨리게 된다. 현대예술이 일상을 제시하는 방식 역시 이것과 동일하다. 예술은 현대의 무의미하고 무가치한 일상을 재현하고 그것을 넘

---

12) 민병관, 「장순하 시조에 나타난 동학적 생명사상」, 『시조학논총』35호, 한국시조학회, 2011.
13) 민병관, 「현대시조의 기독교적 상상력 연구」, 『시조학논총』43호, 한국시조학회, 2015.

어섬으로써 자신의 존재 이유를 증명해 보인다. 현대예술은 일상의 무가
치하고 무의미한 지점을 의미있게 바라봄으로써 그 안에 내재한 유의미
를 제시하려고 한다. 장순하의 경시조가 생활과 즉흥성이라는 시인의 의
도에도 불구하고, 깊이 있는 사유와 미적 가치를 드러내는 것은 이와 같
은 현대 예술의 근본 원리와 깊은 연관을 맺는다. 경시조 역시 가벼운 읽
을거리 너머의 세계를 드러낼 수 있을 때 의미 있는 문학적 가치를 만들
수 있다. 그러나 장순하가 애초에 제시하고자 했던 즉흥성과 대중성은
이와 같은 일상 미학과는 차이가 있는 것이다. 장순하는 "천착이나 응집
과정을 거치지"14) 않은, 있는 그대로의 생활을 보여주려고 했다. 하지만
즉흥성과 대중성을 통해 쉬운 시를 지향하는 장순하의 시는 시인의 의도
와는 무관한 지점에서 미적 인식을 제시하는 경우가 많다.

　장순하의 경시조는 적지 않은 시편에서 "천착이나 응집과정"15)을 통
해 제시되는 미적 사유의 힘이 나타난다. 시적 대상을 객관적으로 보는
관찰력, 정제된 감각과 언어, 삶과 세계를 사유하려는 시인의 태도 등을
통해 작품의 깊이를 확보한다. 그것은 일상의 삶과 세계 그리고 일상적
사물과 상황을 통해 드러나는 시적 사유를 적확하게 제시한다. 장순하
는 시적 대상을 관찰하고 드러냄으로써 시적 세계를 가볍게 제시하고
자 한다. 그러나 관찰을 통해 드러난 기표는 시적 상징과 사유라는 의외
의 결과가 되어 나타나는 경우가 많다. 장순하의 경시조는 이처럼 시인
의 의도와 별개의 효과를 거둠으로써 고유한 미적 인식과 구조가 발현
된다. 시인은 이러한 시적 특성을 경시조의 나아갈 방향으로 설정해야
할 것이다.

---

14) 사봉장순하전집발간위위원회, 앞의 책. 4쪽.
15) 위의 책, 같은 쪽.

못 뵈온 세월만큼
고개 깊이 숙입니다

잡초도 뽑아 보고
비문도 읽어 보고

즐기신 담배도 한 대
피워 놓아 드립니다.
                              —「오랜 만의 성묘 돌기」(『서울 귀거래』) 전문

영하의 새벽 버스
성긴 자리 처진 어깨

눈 감고 입 다물고
성자같이 여민 가슴

빛이여
무얼 망설이는가
저기 등불
달지 않고
                              —「오늘·2」(『달팽이의 노래』) 전문

재떨이를 찾았더니
검은 여자 점원

두 손을 오목하게
모아서 내어민다

검붉은 손바닥에는
나와 다름 없는 손금.
                              —「손금」(『백두산 가는 길』) 전문

「오랜 만에 성묘 돌기」가 응시하고 있는 일상은 삶과 죽음을 거느리며 삶의 깊이를 펼쳐놓는다. 삶과 죽음 앞에 놓인 것은 비루한 일상으로서의 생활이 아니라 삶과 세계의 깊이이다. 「오늘·2」가 제시한 공간적 배경은 "영하의 새벽 버스"이다. 그곳에 누군가 앉아 어디론가 가고 있다. 새벽의 풍경은 곤궁한 자의 마음처럼 황량하게 펼쳐져 있다. 그곳에서 화자가 응시하고 있는 것은 "빛"이며, 그 빛에게 "무얼 망설이"냐는 질문을 던진다. 이와 같은 질문은 일상생활에서 흔히 던질 수 있는 질문과는 다른 것일 수밖에 없다. 시인은 새벽이라는 시간적 배경을 통해 "빛"이라는 그 어떤 근원을 떠올리고 있는 것이다. 또한 「손금」이 보여주고 있는 여행에서의 풍경은 오히려 여행의 양상을 배반함으로써 시적 사유와 깊이를 획득하게 된다. 여행이 더 이상 여행이 아닐 때, 그것은 일상도 생활도 아닌 것이 된다. 그리하여 「손금」의 여행 역시 삶과 세계의 근원적 비애와 마주하게 된다. 이와 같은 일상은 경시조의 즉흥성을 뛰어넘는 것이다. 이러한 시적 구조를 통해 파악할 수 있는 것은 무가치하고 무의미한 일상의 모습이 아니다. 따라서 장순하 시 속에 내재한 삶의 양상은 무가치와 무의미로부터 추출된 유의미의 지점이라고 할 수 있다.

그런 점에서 장순하의 시의 일상적 미학은 일상의 표면만을 보여주는 방식이 아니어야 한다. 장순하의 경시조는 오히려 객관적 관찰을 기반으로 시적 사유의 어법을 강화해야 한다. 그런데 장순하의 시조에는 이미 이와 같은 시적 사유의 어법이 나타나기도 하다. 그런 점에서 장순하의 경시조는 자신의 시론에 갇히지 말고 한계를 극복하는 양상으로 전개되어야 한다. 더 나아가 장순하 경시조의 시적 사유와 미적 인식의 가능성을 놓고 볼 때 시인의 시론은 재검토되어야 한다. 장순하의 경시조가 보여주는 일부의 시적 구조는 시인의 의도가 전제되지 않았다고 하더라도 치밀한 미적 구조와 사유를 잉태한 것이라고 볼 수 있기 때문이다.

3. 경시조의 시적 대상과 사유

시적 대상은 시 언어를 통해 시인의 감각과 사유를 구체화한다. 이때 언어는 시적 대상의 본질 자체를 드러낸다기보다 인간의 사유를 통해 인식되는 인간 중심적인 의미를 제시한다. 즉, 우리가 언어로 표현하는 시적 대상은 인간의 의식 속에 있는 주관적 인식일 뿐이다. 대체적으로 시적 대상은 그것 자체가 지니고 있는 형태적, 감각적 속성의 본질을 스스로 드러내지 않는다. 이때 개입하는 것은 언제나 인간의 사유과 감각인데, 그것을 통해 시적 대상은 우리의 의식 속으로 잠입하며 의미화 된다. 오규원은 '날이미지시론'을 통해 이러한 것을 "인간 중심의 사고"[16]라고 밝힌 바 있다.

인간 중심의 사고는 인간의 판단을 전제로 하기 때문에 대상이 지니고 있는 본질적 특성을 재현하는 데 한계가 있다. 오규원이 '날이미지시론'을 통해 벗어나고자 했던 것이 바로 인간 중심적인 사고였다. 대상의 본질을 탐구하려는 이와 같은 시도는 인간의 사유 체계가 지니는 독선적 한계를 극복하려는 시도이다. 대상 자체가 지니고 있는 의미를 파악함으로써 우리는 세계의 본질에 가까이 다가설 수 있게 된다. 물론 시가 인간의 사유와 관찰의 산물이고, 언어로 표현될 수밖에 없다는 점에서 시적

---

16) 오규원, 『날이미지와 시』, 문학과지성사, 2005, 7쪽.

대상은 인간의 사고 체계로부터 완전히 벗어날 수는 없다. 하지만 시인의 사유를 최대한 억제하고 시적 대상을 관찰하고자 할 때 어느 정도 인간 중심적인 사고를 벗어날 수 있게 된다. 그런 점에서 시적 대상 자체만을 파악하고 시적 감수성을 드러내려는 '날이미지시론'과 같은 시도는 중요한 의미를 지닌다.

장순하의 경시조는 대상과 현상을 바라봄으로써 '날이미지시론'과 같은 효과를 불러일으킨다. 애초에 장순하의 의도는 시적 대상을 즉흥적으로 바라보려는 의도였지만, 시적 대상을 객관적으로 제시하게 됨으로써 오히려 시적 대상의 본질에 가까운 시적 사유의 힘을 드러낸다. 장순하의 경시조는 관찰을 통해 기표를 제시한다. 그런데 오히려 기의를 감추고 기표에 집중함으로써 시적 상징과 비유의 감각이 발휘되기에 이른다. 그럼으로써 장순하의 경시조는 깊이 있는 시적 세계를 내장하며 사유의 지점을 독자들에게 전달할 수 있게 된다.

> 오뉴월 서릿발
> 열녀문 과수댁
> 대문간 문빗장
> 담장밑 개구멍
> 문고리 몽당숟가락
> 야삼경 돌쩌귀.
>
> —「명사들의 옛이야기」(『길손』) 전문

> 승강장, 집찰구
> 대합실, 역전 광장
>
> 여남은 살 때 익은 얼굴

있을 리 있으리만

두리번 두리번하는
시골역의 늙은 소년
　　　　　　　―「늙은 소년의 눈」 전문(『서울 귀거래』)

애환 얽힌 등청 거리
연못도 메워지고

두세 아름 느티나무들
까치도 깃들이지 않고

자치기 하던 자리엔
퇴락한 정자 하나.
　　　　　　　―「정자가 선 놀이터」(『서울 귀거래』) 전문

　　위의 작품 속의 시적 대상은 그 자체의 존재와 상황만으로 등장한다.
시적 대상에 대한 시인의 사유와 진술은 극도로 억제되어 있다. 「명사들
의 옛이야기」, 「늙은 소년의 눈」, 「정자가 선 놀이터」 등의 작품은 시적
대상 자체의 이미지나 정황만 제시되어 있을 뿐이다. 여기에 시인이 개
입하여 이야기하는 부분은 없다. 이것은 흡사 오규원의 '날이미지시'를
떠올리게 한다. '날이미지시'에 등장하는 것은 대상과 정황의 본질이다.
시인의 개입을 최소화하여 시적 대상에게 가까이 다가서고자 한다. 물론
이 경우에도 한계는 있다. 앞에서 언급한 것처럼 '날이미지시'가 아무리
시적 대상의 본질에 가깝게 다가서려고 해도, 시가 언어로 이루어진만큼
인간의 사고를 완전히 배제하는 것은 불가능에 가까운 일이기 때문이다.
하지만 '날이미지시'가 극도로 정제된 언어와 사유를 통해 대상의 본질

에 가까이 다가서고자 했다는 점은 분명하다. 「명사들의 옛이야기」, 「늙은 소년의 눈」, 「정자가 선 놀이터」 역시 오규원의 '날이미지시'처럼 시적 대상의 본질만으로 시적 의미를 구조화한다.

오규원은 인간 중심적인 사고의 부조리함을 파악하고 '날이미지시론'을 통해 대상의 본질을 파악하고자 했다. 그는 인간이 "명명하는 것이, 즉 정하는 것이 세계를 끊임없이 개념화"[17]시킨다고 말하며, "명명하는 사고의 근원인 은유의 축을 버"[18]릴 것을 주장했다. 오규원은 그럼으로써 대상 자체가 가지고 있는 원래의 의미에 접근할 수 있다고 말했다. 「명사들의 옛이야기」, 「늙은 소년의 눈」, 「정자가 선 놀이터」는 이와 같은 오규원의 '날이미지시론'과 유사한 감각을 보여준다. "명명하는 사고의 근원인, 은유적 사고의 축"[19]을 철저하게 버림으로써 「명사들의 옛이야기」, 「늙은 소년의 눈」, 「정자가 선 놀이터」 등의 작품은 정제된 하나의 세계를 만들어낼 수 있다. 장순하의 경시조에서 "언어를 믿고 세계를 투명하게 드러내려는 노력"을 발견할 수 있다는 점은 매우 중요하다. 장순하 스스로 즉흥성과 대중성을 경시조의 주요 특성으로 밝혔음에도 불구하고, 그의 작품은 끊임없이 즉흥성과 대중성의 벗어나며 시적 사유의 지점을 향해 나아간다.

　　산성리 버스 정류장
　　눈 오는 걸상 위에

　　누군가 흘리고 간

---

17) 위의 책, 107쪽.
18) 위의 책, 같은 쪽.
19) 위의 책, 같은 쪽.

초록색 볼펜 하나

꿈 같은
동화의 세계
거기 펼쳐
보여라.
―「볼펜 한 자루가」(『남한산성』) 전문

병실 침대 의사 간호사
환자복 세 끼 밥

약봉지 주사기
링거병 타구 변기

내 의지
몽땅 앗아간
이 편의와 이 친절.
―「입원」(『백두산 가는 길』) 전문

소녀풍 소남풍이
세 차례 지나가고

천둥 번개 속에
장대 꽂는 소나기

길손들 처마 밑에서
반은 젖어 있다.
―「소나기」(『후일담』) 전문

시조 중에서도 단시조는 선(禪)적인 작품20)으로 분류되는 경우가 종종 있다. 그 이유는 언어와 정황의 양상 때문인데, 응축된 시 언어를 통해 재현되는 세계는 선(禪)의 세계와 유사성을 띠기 때문이다. 또한 선시에 나타난 선적 깨달음이 "본래 불립문자를 지향"21)하기 때문에 단시조와 친화력을 보이는 것이다. 장순하의 경시조 중에서 일부 시편의 경우역시 선(禪)적인 특성을 드러내기도 한다. 장순하의 시는 대상의 모습을정제된 언어인 단시조의 형식을 통해 드러낸다는 점과, 시인의 시적 사유가 비교적 적극적으로 드러난다는 점에서 선(禪)적인 요소가 일부 드러난다. 설령 적극적으로 선(禪)의 세계를 표명하지 않는다 하더라도, 장순하의 경시조는 선(禪)적인 요소로 전이될 소지가 다분하다.

장순하의 경시조가 보여주는 사유와 감정의 층위는 시적 대상을 객관적으로 응시할 때 대상과의 적정 거리를 획득하게 되고, 이러한 지점을통해 과하지도 부족하지도 않은 시적 감수성과 사유를 재현하게 된다.장순하 경시조의 시적 화자는 이와 같은 적정한 거리를 통해 감정의 과잉이나 지나친 절제의 양상으로 나아가는 것을 억제하는 경우가 적지 않다. 뿐만 아니라 이러한 거리를 통해 장순하 경시조의 시적 화자는 적당한 거리를 유지한 채 시적 사유를 제시한다. 그리고 이와 같은 특성은 선(禪)적인 요소와 결합하여 절제된 감각을 강화한다.

「볼펜 한 자루가」, 「입원」, 「소나기」 역시 담백한 장면을 서경의 관점으로 표현한 것 같지만, 종장의 시적 언술은 시적 사유를 강화하는 역할을 한다. 그럼으로써 장순하 경시조의 선(禪)은 비로소 시작된다. 일상으

---

20) 권성훈은 선시를 "표층적으로 '불교적 언어'와 심층적으로 '명상적 언어' 두 가지의미"로 파악한다. —권성훈, 『현대시조의 도그마 너머』, 고요아침, 2018, 271쪽.
21) 김학성, 『현대시조의 이론과 비평』, 보고사, 2015, 289쪽.

로부터 발견할 수 있는 선의 세계는 장순하 경시조가 내포하고 있는 중요한 가치이자 가능성이라고 할 수 있을 것이다. 장순하는 사소함을 경시조의 주된 것으로 설정했지만 일상의 사소함에 머물게 된다면 시 세계는 확대되지 못할 것이다. 장순하의 경시조는 생활의 즉흥적인 모습을 통해 발현되는 대중성을 지향한다. 그리고 시인 스스로 이러한 점을 분명히 밝히기도 했다. 그러나 장순하의 경시조는 여기에 머물지 않고 일상 너머의 지점을 지향하며 유의미한 가치와 시적 사유 구조를 선보인다.

> 나무들이 서서 죽고
> 풀들이 꼬여 돌고
>
> 벼논은 거북등
> 수수밭은 먼지 사막
>
> 말짱한 서녘 하늘에
> 가치놀이 고와라.
>
> —「가뭄」(『후일담』) 전문

> 탄장 막장 무너져서
> 여섯 사람 묻혔다가
>
> 91시간 만에
> 한 사람만 구조됐다
>
> 제 오줌 받아 마시며
> 가족 생각 했단다.
>
> —「산 사람은 살 사람」(『후일담』) 전문

수화기 저편에서
날 부르는 목소리

서리 내린 귀에
목마르면 저 목소리

포탄 속 45년을
건너온 저 목소리.

—「저 목소리」(『후일담』) 전문

「가뭄」,「산 사람은 살 사람」,「저 목소리」는 시적 아름다움과 비애의 순간을 담담하게, 그러나 가슴 아프게 포착하고 있다. 시의 가치는 대체적으로 긍정보다는 비극을 호명할 때 그 당위를 부여받는다. 그리고 이러한 비애는 우리에게 미적 인식인 지배적인 정황을 제시하게 된다. 이러한 점만 보더라도 장순하의 경시조는 가벼운 이야기가 무의미하게 전락하는 양상을 띠지 않는다. 그런 점에서 장순하의 경시조론은 수정될 필요가 있다. 장순하의 경시조는 결코 즉흥적이고 경쾌하기만 한 짧은 시조가 아니다. 그의 경시조가 대중성을 염두에 두고 만들어진 장르이지만 깊이 있는 사유와 미적 인식을 내장하고 있기 때문이다.

4. 장순하 경시조의 미적 구조

장순하는 시조를 "본격 문학으로서의 시조(중시조)와 대중 문학 또는 생활 문학으로서의 시조(경시조)로 구분하자고 제창"[22]해 왔으며, "이렇

---

22) 사봉장순하전집간행위원회, 앞의 책, 262쪽.

게 함으로써 중시조는 중시조대로 확고한 자리매김이 될 수 있을 것이고, 경시조는 경시조대로 민족의 정서를 윤택하게 하고 국민의 내적 생활을 풍요롭게 하는 데 이바지할 수 있"[23]고 주장한다. 이지엽은 이러한 장순하의 "시조 운동 방향"[24]을 "국민 시조와 본격시조의 양가론"[25]으로 파악하기도 했다. 그러나 중시조는 본격문학 또는 예술적 글쓰기로 분류하고 경시조는 대중문학 또는 생활문학으로 분류하자는 주장은 설득력이 약하다. 그 이유는 경시조를 단순히 대중문학과 생활문학의 측면으로만 파악했기 때문이다.

물론 장순하가 중시조 이외에 경시조를 주요한 창작 방법론으로 삼은 것은 의미 있는 시도였다. 다만 본격문학과 대중문학이라는 이분법으로 나누기보다는 경시조 고유의 미적 사유를 제시하고 드러내는 데 집중했으면 어땠을까 하는 아쉬움이 남는다. 장순하의 경시조에 나타난 미적 구조의 가능성은 이러한 아쉬움을 뒷받침하는 대목이기도 하다. 이에 대해 장순하 역시 비슷한 고민을 토로한다. 그는 "시조의 즉흥성과 대중성은 시조의 강점인 동시에 약점이 되기도 한다"[26]고 밝힌다. 또한 장순하는 "누구나 쉽게 지을 수 있다는 이 시조의 즉흥성과 대중성은 시조가 본격 문학으로 약진할 발걸음에 걸림돌이 되는 것이 사실"[27]이라고 밝히고 있기도 하다.

장순하는 시조의 즉흥성과 대중성으로 인하여 시조가 "이른바 제삼 예술로 치부하려는 경향"[28]에 내몰리게 되었다고 주장한다. 그러면서

---

23) 위의 책, 같은 쪽.
24) 이지엽, 『한국 현대시조 작가론 II』, 태학사, 2007, 74쪽.
25) 위의 책, 같은 쪽.
26) 사봉장순하전집간행위원회, 앞의 책, 261쪽.
27) 위의 책, 같은 쪽.

"시조에 기행시나 행사시 등 즉흥시가 유독 많다는"29) 점을 그 근거로 내세운다. 그러나 장순하의 이와 같은 지적은 본인의 작품에도 그대로 적용되는 것이기도 하다. 따라서 장순하 경시조가 지니고 있는 시적 사유 구조의 가능성은 강화되어야 한다. 장순하 경시조의 여러 가능성에도 불구하고 기행시의 경우 직설적 경향이 유독 강하게 드러나는데, 이 경우에 미적 측면에서 아쉬움을 남기기 때문이다. 오히려 장순하의 경시조는 여행시나 종교시보다 특정한 시적 대상을 객관적으로 형상화한 경우에 미적 구조를 획득하는 경우가 많다. 그런 점에서 장순하의 경시조가 지니는 문학적 성취를 파악할 때, 시적 대상을 객관적으로 형상화한 경우를 주목할 필요가 있다.

> 바다는
> 한 마리의
> 큰 물고기입니다
>
> 온 몸이
> 푸른 비늘로
> 덮여 있습니다
>
> 숨 한 번
> 쉬는 데에도
> 한나절이 걸립니다.
>
> ―「바다」(『묵계』) 전문

---

28) 위의 책, 262쪽.
29) 위의 책, 같은 쪽.

나무도 한백년 살면
저만한 그늘 짓나보다

진초록 큰 부채에
매미 소리 쏟아지고

그 아래 들어선 길손
합죽선(合竹扇)을 접는다.
　　　　　　　　　　　—「부채·3」(『길손』) 전문

　「바다」가 제시하고 있는 공간적인 배경은 생활의 일부를 가볍게 제시
하는 경시조의 일반적인 양상과 다른 측면을 보여준다. '바다'라는 공간
은 원형성을 지니고 있는 공간이며 동시에 삶과 세계의 첨예한 장이기도
하다. 그런 점에서 장순하가 선보이고 있는 바다 역시 생활의 영역이라
기보다는 삶과 세계의 본질을 내재한 공간으로 읽힌다. 바다에 살고 있
는, "푸른 비늘로/덮여 있"는 "큰 물고기"는 생활이라는 순간을 통해서는
결코 발견할 수 없는 삶과 세계의 원형성을 지니고 있기 때문이다. 따라
서 "숨 한 번/쉬는" 순간 역시 단순한 '숨'의 의미를 지니기보다는 생명과
삶으로서의 '숨'인 것이다.

　「부채·3」의 경우 역시 단순한 생활 도구로서의 부채가 등장하는 작품
이 아니다. 여기에서 부채와 관계를 맺는 것은 백년 된 나무와 그늘이다.
"진초록 큰 부채에/매미 소리 쏟아지"는 어느 여름에 만나는, 백년 된 나
무와 그늘은 우리 삶의 어느 순간과 조우하는 유의미한 대상들이다. 그
곳으로부터 삶의 시원은 펼쳐질 것처럼 웅크리고 있다. '부채'는 바로 그
런 삶을 굽어보는 존재이다. 부채가 펼쳐진 곳으로부터 우리 삶의 모든

긍정과 애초로서 백년 된 나무와 그늘이 시작되는 것이다. 이처럼 장순하의 경시조는 결코 생활의 즉흥적 발로로만 나타나지 않는다. 그의 경시조는 시인의 의도와 별개로 생활 너머의 미적 인식을 보여주는 경우가 많다. 장순하의 경시조는 미적 구조를 수용하며 의미 있는 작품 세계를 제시한다.

따라서 장순하의 경시조는 시인이 주창했던 "생활의 부스러기인 단순한 상념"30)으로 파악할 것이 아니라 시적 대상에 대한 면밀한 탐구과 관찰의 양상으로 접근해야 한다. 장순하가 주창했던 '생활'과 '상념'은 작품을 미적 구조로 인식하지 않음으로써 단편적인 생각과 감흥에 머물 여지가 크다. 이와 같은 접근 방식이 독자들에게 시를 쉽게 이해시키기 위한 방편이 될 수는 있지만 그것이 문학적 성취를 담보할 수는 없다. 또한 이렇게 이해한 작품에 대한 감상을 올바른 문학적 독해라고 볼 수도 없을 것이다. 장순하의 경시조는 직설적인 화법이 도드라진 작품보다 시적 대상이라는 본질을 객관적으로 관찰하여 포착한 작품인 경우에 의미 있는 세계를 제시한다. 따라서 장순하의 시적 지향점은 '쉬운 시'에 맞춰야 할 것이 아니라 시적 대상을 깊이 있게 파악하고 분석하는 방향으로 전개되어야 한다.

5. 결론

장순하는 시조의 대중성을 통해 시조의 대중적 확산을 기대한 듯싶다. 그러나 시조 장르의 침체가 단시조 형태의 쉬운 내용으로 극복이 될 수

---

30) 위의 책, 119쪽.

있을지는 의문이다. 오히려 장순하의 경시조는 직설적인 화법이 등장할 때나 상투적인 주장이나 감성이 노골적으로 표면화 될 때 미적 구조와 거리를 갖는다. 반대로 시적 대상에 대해 객관적인 거리를 두고 자신의 상투적 주장과 감성을 최대한 감추었을 때, 그곳으로부터 시적 상징과 감수성과 사유는 온전히 모습을 드러낸다. 그런 점에서 장순하 경시조가 지니고 있는 장점은 시인의 시적 의도와는 별개로 발현된 것이다. 시의 실제적 의미가 언제나 시인의 의도적 의미와 일치하는 것이 아닌 것처럼, 장순하의 의도와 다르게 발현된 경시조의 특성은 고유한 가치와 의미를 갖는다.

장순하의 경시조가 지향해야 하는 것은 이해의 용이성이 아니다. 독자들에게 쉽게 다가설 수 있도록 쉬운 내용과 형식을 지향할 때 시적 구조와 의미는 오히려 상실될 수 있다. 아울러 이러한 측면의 접근 방법을 통한다고 해서 그것이 독자층의 확산으로 이어진다고 보기도 어렵다. 오히려 시적 내용과 형식이 약화되어 시조의 미적 구조와 사유의 영역이 서툴게 표현될 뿐이다. 장순하의 경시조는 '쉬운 시조'를 지향할 때 의미 있는 지점을 드러내지 않는다. 오히려 대상의 본질에 집중하여 시적 대상을 있는 그대로 재현했을 때 유의미한 미적 구조와 사유를 제시한다.

시적 대상의 본질에 집중하고 의미를 감출 때 시적 상징은 드러나기 마련이다. 그리고 이렇게 제시된 시적 대상은 그 안에 기의를 담음으로써 시적 상징과 사유를 드러낸다. 그러나 집요한 관찰이 전제되지 않은 표면적 관찰은 단편적인 사물과 현상만을 보여줄 뿐이다. 장순하의 경시조는 시적 대상이라는 기표에 집중함으로써 작품의 의미와 사유를 보여주는 경우가 많다. 따라서 이렇게 재현된 경시조는 시인의 의도였던 대중문학의 차원이나 생활의 상념 등을 표현한 작품의 지위에 머물지 않는다. 그런 점에서 장순하의 경시조는 시인의 의도와는 다른 측면에서 논의되고 전개되어야 한다.

또한 장순하의 경시조는 일상과 관련한 시적 양상의 경우에도 시인의 의도와는 다른 특성이 장점으로 부각된다. 시인은 생활의 모습을 가볍게 그리고자 했다. 그리고 그러한 생활의 모습을 통해 독자들에게 쉽게 다가설 수 있는 시를 쓰고자 했다. 그러나 미적 인식이 전제되지 않은 채 생활의 모습을 쉽게 풀어쓰고자 하는 것은 신변잡기에 그칠 가능성이 농후하다. 문학은 사적 담화를 통해 발현되지만 그것은 언제나 공적 담화를 내장하고 있어야 한다.

그러나 장순하의 경시조 일부에서 드러나는 일상으로서의 삶의 양상은 이러한 신변잡기를 뛰어넘는 성취를 보여준다. 그것은 단순히 읽기 쉬운 생활의 모습에 머물지 않는다. 물론 장순하의 경시조 중에 단편적인 일상에 머물고 있는 작품도 다수 존재한다. 하지만 적지 않은 작품이 단편적 일상 너머의 지점을 제시하고 있다. 일상은 단순한 신변잡기가 아니라 무가치하고 무의미한 현대의 삶을 제시하는 철학적 개념이다. 따라서 장순하의 경시조는 신변잡기가 아닌 철학적 일상의 영역을 다루고자 할 때, 보다 의미 있는 지점에 도달할 수 있을 것이다.

그런 점에서 경시조에 대한 장순하의 정의와 탐색은 수정되어야 한다. 대중문학으로 독자에게 널리 읽히고 싶은 마음은 그 선의에도 불구하고 문학적 성취와 거리가 있을 수밖에 없다. 오히려 경시조의 일부 작품에서 드러나는 상징과 비유로서의 미적 구조야말로 우리 삶과 세계의 양상을 적확하게 보여준다고 할 수 있다. 그리고 이와 같은 양상을 통해 경시조는 깊이 있는 시적 주제를 탐문할 수 있다. 기의를 내장한 기표를 통해 경시조의 '생활'은 일상이라는 철학적 양상을 재현할 수 있게 된다. 이렇게 되었을 경우에 경시조는 보다 높은 수준의 미적 가치를 부여받게 될 것이다. 따라서 장순하의 경시조는 쉽고 가벼운 세계를 드러내는 방식이 아닌, 시적 대상과 정황의 본질을 탐구하는 양상으로 전개되어야 한다.

참고문헌

〈기본서〉
사봉장순하전집간행위원회, 『장순하문학전집』1~8, 대한교육문화신문출판부, 2010.

〈논문〉
권성훈, 「장순하 초시 시조 의식 고찰」, 『시조학논총』47호, 한국시조학회, 2017.
류근조, 「사봉 장순하 시조문학의 총체적 특성 연구」, 『어문론집』제31집, 중앙어문학회, 2003.
민병관, 「장순하 시조에 나타난 동학적 생명사상」, 『시조학논총』35호, 한국시조학회, 2011.
_____, 「현대시조의 기독교적 상상력 연구」, 『시조학논총』43호, 한국시조학회, 2015.
채천수, 「장순하 시조문학 연구」, 한국교원대학교 석사논문, 2001.

〈단행본〉
권성훈, 『현대시조의 도그마 너머』, 고요아침, 2018.
김학성, 『현대시조의 이론과 비평』, 보고사, 2015.
오규원, 『날이미지와 시』, 문학과지성사, 2005.
이지엽, 『한국 현대시조 작가론Ⅱ』, 태학사, 2007.
임종찬, 『시조문학 탐구』, 국학자료원, 2009.
장순하, 『시조짓기 교실』, 대한교육문화신문출판부, 2009.
조동일, 『시조의 넓이와 깊이』, 푸른사상, 2017.

조동범

문학동네신인상을 받은 이후 시와 산문, 비평과 인문학에 이르기까지 다양한 장르의 글을 쓰고 있다. 그동안 쓴 책으로 시집 『심야 배스킨라빈스 살인사건』, 『카니발』, 『금욕적인 사창가』, 『존과 제인처럼 우리는』, 평론집 『이제 당신의 시를 읽어야 할 시간』, 『4년 11개월 이틀 동안의 비』, 『디아스포라의 고백들』, 연구서 『오규원 시의 자연 인식과 현대성의 경험』, 시창작 이론서 『묘사 진술 감정 수사』, 『묘사』, 『진술』, 글쓰기 안내서 『부캐와 함께 나만의 에세이 쓰기』, 『상상력과 묘사가 필요한 당신에게』, 인문 교양서 『팬데믹과 오리엔탈리즘』, 『100년의 서울을 걷는 인문학』, 산문집 『알래스카에서 일주일을』, 『보통의 식탁』, 『나는 속도에 탐닉한다』 등이 있다. 김춘수시문학상, 청마문학연구상, 딩아돌하작품상, 미네르바작품상을 수상했다. 대학 안팎에서 문학과 인문학을 강의하고 있다.

이제 당신의 시를 읽어야 할 시간

| 초판 1쇄 인쇄일 | 2023년 8월 23일 |
| 초판 1쇄 발행일 | 2023년 8월 31일 |

지은이	조동범
펴낸이	한선희
편집/디자인	정구형 이보은
마케팅	정찬용 김형철
영업관리	한선희 정진이
책임편집	정구형
인쇄처	으뜸사
펴낸곳	국학자료원 새미(주)

등록일 2005 03 15 제25100−2005−000008호
경기도 고양시 일산동구 중앙로 1261번길 79 하이베라스 405호
Tel 02)442−4623 Fax 02)6499−3082
www.kookhak.co.kr
kookhak2010@hanmail.net

| ISBN | 979-11-6797-128-9 *93800 |
| 가격 | 25,000원 |